A Bonnie, Ronit, Lisa, Jaime, Mel e Todd:
miei coinquilini, passati e presenti.

Hot party

sarah mlynowski

Titolo originale dell'edizione in lingua inglese:
Fishbowl
Worldwide Library/Red Dress Ink
© 2002 Sarah Mlynowski
Traduzione: Amedeo Romeo
Realizzazione editoriale: Grandi & Associati

Prima edizione Red Dress Ink
giugno 2003

Prologo

Per capirci un po' qualcosa

Allison, Jodine ed Emma stanno per dar fuoco al loro appartamento. No, non lo faranno apposta. Che razza di sballate pensate che siano?

Ora, non cominciate a preoccuparvi. Non ci saranno feriti. Non ci sarà la sigletta angosciante di *ER* in sottofondo, nessuno griderà *Libera!*, George Clooney non farà un massaggio a cuore aperto a una di loro per riportarla in vita, e potete escludere perfino la respirazione artificiale, compresa la versione bocca a bocca.

Siamo tutti contenti che non ci saranno feriti, anche se Janet, l'insegnante precaria che vive nell'appartamento al piano di sopra, avrebbe preferito poter raccontare qualcosa di più drammatico. Un esempio: le ragazze sono intrappolate in bagno con le fiamme che lambiscono la porta chiusa, tremano e sudano sotto l'acqua della doccia, guardano il fumo che si insinua nella stanza, e proprio quando stanno per svenire... No, aspettate! Forse soltanto una di loro perderà i sensi quando quel pompiere così carino spalancherà la porta e si butterà tutte e tre le ragazze sulle spalle muscolose. Sembrerà appena uscito dal calendario di una rivista per sole donne, e le porterà in salvo nell'aria fresca della mezzanotte. E allora risveglierà la ragazza svenuta (sì, sì, con la respirazione bocca a bocca). La ragazza ce la farà! Non è meraviglioso essere vive?

Ma tutto ciò non accadrà, è solo una fantasia di

Janet, e Janet non è una delle protagoniste di questa storia.

Scusa, Janet, niente di personale.

Le ragazze dovranno andare al pronto soccorso, ma per una semplice visita di controllo. Respireranno troppo monossido di carbonio e gli ci vorrà un po' di ossigeno.

E una bella doccia.

Al momento sono impresentabili. Meno male che non ci sono fotografi in giro.

Ma più ancora dell'ossigeno e della doccia, avrebbero bisogno di un'assicurazione.

Lo so che in teoria acqua e ossigeno sono più importanti delle polizze assicurative, ma in caso di incendio, se non avete un'adeguata copertura, le cose si complicano parecchio.

Per adesso non dovete preoccuparvi di tutta questa storia dell'incendio, le ragazze non si sono ancora nemmeno conosciute. Rilassatevi... Bevete una tazza di caffè... No, niente caffè, ci mancherebbe che per colpa mia vi venisse un attacco cardiaco e partisse la sigletta di *ER*. Preparate una tisana alle erbe, invece. E fate attenzione al nome proprio all'inizio di ogni capitolo, o non avrete nessun altro indizio su chi sta parlando. Oh, e dimenticatevi di aver sentito parlare di un incendio, e di un appartamento.

Allora, avete sentito di quell'incendio al numero 56 B della Blake?

«Incendio? Quale incendio?»

Il lettore guarda il libro senza capire.

Bravi!

Capitolo 1

L'errore di Allie

Allie

Biiiiiiiiiiiiiiiip!

Zitto!

Biiiiiiiiiiiiiiiip!

Zitto!

Biiiiiiiiiiiiiiiip!

Zitto! Sto cercando di farmi gli affari miei mentre sorseggio una tazza di caffè solubile (la caffettiera è tornata nella piovosa Vancouver con la sua proprietaria, una delle mie ex coinquiline, insieme a quasi tutti i mobili, le posate e il televisore del salotto). Ma questo terribile *biiiiiiiiiiiip* non vuole saperne di smetterla.

Biiiiiiiiiiiiiiiip!

Ti prego, ti prego, basta.

Tre minuti e dieci secondi più tardi: Biiiiiiiiiiiiiiip!

È ora di far saltare in aria il rilevatore di fumo. Vivo in questo appartamento da più di due anni, e da allora le batterie non si sono mai scaricate: dovevano proprio aspettare che Rebecca e Melissa se ne andassero per tirare le cuoia? Le mie ex coinquiline sono entrambe almeno una quindicina di centimetri più alte di me (io sono un metro e cinquanta, e preferisco essere chiamata piccolina, piuttosto che bassetta) e avrebbero potuto cambiare le pile salendo su uno sgabello, senza bisogno di aggiungere la guida del telefono.

Biiiiiiiiiiiiiiiiiip!

Non lo sopporto! Mi scruto il pollice destro alla ricerca di un residuo di unghia da mangiucchiare. È maleducazione? Lo so, ma è una cattiva abitudine che ho ereditato da mia madre.

Questo fischio probabilmente è un segno del destino. Il rilevatore di fumo vuole che mi vesta e vada al bar a bere un cappuccino prima di andare a lavorare. Il fato mi farà incontrare qualcuno che si offrirà di venire a fermare quel maledetto bip. Forse mi farò dei nuovi amici. Ho bisogno di nuovi amici. Ora che le mie coinquiline hanno lasciato la città, mi resta solo Clint a Toronto, però sono segretamente innamorata di lui, così penso che come amico non valga. Ci ho provato a non essere innamorata di lui, visto che Clint non lo è di me, ma non ci sono riuscita.

Ho inquadrato la situazione l'anno scorso (cioè che io sono innamorata di lui e lui non lo è di me). Avevo bevuto un po' troppa birra, e gli ho detto *Ti amo, Clint.* Lui è sbiancato e mi ha risposto *Grazie.*

Grazie? Cosa vuol dire grazie? Grazie per il panino al prosciutto, Allie. Grazie per aver registrato tutte le puntate di *La settimana del baseball* per me e i miei amici non innamorati ma ossessionati dal baseball, mentre io me la spassavo e mi portavo a letto le mie compagne di college. Scenario sgradevole, certo, però accettabile. Ma grazie per avermi detto *Ti amo*? Cosa significa? Ha cominciato a balbettare delle scuse, come sanno fare così bene i ragazzi; ha detto che doveva andare, che aveva una lezione presto la mattina dopo (come se andasse mai a lezione), e io mi sono resa conto di che errore, che *enorme* errore avevo commesso. Ho cercato di rimediare, gli ho detto: *Come amico, intendo, ti amo come amico. Sei il mio migliore amico.*

Non posso dire con assoluta certezza che Clint non mi ami. È di sicuro possibile che mi abbia creduto e che non pensi che io lo ami in *quel* modo. E se pensa che io non sia innamorata di lui, probabilmente non osa dirmi che mi ama per non sentirsi in imbarazzo. Forse ha paura di fare la prima mossa perché teme di essere respinto. Non che abbia mai avuto paura di essere respinto da nessuna ragazza.

Ma io sono diversa dalle altre. Clint dice che solo io riesco a capirlo veramente.

Perciò, lo vedete anche voi, al momento sono un po' a corto di amici che vivono a Toronto. Avrò due amiche belle e pronte quando arriveranno le nuove coinquiline, ma nel frattempo con chi parlo? Vorrei avere un cane. Ho sempre desiderato avere un cane. Un cane da portare a spasso, a cui dare da mangiare, a cui insegnare a rotolarsi sulla schiena, a camminare su due zampe e altre cose divertenti, e magari un giorno potrei presentarlo nel programma sugli animali domestici di David Letterman. Ma per prendere un cane dovrei chiedere il permesso alle nuove coinquiline. E se fossero allergiche? Sarebbe eticamente corretto non chiamarle per avvertirle? Potrei tenere nascosto il cane? Potrebbe dormire nella mia stanza, è la più grande della casa.

Ma se posso chiamarle per chiedere del cane, allora ho qualcuno con cui parlare. E se ho qualcuno con cui parlare, cosa me ne faccio di un cane?

Biiiiiiiiiiiiiip!

Forse quando tornerò dal lavoro il fischio sarà cessato. A volte desideri una cosa, e succede davvero. Come quando ero in seconda elementare. Andai a letto piangendo perché la mattina seguente la maestra doveva interrogarmi sulle moltiplicazioni e io mi ero arenata sulla tabellina del nove. Per cinque settimane la signora Tupper (che di certo non aveva mai fatto esercizi per l'interno coscia, visto che la gonna le si incastrava sempre in mezzo alle gambe) mi aveva fatto alzare davanti a tutta la classe e mi aveva chiesto *Allison, quanto fa nove per due?* Io rispondevo diciotto e lei mi chiedeva subito *Nove per cinque?* Mi faceva in tutto sei domande e mi assicurava che se avessi risposto correttamente sarei potuta passare alla tabellina del dieci, ma se ne avessi sbagliata anche una sola, mi avrebbe interrogato sulla tabellina del nove anche il lunedì successivo.

Per cinque settimane, quindi, andai a letto piangendo, anche perché sapevo che la tabellina del dieci e quella dell'undici erano facilissime (*La moltiplicazione non è un uomo nero, moltiplica per dieci, aggiungi uno zero. La tabellina dell'undici è il gioco più bello, il numero va a spasso con il suo gemello:* la mamma si era inventata questa filastrocca per aiutarmi), ma non riuscivo a ricordarmi nove per otto e nove per nove, e per una inesplicabile ragione rispondevo sessantacinque in entrambi i casi. Insomma, ero sulla tabellina del nove da cinque settimane, e la mattina seguente sarei stata interrogata. Sapevo che mi sarebbe bastato studiare ancora un giorno (magari due).

Miracolo!

L'indomani ci fu un'inondazione. In tutta la sua storia, la mia zona della città non era mai stata vittima di un'inondazione. Cosa stava accadendo? Le scuole furono chiuse, visto che nessuno poteva raggiungerle, a meno che non avesse avuto una barca o un idrovolante. Incredibile. E quando fui interrogata, il martedì, superai la prova.

Vedete? Succede. *Basta volere e diventano vere.*

Biiiiiiiiiiiip!

Mi lavo i denti, mi infilo i calzoncini di jeans, un top e dei sandali. Acchiappo la borsa e mi dirigo verso la porta.

Lavoro... bene. Be', non bene come quando ci si sente realizzati dopo una giornata faticosa ma fruttuosa. Del resto, come si fa a sentirsi realizzati dal telemarketing? Comunque, io raccolgo soldi per il *Fondo pro alunni dell'Università dell'Ontario*, per cui non faccio telemarketing, faccio *teleraccoglifondi*, che non è immorale come il telemarketing. E oggi ho raccolto più di cinquecento dollari. Niente male, eh?

Torno a casa, speranzosa.

Allora? Silenzio? Guardo l'aggeggio malefico appeso alla parete del salotto, di fianco all'ingresso della cucina. Che sia finito per sempre quel fischio insopportabile?

Non sento altro che il rumore del traffico. Ho lasciato la finestra aperta perché oggi ci sono trentacinque gradi e un'afa che toglie il respiro. E io non posso permettermi l'aria condizionata. Una volta avevo un ventilatore. Ma come tutto ciò che un tempo rallegrava la mia esistenza, ora è a Vancouver.

Silenzio. Vedete? Ve lo avevo detto che poteva succedere. A volte, quando desideri veramente...

Biiiiiiiiiiiiiiiip!

Cavolo!

Vado in camera, al tavolo del computer, e prendo la sedia con le ruote. La spingo sotto il rilevatore di fumo. Non è una buona idea. Anzi, è una pessima idea. La mia sedia da computer è una di quelle da quindici dollari, che compri inscatolate e ti devi assemblare da sola. Le ruote di queste sedie sono stabili come i piedi di una ragazza coi tacchi alti dopo tre cocktail alla vodka. Sfortunatamente le altre sedie di casa, che erano di metallo, solide e più adatte a salirci sopra, sono andate. Partite per Vancouver insieme al tavolo di cristallo.

Alzo al massimo la sedia del computer. È ora il momento della verità: ci siamo solo io, un'instabile sedia da computer e un maledetto rilevatore di fumo, in un appartamento senza poltrone né caffettiere.

Regge. La sedia regge. Alzo la mano destra verso il rilevatore, mi porto la sinistra alla bocca, mordicchio le unghie smaltate di rosa e finalmente piazzo entrambe le mani sulla scatoletta del dispositivo antincendio.

E ora?

Devo schiacciare qualche bottone?

BIIIIIIIIIIIIIIIIIIIIIIIIIIIIIIIIIIIIIIP!

Ops, ho sbagliato. Devo togliere le batterie? Perché non posso togliere le batterie? La sedia! Traballa! Mi romperò la testa! Ho bisogno di entrambe le mani per mantenere l'equilibrio. L'equilibrio... l'equi... librio...

Biiiiiiiiiiiiiiiiiiiiip!

Basta! Devo smontare il rilevatore di fumo? *Crunch*! L'ho smontato. Aspetto tre minuti. Nessun suono.

Mi sa che l'ho rotto. Penso che dovrei riattaccarlo al muro. Non posso lasciarlo così sul tavolo. Che tavolo? (Si può definire tavolo una composizione di cassette del latte coperta da una tovaglia?) Va bene, rimetto il rilevatore al suo posto.

Mi accuccio con un altro dito in bocca e aspetto tre minuti.

Niente *biiiiiiiiiiiiiiip*. E nemmeno un timido *bi*.

Meglio così, no?

Capitolo 2

Jodine non ha voglia di parlare

Jodine

27 agosto. Cose da fare:
Chiamare il taxi per farmi portare all'aeroporto.
Chiamare la mamma per ricordarle di venirmi a prendere all'aeroporto.
Buttare via gli avanzi di cibo.
Scopare.
Buttare la spazzatura.
Chiudere le finestre.
Restituire le chiavi dell'appartamento all'amministratore di condominio.
Farsi fare la ricevuta del taxi (lo studio mi rimborsa).
Verificare l'accredito sulla tessera mille miglia.
Portare gli abiti al lavasecco.
Chiamare la Traslochi felici *e confermare il furgone per il trasferimento nella nuova casa.*

«Salve» mi dice l'insopportabile uomo d'affari che mi è capitato di fianco. «Bella giornata, eh? Come va?»

Terribile. È perché sto rimettendo in discussione alcune cose della mia vita che non ho voglia di intavolare una conversazione? «Bene, grazie.»

Spiaccica le mani sul bracciolo. «Anch'io sto bene.»

Tiro fuori il *New York Times*. La gente di solito è meno portata a farsi gli affari degli altri se vede che ha a che fare con una persona impegnata, specialmente se questa persona legge il *Times.* Non si tratta di un fumetto o, peggio, di una rivista di moda. È circondato da un alone di serietà.

«Cosa legge, bella signorina?»

Mi ci vuole un attimo per riprendermi dallo shock di essere chiamata *bella signorina.* È cieco, questo qui? «Il giornale» rispondo, tentando di fargli capire che non mi va di chiacchierare. Avrà capito adesso? Vola via, antipatico. Vola via!

«Allora, cosa fai nella vita?»

«Studio.» Ora sparisci. Ne ho abbastanza.

«Oh, che bello» mi dice con un tono di voce da buffetto sulla testa. Notate che non ha pensato di farmi la più banale delle domande, *cosa studi?* Non che mi importi di dirglielo. Non ho nessuna intenzione di conversare con quest'uomo. Non capisco perché la gente pensi che il solo fatto di essere seduti vicini implichi un interesse comune.

Si imbaldanzisce come un giubbotto di salvataggio appena gonfiato. «Io dirigo una rete di vendita internazionale di elettrodomestici. È una delle più grandi del mondo.»

Non ricordo di avertelo chiesto, ma visto che hai preso tu il discorso, lascia che ti chieda perché sei seduto al posto 23 D in classe economica se sei così ricco e potente? «Che bello» dico.

Mi metto le cuffie del lettore CD portatile. Sfortunatamente è rotto, me ne sono accorta mentre aspettavo di imbarcarmi. Ma la cosa importante è che lui non se ne accorga. Forse potrei agitare la testa su e giù, come se fossi presa dallo swing.

Mancano quarantacinque minuti all'atterraggio.

Spero che mia madre sia puntuale. L'ultima volta che ha tentato di venirmi a prendere all'aeroporto di Toronto, di ritorno da una conferenza a Calgary, è arrivata con cinquantacinque minuti di ritardo. Si era sbagliata, e aveva pensato che il mio volo atterrasse alle cinque, nonostante la fotocopia del mio programma di viaggio facesse bella mostra di sé sullo sportello del frigorifero, attestando inequivocabilmente che sarei atterrata alle quattro. Quando arrivò, alle cinque meno cinque, era tutta orgogliosa di se stessa per i cinque minuti di anticipo. Non potevo credere che, non solo non aveva prestato attenzione al programma che le avevo fotocopiato, ma non aveva nemmeno chiamato l'aeroporto per verificare l'orario. Il volo avrebbe potuto portare ritardo, eravamo in dicembre e le tempeste di neve in inverno sono quasi garantite.

Questa volta le ho detto specificatamente di chiamare l'aeroporto. Le ho addirittura dato il numero. Comunque avrei dovuto insistere per prendere un taxi.

Cara, dolce mamma. Nell'ultimo anno almeno quattro volte, che io ricordi, ha chiuso la macchina con le chiavi dentro e ha dovuto chiamare papà per farsi portare quelle di riserva. Non che mio padre sia molto meglio di lei. Una volta mamma lo chiamò dicendo *Lo sportello si è chiuso così in fretta! Non sono riuscita a fermarlo*, e lui attraversò tutta la città a piedi per accorgersi solo a destinazione di aver dimenticato a casa le altre chiavi. *Avrei giurato di averle infilate in tasca.* Chiamarono me per toglierli dall'impiccio. E quando arrivai, dopo due ore infernali di metropolitana, li trovai tutti allegri che facevano un picnic sul cofano della macchina. Non è sconfortante? Ammetto che mi fecero un po' di tenerezza. Penso che sia la cosa più eccitante che gli sia mai capitata.

Vivrò con i miei genitori per un'altra settimana. Sette giorni. Centosessantotto ore. Ancora una settimana soltanto di spiegazioni a mia madre per farle capire come usare *quell'aggeggio*, come lei chiama il computer, per andare *nella Rete*. (*In Rete, mamma, non nella Rete.*)

Ancora sette giorni a togliere i calzini sporchi di mio padre dal pavimento della cucina. Avrà un secondo fine? Perché altrimenti un uomo dovrebbe togliersi i calzini in cucina? Non abbiamo nemmeno il tappeto, solo piastrelle gelide.

Se la caveranno senza di me?

Dovrei prendere un telefono cellulare per essere raggiungibile in ogni momento.

Oltre a essere riuscita a vivere a New York per tutta l'estate, con questo lavoro estivo ho messo da parte abbastanza soldi per permettermi una casa mia qui a Toronto. Se avessi dovuto continuare a farmi un'ora di viaggio dalla casa dei miei genitori, che abitano in capo al mondo, fino all'università, penso che avrei mollato tutto e mi sarei trovata un lavoro in una caffetteria. Proprio così.

L'anno scorso, dovevo camminare un quarto d'ora per arrivare all'autobus con cui raggiungere la fermata della metropolitana per andare a lezione. Il mio nuovo appartamento è a cinque minuti a piedi dalla facoltà. Cinque minuti!

È stato mio fratello Adam a inoltrarmi un'e-mail su questo appartamento. La sorella minore di uno dei suoi amici cercava qualcuno con cui dividere le spese. La casa è la metà di un edificio bifamiliare, ha tre stanze da letto e si trova al piano terra. Le due precedenti inquiline sono tornate nella Colombia britannica. Ma la cosa più interessante è che la ragazza che è rimasta vive nell'appartamento da quando c'era ancora l'equo canone, perciò pagheremo solo cinquecento dollari al mese a testa. Quest'estate ho lavorato per tre mesi in uno studio legale per un compenso incredibilmente alto: duemila dollari alla settimana. Mi sono avanzati abbastanza soldi per pagare l'affitto di un anno intero.

Poi a maggio tornerò a New York per un lavoro a tempo pieno. L'unico requisito richiesto è che riesca a diplomarmi almeno con la media del B, cosa che posso fare senza battere ciglio.

Non che io di solito sbatta le ciglia. Sono più il tipo da stropicciarsi gli occhi. Il vizio di strofinarmi gli occhi è la conseguenza delle estenuanti sedute in biblioteca: quando ne esco sembra che mi sia presa una gomitata appena sopra il naso. La mia agenda comprende parecchie ore là dentro. Ci vado tutte le mattine dalle nove alle dieci, seguo i corsi dalle dieci alle tre, quindi torno in biblioteca fino alle dieci di sera, con solo due pause di un quarto d'ora per un pranzo a base di pane e formaggio, con libera assunzione di grassi, e una cena rigorosamente controllata dal punto di vista calorico.

Ma il maggior vantaggio di vivere a cinque minuti dall'istituto è la prossimità con la palestra dell'Università dell'Ontario.

Senza tutti quegli spostamenti guadagnerò un'ora e cinquanta da dedicare all'esercizio fisico.

La mancanza di tempo libero può essere stata la causa della fine della mia relazione con Manny. O, forse, a meno che l'indifferenza non possa essere considerata un sentimento, a far naufragare la nostra storia è stata la mancanza di qualsiasi impulso nei suoi confronti. Non posso negare che sia un bravo ragazzo... lo è. È il primo della classe, e mi rimane accanto per ore ogni volta che mi trovo ad affrontare una difficoltà di cui non riesco a venire a capo.

Ma il problema è il seguente: deve fare continuamente la pipì.

Capisco che possa apparire una cosa insignificante, irrilevante, o addirittura discriminatoria, ma non sono le donne di solito ad avere la vescica più piccola? Trovo estremamente irritante doverlo sempre aspettare dietro la porta del bagno. Per esempio, stiamo andando dall'aula alla biblioteca e lui dice *Aspetta un attimo, Jodine, devo fare pipì*. Oppure al cinema: *Guarda bene, poi dimmi cosa è successo, io devo correre al bagno, scusami, scusami...*

È assurdo, non può tenersela?

Si direbbe che lo scocciatore al mio fianco si sia addormentato. Ha gli occhi chiusi, e un piccolo rivolo di saliva gli scorre da un angolo della bocca spalancata. Sono solo le due. Chi si addormenta alle due? La persona che gli è seduta accanto si rifiuta di intrattenersi in una tediosa conversazione, e lui non trova più alcuno stimolo per rimanere cosciente? Almeno pende dalla parte del finestrino, e non verso il bracciolo che ci separa.

Bella signorina. Ah!

Odio essere trattata come una bambina. Il racconto sulla mia infanzia che preferisco è quello di quando mia madre mi portò dal pediatra per farmi il richiamo della tubercolina: ti disegnano tre puntini sul braccio e devi sperare che non si incancreniscano, se no poi ti devono amputare il braccio o che. Avevo sei anni, e morivo di paura, ma facevo di tutto per tenerlo nascosto. Chiesi al dottore se mi avrebbe punto con un ago, e lui mi rispose con un sorrisetto ebete *Non è un ago, è un nasino, questo*. Quando mi ficcò tre aghi nel braccio, dissi a quello stupido di non trattarmi come una bambina.

Mia madre pensa che questa storia sia terribile. La racconta sempre alle riunioni di famiglia. Da che mi ricordo, mi ha sempre definita una trentenne imprigionata nel corpo di una bambina. Perciò ora cosa sono? Una cinquantenne?

Mi tolgo le cuffie dalle orecchie e chiudo gli occhi. Prenoto sempre un posto nella fila dietro l'uscita di emergenza. Mi piace essere il più possibile vicino a una via di fuga, pur non rinunciando a stare comodamente sdraiata. Ora l'affarista rompiscatole russa. Come può una persona sola fare tanto rumore? Le sue emissioni sonore coprono addirittura gli strilli del poppante nella fila dietro la nostra. Un'altra delle mie fissazioni. Secondo me ai genitori dovrebbe essere imposto dalla legge di far viaggiare i bambini sotto i tre anni in automobile. Ai bambini piccoli, e ai neonati in particolare, non piace volare, è evidente, allora perché dobbiamo soffrire tutti quanti?

A quanto pare io mi merito di soffrire, perché non mi sono assicurata che il lettore CD funzionasse. Se una persona non pensa e non pianifica tutto in anticipo, perde il diritto di lamentarsi per eventuali fastidi.

Pianificazione tempestiva. Caso esemplare numero uno. Titolo: *Se non si ordina in anticipo un pasto vegetariano, anche se di fatto non si è vegetariani, non rimane altra scelta che mangiare la fettina di plastica marroncina che viene servita per pranzo.* È inutile concupire la frittata di funghi che sta gustando la signora al di là del corridoio, si rischia solo di impazzire.

Pianificazione tempestiva. Caso esemplare numero due. Titolo: *Esperienza Benjamin, socio della I-bank di New York.* In principio appariva relativamente normale. Ti chiamava sempre dopo un appuntamento per dirti grazie. Non faceva mai nulla di sgradevole come mandare fiori in ufficio o inviare e-mail fastidiose. Sorriso da favola, baci da favola, serate da favola. A letto, A-, poco sotto la perfezione. Un'esperienza eccellente, finché a un tratto non ha cominciato a farneticare di amarmi, di non poter accettare che me ne andassi, di volersi trasferire a Toronto e di voler venire a vivere con me. Trasferirsi a Toronto? Ci vedevamo da solo cinque settimane! Non è una follia? Come poteva pensare di vivere con me? Prima di tutto avevo appena sottoscritto un contratto d'affitto. Secondo, non ero affatto sicura che fosse la persona con cui intendevo passare il resto della mia esistenza, e forse nemmeno un intero semestre. Permettergli di trasferirsi in un Paese straniero per stare con me poteva implicare che io lo considerassi un potenziale compagno per la vita, giusto?

Cerco di muovermi nel microscopico spazio che il rompiscatole mi ha lasciato, e prendo nello zainetto la lista dei difetti di Benjamin.

1. Ha una risata femminile.

Non penso che ci sia bisogno di dilungarmi su questo punto. Quale donna vorrebbe stare con un uomo con la risata da femmina?

2. Vuole continuamente andare a ballare.

Io odio ballare, principalmente perché non sono capace. Mi piacerebbe, ma non ci riesco. Perciò non ci vado. In linea di massima non è un gran problema, visto che la maggior parte degli uomini non comincia ad agitarsi sulla sedia quando parte *Sexual healing*.

3. È troppo impulsivo.

Se pensa davvero di essere così innamorato, perché non può aspettare altri nove mesi... a New York? Ogni tanto potrei andare a trovarlo. Non ho ancora deciso cosa fare a Natale. Ho prenotato per la notte di Capodanno, ma non ho ancora confermato. Scherzo. Non sono così stronza. Davvero.

4. È troppo sentimentale.

Quando ha detto che mi amava, mi sono messa a ridere.

5. Dice che sono fredda.

È offensivo. Io non sono fredda. Mi ha detto che sono come quella canzone di Simon e Garfunkel. Un rock senza sentimento. Sono realistica, ma, lo ripeto, non sono fredda. Perciò sono diversa dalla maggior parte delle donne. Non mi piace che un uomo che mi conosce da cinque settimane soltanto mi dica che mi ama. Non me ne sto lì con le mie amiche a chiacchierare su quale tinta renda i capelli più luminosi. I fiori me li posso comprare da sola, grazie mille. Non ho paura che nessuno si innamori di me. Ci sono già diversi uomini che si sono innamorati di me. Quest'estate, Benjamin;

l'anno scorso, Manny; al college, Jonah; alle superiori, Will. Tutti hanno detto di amarmi, ed erano sinceri. Dicevano *far l'amore* quando andavamo a letto. Mi hanno invitato a conoscere le loro madri.

Dilemma numero uno: non voglio incontrare le madri degli altri. Ne ho già una mia, grazie, sono a posto così.

Dilemma numero due: io dico *fare sesso.*

Dilemma numero tre: ho risposto *Mi ami? Come sei dolce.*

Poso la lista e rifletto su una cosa che una volta mi disse mia madre: *Ogni pentola ha il suo coperchio.* Pessimo esempio di saggezza materna. La gente non ha niente a che vedere con le stoviglie. Siamo nati soli e moriremo soli. Non siete stati creati per combaciare con niente. Non mi dispiacerebbe, è ovvio, incontrare la persona che abbia più probabilità di altri di rendermi felice. La persona che mi si adatti *meglio.* Ma mi rifiuto di adattarmi per farmi andar bene qualcuno che non c'entra niente con me.

Sei veramente una donna complicata, mi aveva detto Benjamin, la voce rotta dal pianto, prima di sbattere la porta del mio appartamento.

Be', lo ammetto. Farlo soffrire mi ha fatto sentire un po' di merda. Parecchio di merda. Non mi diverto a ferire i sentimenti degli uomini. Non c'era alcuna premeditazione.

C'è qualcosa che non va in me? Sembra che tutti si innamorino con grande facilità. Quand'è che anch'io avrò il batticuore e griderò *Aaa-iiii-aaa-iiii-aaa will always love youuuuuu!!!* e altre smancerie alla Whitney Houston? E se avessi una deformazione genetica? Cosa sarei se fossi un rock? SAREI UN ROCK SENZA SENTIMENTO, MORTO DENTRO?

O forse, al contrario della maggior parte della gente, non mi va di farmi il lavaggio del cervello e illudermi di essere innamorata.

Ecco il significato sotteso al caso esemplare numero due, altrimenti noto come *Esperienza Benjamin*: una persona non deve permettere a un'altra di distrarla dai suoi piani. Se non si è prudenti, una scappatella da nulla può precipitare e trasformarsi in una relazione incasinata.

Trenta minuti all'atterraggio.

Un'ottima occasione per fare esercizi.

Alzate il ginocchio sinistro. Contate fino a dieci. Giù.

Alzate il ginocchio destro. Contate fino a dieci. Giù.

Alzate il ginocchio sinistro. Contate fino a quindici. Giù.

Alzate il ginocchio destro. Contate fino a quindici. Giù.

Purtroppo non c'è abbastanza spazio per fare gli addominali. Il rompiscatole si seccherebbe se alzassi il bracciolo e mi sdraiassi sulle sue ginocchia?

Non vale la pena di rischiare che riprenda conoscenza. Sarei costretta a parlargli.

Capitolo 3

Emma viene scaricata

Emma

«Non ti metterai quella roba. Torna dentro e cambiati.»

Perché Nick è così pieno di merda? Era un cesso nella sua vita precedente? «Me lo metto, puoi starne certo. L'ho comprato oggi. È favoloso.» Stiamo parlando di un morbido top di seta rossa con una scollatura vertiginosa. Costa una fortuna. È il top più incredibile che sia mai stato disegnato. Averlo sulla pelle è come indossare una crema. È come quando ho sulle labbra il mio rossetto preferito da trenta dollari. Amo questo top. Se Nick mi costringe a scegliere tra lui e il top, non sarà contento della mia decisione.

Batte i pugni contro il volante. «Perché ti devi mettere una cosa che ti fa sembrare una sgualdrina?»

Non capisco la domanda. Perché mi piace sembrare una sgualdrina? «È buffo. Com'è che ti arrabbi quando mi vesto da puttana, ma sei tutto contento quando mi comporto come una di loro?»

Fa una smorfia, come se avesse appena buttato giù una tequila. «Vaffanculo» grida.

«Vacci tu affanculo.»

Un'altra adorabile seratina.

La cosa migliore di Nick: è straordinario a letto. Tradotto: *scopa da dio*. È sempre tutto per me, non ci si mette neanche se pensa di non farmi arrivare almeno a due orgasmi. Anche se io gli dico che va bene, che per una sera posso pure fargli solo un pompino, insiste per farmi venire.

La cosa peggiore di Nick: è più ostinato di un telecomando senza pile.

«Va' a cambiarti» dice, incrociando le braccia. Non lo infastidivano i miei top scollati quando abbiamo cominciato a uscire, l'anno scorso. Ultimamente ha iniziato a grufolare come una scrofa nel letame ogni volta che indosso anche solo dei calzoncini o una canottiera da ginnastica. Nel suo mondo ideale, dovrei indossare una tuta da sci ventiquattro ore al giorno. O meglio, quattordici ore al giorno: nelle altre dieci vorrebbe vedermi sfilare con addosso la lingerie che mi regala lui. Mutande di pizzo rosso, giarrettiere di pelle, culotte di serpente. Vuole trasformarmi in una pornostar? Mi chiede anche di tagliarmi i peli pubici, per sembrare una dodicenne. Penso che abbia visto troppo *Playboy* alla televisione. In privato non c'è niente che lo scandalizzi, ma quando mi porta fuori, è come se vivessimo in Iraq. Agli uomini è interdetta la vista anche solo delle mie caviglie, del collo, o di qualsiasi altra cosa sia vietato vedere nei Paesi musulmani.

«Io non mi cambio.» Perché dovrei cambiarmi? Ho un gran corpo. Non sono una di quelle finte modeste che ti chiedono se sembrano grasse. Io non sembro grassa. Il mio culo è piccolo e tondo, e le tette sono tridimensionali. Non vedo l'ora che arrivi il caldo per mettermi in bikini. Vi sembrerò presuntuosa, ma le riviste non fanno altro che ripetere alle donne di essere orgogliose di ciò che hanno. A giudicare dalle foto di mia madre, mi restano al massimo otto anni per esaltare il mio look prima che tutto sia finito. A trentatré anni, per mamma, la quinta di mutande era troppo aderente. A trentasei, suo marito andava a letto con una della mia età. La mia età di adesso, non la mia età di allora...

La possibilità di avere uomini che sbavano davanti alle mie tette perfettamente tornite e scarsamente coperte non durerà in eterno; per questo motivo è mio preciso dovere servirmene al meglio.

«Allora non andiamo da nessuna parte» dice Nick, facendo il muso come un bambino. È davvero buffo. La prima cosa ad affascinarlo di me sono state le tette, e la prima cosa di lui a colpirmi è stata l'ostinazione.

Eravamo in un locale a Richmond, e Nick continuava a guardare il mio vestitino nero. Avevo le spalle nude e il seno appena coperto. Mi mandava Vodka-Martini a ripetizione, e io continuavo a rispedirli al mittente. Finimmo nel suo letto, dove ho passato parecchio tempo da allora. Ci siamo lasciati quattro volte, ma sono sempre ritornata da lui, dopo aver avuto la prova di essere ancora amata e desiderata.

Ormai dovrebbe aver capito che con me queste stronzate non può farle. Chi si crede di essere per decidere come mi devo vestire? Io mi metto quello che voglio. Sono io ad avere la responsabilità del mio corpo. Sono io a decidere quali parti del corpo esporre e quali nascondere sotto la tuta da sci.

«Benissimo!» grido, spalancando lo sportello e mettendo un piede fuori dall'auto, piede calzato in un paio di favolosi sandali di pelle rossa acquistati la settimana scorsa. «Se sei deciso a comportarti come un pezzo di merda, me ne vado a casa.»

Perché devo inscenare questa farsa? Mi ama. Non se ne andrà mai senza di me. Ora è il suo turno di dire che sono proprio stupida, che va bene, posso mettere quello che mi pare, che sono bellissima eccetera.

«Senti...» Si sporge dal finestrino aperto.

«Sì?»

«Non aspettarmi alzata» dice, e se ne va.

«Va' all'inferno!» grido, e alzo il dito in direzione della Mustang che fila via. «Se non fermi quella macchina, non sprecare tempo a chiamarmi ancora!»

L'auto rallenta e... svolta dietro l'angolo.

Bastardo. Bastardo pervertito. Stavolta è proprio finita.

«Pensavo che uscissi» mi dice mio padre sentendomi sbattere la porta d'ingresso. È seduto al tavolo della cucina insieme a quella puttana di sua moglie. Probabilmente sono tutti presi a discutere di quanto sono incasinata. Sono il loro argomento di conversazione preferito. Se non fosse stato per le mie cazzate, sono sicura che si sarebbero separati per mancanza di interessi comuni.

«Sembrate dispiaciuti. Non smettete di parlare di me solo perché sono tornata.»

«È ovvio che non siamo dispiaciuti, cara» dice AJ, dando un buffetto sul braccio di mio padre e parlando molto lentamente. «Non essere sciocca, Stephen e io pensavamo che questa sera saresti uscita, tutto qua.»

Bla, bla, bla... Lo chiedo a voi: AJ vi sembra un nome appropriato per una matrigna? Cos'è successo alle Marge? O Stella?

La stronza ha soltanto trentasei anni. Dieci più di me e diciotto meno di quel predone delle culle che è mio padre. AJ ha l'insopportabile abitudine di parlare per conto di papà, e papà quella di permettere ad AJ di parlare per lui. Ha anche la tendenza a rivolgersi a me con lo stesso tono di voce che usa con sua figlia, che ha appena sei anni.

«Risparmiatemi le cazzate, per favore» dico. «Non vedete l'ora che me ne vada di casa.»

AJ guarda sconvolta mio padre.

Me ne andrò tra otto giorni. AJ mi ha trovato una stanza in un appartamento con due perfette sconosciute. Lavora con una delle ragazze, Allison, ma, a differenza di lei, è una volontaria. Fanno qualcosa per l'Università dell'Ontario un paio di volte alla settimana. AJ si comporta come se pretendesse gratitudine, come se mi stesse facendo un favore, ma io lo so che ha organizzato tutto per sbarazzarsi di me, per allontanarmi dalla sua preziosa figlioletta, Barbie. Non scherzo. Si chiama davvero Barbie. Non che abbia alcuna speranza di somigliare mai alla Barbie. È una bambina bassa e tozza. E non dimentichiamo il naso enorme e gli occhiali spessi. Immagino che con la connivenza della vecchia AJ (attualmente la *giovane* AJ) riuscirà a circuire mio padre e a fargli spendere la mia eredità per un'operazione di plastica al naso e un intervento con il laser agli occhi.

A quanto pare ho un cattivo carattere e influenzo negativamente Barbie nell'età dello sviluppo.

Che se ne vadano tutti a fare in culo.

Barbie in realtà non è una bambina cattiva. Quando le faccio da babysitter le permetto di vedere i video musicali e le insegno a muoversi a tempo. Potrebbe diventare una brava ballerina un giorno, sempre che le sue gambe crescano abbastanza da toccare il pavimento quando è seduta.

La lascio addirittura giocare con i miei capelli. È incredibile quanto le c'è voluto per imparare a farmi la treccia. Usava solo due ciocche, che è come fare il giocoliere con due palline invece che con tre.

Quando sono andata a trovare mia madre a Montreal, ho portato a casa un po' dei miei vecchi vestiti per Barbie. Terribile, AJ dà così tanto da mangiare a quella bambina, che non c'è stato verso di farle infilare una delle sue enormi cosce nei pantaloni.

Cerco di farle perdere peso ballando.

Fingo che mi piaccia, per evitare di aggiungere altro materiale per quando da grande andrà in analisi.

«Non ho intenzione di stare ad ascoltare i tuoi turpiloqui» si lamenta AJ, ed esce dalla cucina.

Silenzio.

Mi verso un bicchiere di succo di frutta e mi siedo sulla sedia che ha lasciato lei. È calda. Magari ci ha scoreggiato sopra.

«Perché ti ostini a contrariarla?»

Io la contrario? Facciamo un riassunto della situazione, che ne dite? Ha iniziato una storia con mio padre quando lui era ancora sposato. L'ha convinto a lasciare mia madre e me, e a seguirla a Toronto per sposarla. Ho tutto il diritto di darle la colpa di qualsiasi casino combino. Ho dei problemi a stabilire relazioni durature? È colpa di AJ. Non mi fido della gente? La responsabilità è di AJ. Ho ucciso qualcuno? AJ. Non ho mai ucciso nessuno, ma se mai dovessi farlo, sarebbe lei a spingermi in quella direzione. Non c'è niente che io possa fare che sia paragonabile a quello che lei ha fatto a me. Ha attraversato con uno spazzaneve la distesa di neve bianca che era la mia vita.

«Litigare con il tuo ragazzo non ti autorizza a riversare le tue frustrazioni su di noi» mi dice mio padre.

«Nick e io non abbiamo litigato.» Lo odio quando dà la colpa di tutto a Nick. È come quando Nick dice che mi comporto da troia perché ho le mie cose. Che significa? Potrei anche comportarmi da troia per molte altre ragioni, ma non c'è alcun bisogno che Nick le conosca.

«AJ ti ha mai chiesto di ringraziarla per averti lasciato vivere qui in questi due anni? No. Per averti trovato un lavoro da *Stiletto*? No. Per averti prestato i suoi mobili per il nuovo appartamento? No. Ti chiede solo di trattarla decentemente. Ma tu lo fai mai? No.»

Innanzitutto cosa significa che lei mi ha lasciato vivere qui? Non fa parte delle responsabilità di un padre occuparsi della propria figlia? Volevo seguire i due anni di design alla Scuola d'arte di Toronto. Sarei stata ben contenta di vivere da sola e lasciare a loro il conto da pagare, ma mio padre ha pensato che vivere tutti insieme sarebbe stata una buona opportunità per conoscerci meglio. A quanto pare, AJ non la pensa più così.

Secondo, non mi ha trovato il lavoro da *Stiletto* per aiutarmi. Si è servita di quell'impiego per esiliarmi dal suo palazzo dorato. Non è colpa mia se aveva delle amicizie nell'industria dei miei sogni. Cosa si aspettava da me? Non è nemmeno un lavoro ben pagato. Se il mio stipendio fosse una maglietta, arriverebbe appena sotto i capezzoli.

«Grazie, papà» dico con un tono affettatamente dolce. «Apprezzo davvero tutto quello che AJ ha fatto per farmi avere successo nella vita. Se non ti avesse scopato mentre eri sposato con la mamma, non sarei finita a questo tavolo da cucina a bere succo di frutta.»

Sono una bambina, e allora? Sparatemi.

Mio padre si alza e lascia la cucina. Lascia sempre perdere.

La luce della luna entra nella stanza e i brillantini che ho sulla pelle sfavillano.

Forse giocherò a *vestirci eleganti* con Barbie.

Forse domani la porterò a fare shopping.

Le cose avrebbero potuto andare peggio. Il caro papà non si è ripreso la carta di credito.

Un'altra rottura è uguale a un altro festival dello shopping.

Capitolo 4

Allie si agita

Allie

Tra un'ora Clint verrà a trovarmi. Va bene, non verrà proprio a *trovarmi*. Ha detto che forse passa da me.

Insomma, sia come sia, io mi preparo nell'eventualità che venga. Sposterò la vodka dall'armadio al freezer. Cavolo, come pesa! Perché ho comprato la bottiglia maxi? Avevo in programma di farmici il bagno? Quanta vodka possono bere due sole persone?

Metto in frigo il succo di mirtilli per i cocktail.

Il succo di mirtilli mi farà venire da fare pipì? Si dice che sia un toccasana per le infezioni alla vescica, ma io non voglio correre in bagno ogni minuto, vi pare? Anche se ho letto che l'orgasmo è migliore quando ti scappa la pipì. Penso che valga solo per le donne. Non credo che gli uomini possano aver bisogno di fare pipì e contemporaneamente averlo duro. Ho anche sentito che se stai per avere un orgasmo da punto G, ti senti come se avessi lo stimolo di far pipì.

Io non ho mai avuto un orgasmo da punto G... Non ho mai avuto un orgasmo facendo sesso... Non ho mai fatto sesso.

Sono una vergine di ventidue anni.

È pazzesco? Non è come se avessi tre occhi o mi mancassero i denti davanti. Ci sono altre vergini. Migliaia, probabilmente. Solo che loro sono in attesa del matrimonio, si mantengono caste per motivi religiosi o altro.

Oppure hanno tredici anni.

Io sono patetica. Aspetto l'uomo giusto.

O forse un uomo che mi piaccia.

O un uomo a cui io piaccia.

Okay, lo ammetto, sto aspettando un uomo, qualsiasi uomo, che mi piaccia e a cui io piaccia, e che abbia voglia di venire a letto con me. Non mi sembra di chiedere troppo, no?

Apro la bocca e infilo tra i denti l'unghia dell'anulare sinistro. Buona!

L'ho quasi fatto quando ero alle superiori. Con Gordon. Dio sa quanto lo desiderasse. Mi chiedeva praticamente tutti i giorni *Quand'è che sarai pronta? Sei pronta, ora? Com'è che tutte le altre lo fanno? Com'è che tutte le altre sono pronte?* Anch'io lo volevo, ma per qualche assurda ragione sentivo che era mio dovere dire di no. *Siamo troppo giovani. Non siamo pronti.* Perché si risponde così? Qualcuno me lo può ricordare? Le adolescenti femmine lo vogliono fare esattamente come i maschi. Sogniamo a occhi aperti di farlo, ma crediamo che il nostro dovere sia non farlo. A parte le ragazze che effettivamente lo fanno. Sono quelle che chiamiamo *puttanelle* quando ci voltano le spalle, ma appena chiudiamo gli occhi, fantastichiamo di essere come loro.

È possibile che io abbia aspettato troppo e che ora non ci riesca più? Può succedere? L'imene può andare a male?

Gordon mi scaricò e andò a letto con Stephanie Miller. *Grazie a Dio non ci sono andata a letto* dissi piangendo sul copriletto porpora della mia miglior amica di allora, Jennifer (in realtà mi maledicevo per non averlo fatto, era per questo che mi aveva mollata).

Sarebbe stato normale farlo almeno una volta negli ultimi quattro anni, ma dopo Gordon non ho più avuto nessuno. Sono uscita con dei ragazzi, ovviamente, e mi sono data parecchio da fare (tutto tranne quello), ma non mi va di perdere la verginità con uno che non rivedrò più. Non è che me lo devo sposare, il tizio, ma mi piacerebbe che ci frequentassimo almeno per tre mesi.

Okay, che ne dite di quattro settimane? Posso accettarlo. Non penso che sia una follia progettare di stare con uno per quattro misere settimane. Per esempio, hai le tue cose come minimo una volta. Almeno secondo la norma. Io per qualche inesplicabile ragione sono nel classico periodo *Sorpresa! Ti veniamo appena ti infili i pantaloncini bianchi!* e cioè di tanto in tanto ogni quattro mesi, di tanto in tanto ogni due settimane. Ma almeno mi arrivano. Quando mi vennero la prima volta, ero già pronta per l'ospedale geriatrico, sia per i miei genitori che per mio fratello, che per le mie amiche, che per i miei insegnanti, e persino per il fattorino del droghiere. Mi dicevano continuamente: *Allora, sei una donna adesso? Perché ti ci vuole così tanto?*

Sono sbocciata tardi.

Al college sarei andata a letto con Ronald. Sì, lo ammetto. Uscivo con un ragazzo che si chiamava Ronald, anche se io cercavo sempre di chiamarlo Ron. (*Preferisco Ronald, grazie.* Perché? Perché? Perché un ragazzo dovrebbe preferire quel nome da sfigato?) Uscimmo per due settimane al secondo anno, e una sera, mentre facevamo un po' di petting, io gli confessai *la verità.* Grave errore. Madornale. (Come in *Pretty Woman*, quando lei entra in quel negozio di snob, dove non hanno voluto servirla, per fargli vedere quanto ha speso nel negozio di fronte. Adoro quel film. L'ho visto quarantasei volte... Forse non dovrei confessare nemmeno questo.)

Non so perché, ma avevo sempre pensato che se

avessi offerto la mia verginità a un ragazzo (*Vuole una tazza di tè con la mia verginità, signore?*) lui l'avrebbe gradita. Ma non è così. È una cosa che sconvolge gli uomini. Li fa andare fuori di testa. Il loro *sapete cosa* diventa molle come una banana troppo matura. E quindi Ronald se ne andò, dicendo che la mattina seguente aveva una lezione alle otto. (Strano che quella lezione delle otto fino a cinque minuti prima fosse l'ultima cosa a passargli per la testa, quando la sua banana non era ancora marcita.) La settimana successiva mi ignorò, e quando nel weekend lo incontrai a una festa, mi disse tra i fumi dell'alcol che sarebbe stato troppo impegnativo entrare in intimità con me.

Comunque, chi vuole fare sesso con uno che si chiama Ronald?

Chi vuole fare sesso con uno che usa la parola *intimità*?

Può essere che io, inconsciamente, non abbia mai fatto sesso per conservarmi integra per Clint? No... probabilmente no... e se non accadesse mai? Rimarrò vergine per sempre?

L'orologio sul videoregistratore dice che sono le sei e dieci, il che significa che sono le sette e dieci, perché non l'ho spostato all'ora legale, ma tra qualche mese sarà di nuovo a posto.

Mancano trentacinque minuti all'arrivo di Clint. Deve succedere.

È ora di preparare il mio corpo e di renderlo sexy.

Per la doccia di questa sera ho bisogno di parecchi accessori: spugna naturale, rasoio, bagnoschiuma alla pera, shampoo fortificante al melone...

Appoggio gli occhiali sul lavandino. Lo so che dovrei riporli nella custodia, per evitare di dimenticare dove li ho messi e passare almeno venticinque minuti a cercarli disperatamente domani mattina. Ma non so dove sia la custodia.

Favoloso! Tutta questa acqua calda! Nessuno che tira lo sciacquone mentre cerco di lavarmi. L'appartamento ha due bagni. Uno ha la doccia e i sanitari, e l'altro solo il water. Io sono in quello con la doccia, ovviamente. L'altro bagno è accanto alla stanza più piccola, la futura stanza di Emma, la ex stanza di Rebecca. Non è assurdo? Perché costruire un appartamento così, dove la camera da letto più grande, la mia, non ha il bagno accanto e la più piccola sì? Deve essere stato costruito appositamente per gli studenti, per... equità. Se dovesse venirci a vivere una famiglia, i bambini avrebbero il bagno privato e i genitori dovrebbero usare quello comune.

Se vivessi con un ragazzo avrei bisogno del mio bagno privato. Quando sono con Clint, se devo fare la pipì faccio scorrere l'acqua, in modo che non capisca cosa sto facendo.

Melissa mi permetteva di usare il suo bagno, se qualcun altro faceva la doccia in quello grande. Spero che a Emma non dispiaccia mantenere l'abitudine.

Grandioso. Perché non mi ricordo mai di appoggiare l'asciugamano accanto alla doccia? Trenta minuti al suo arrivo. Mi sanguinano le dita attorno alle unghie. Prendo un po' di carta igienica per bendarmi. Perché lo faccio? E quando l'ho fatto? Com'è che non mi accorgo neanche quando mi mangio le pellicine?

Il momento ideale per mangiucchiarsi le pellicine è proprio quando si esce dalla doccia. La pelle si stacca e diventa più facile afferrarla con i denti. Sembra disgustoso. Lo è. Basta. Ho chiuso. Non mordicchio più. Come posso piantare le unghie nella schiena di Clint se non le ho?

Oggi Clint mi ha chiamata. *Cosa stai facendo?* mi ha chiesto.

Niente di che, e tu? gli ho risposto.

Magari più tardi faccio un salto a vedere Korpics.

Korpics è un telefilm molto cool, piuttosto esclusivo, visto che lo trasmettono soltanto sul canale satellitare.

Io so che a casa di Clint *Korpics* non si vede, ma avrebbe potuto andare in un bar se davvero gli interessava solo il telefilm. È una scusa. Deve essere così. Non mi aveva mai chiesto prima di venire a vedere la televisione da me.

Le dita smettono di sanguinare. Butto la carta igienica nel cestino strapieno e lascio l'asciugamano in terra. Rimango nuda a fissare l'armadio, non l'avrei mai fatto se ci fosse stato qualcun altro in casa. Cosa mi metto? Devo stare attenta a non fargli capire che non aspetto altro che essere spogliata. Perché dovrei portare le mutandine di pizzo e il reggiseno coordinato se sono in casa a non far niente? Deve sembrare che mi sia infilata la prima cosa che ho trovato, giusto? È così che funziona con i ragazzi. Vogliono ciò che non possono avere. Perciò se mi vesto come una che non ha il minimo interesse a essere sexy, lui sarà interessato. Più trasandata sarò, più mi vorrà.

Decisione presa. Mi metto la tuta che usavo in campeggio, quella con il buco sul ginocchio.

Mi guardo allo specchio, sembro un coltivatore diretto. E se con questa scelta di sciatteria estrema lo respingessi? Forse dovrei essere un po' più casual. Un trucco che non sembri un trucco, un trucco naturale, senza rossetto. Senza rossetto le labbra sono più naturali.

La verità è che odio il rossetto perché mi angoscia l'idea che mi possa finire sui denti.

Jeans e maglietta?

Fuseau e canottiera?

Gonna lunga?

Perché dovrei mettermi la gonna per stare in casa?

Suona il citofono.

Oddio. È qui! Sceglierò il look più naturale. Jeans e

top senza maniche. Perché è arrivato così presto? Non ce la faceva a stare senza di me? Non ce la faceva a stare senza di me!

L'ultimo bottone mi strizza la pancia, spero che sia perché ho messo inavvertitamente i jeans nell'asciugatrice, e non perché ieri sera ho spazzolato una intera cheesecake.

Mmmm. Cheesecake.

Sono elastici, no?

Nota bene: tieni la pancia in dentro... e anche il sedere.

Si può tenere il sedere in dentro?

«Vengo!» grido. Spero con tutto il cuore di avere l'opportunità di ripeterlo più tardi.

La mia immagine riflessa mi prende alla sprovvista. Cavolo. Ci sono delle strisciate di deodorante lungo i lati del top. Com'è possibile?

«Aspetta!» urlo. Spero di non doverlo dire più tardi. Lancio il top nel bidone della biancheria sporca e mi infilo una maglietta bianca.

«Chi è?» chiedo. Sapete com'è, non vorrei mai far entrare un assassino con l'accetta.

«Sono Em» risponde una voce che non appartiene a un corpo forte e profumato di maschio. Em? Chi è Em? Oh, Emma.

«Ciao!» dico, aprendo la porta.

«Ehi, sono venuta a mollare un po' di merdate. Tutto bene?» Ha in mano una scatola verde metallizzato.

«Nessun problema, entra.»

Si china verso di me e mi bacia sulla guancia sinistra.

«Non hai chiamato una ditta per portare la tua roba?»

«Sì, ma non voglio che tocchino la mia collezione di profumi. Si servirebbero per fare un regalino alla fidanzata, alla mamma o a chissà chi altro. Ho pensato di fare un salto io. Ti spiace?»

«Per niente. Vuoi una mano?»

«No, ce la faccio, grazie.»

Mentre cammina verso la sua nuova stanza, la segue una scia di capelli dorati. Perché io non posso avere capelli dorati? Cosa sei se hai i capelli dorati? Una ragazza d'oro? Non penso che mi starebbero bene. Non penso nemmeno di potermi permettere la sua frangetta tipo Uma Thurman in *Pulp Fiction* né quelle sopracciglia perfettamente inarcate. Sembrano l'insegna di McDonald's.

«Allora, come stai?» dice voltandosi verso di me.

«Bene, grazie. E tu?» Mentre cammina, la spessa cintura d'argento le scivola contro i jeans aderenti taglia zero. Dove posso trovare dei pantaloni che facciano sembrare il mio sedere uguale al suo? E una maglietta che faccia sembrare le mie tette come le sue? Porta una magliettina nera con il collo a V, quello che intendevo come indumento casual ma sexy.

La seguo nella stanza appena pitturata di rosso. Suo padre ha mandato un tizio di nome Harry per riverniciare le pareti, cambiare gli infissi e disinfettare il bagno. Emma apre le imposte e la nostra immagine si riflette sul vetro della finestra. Lei è sfavillante.

«Mi piace la tua cintura» dico. Spero che mi faccia usare i suoi vestiti, ogni tanto. Mi chiedo quanto mi ci vorrà per arrivare alla taglia zero. Devo smettere di fissarla. Penserà che sia lesbica.

«Grazie.»

«Questa volta non c'è Nick?» Erano venuti insieme a vedere l'appartamento.

«Quella testa di cazzo? È finita. Che idiota.»

Ma era così sexy! «Cos'è successo?»

Chiude gli occhi, come se la scena le si aprisse nella mente. «Mi ha chiamato puttana.»

«No!»

Fa una smorfia, come se avesse appena mandato giù una manciata di patatine fritte immerse nell'aceto. «È incredibilmente possessivo. Non lo sopporto.»

«Certo.»

«Vorrebbe dirmi come mi devo vestire, ci credi?»

Scuoto la testa, ma lei non mi vede perché ha gli occhi chiusi.

«Poi se n'è andato. Ci credi?»

No, non ci credo.

«È uscito con i suoi amici e non mi ha più chiamata fino *al giorno dopo*. Ci credi?»

Scuoto la testa e sospiro, incredula.

«Gli ho detto di andare a farsi una sega, quando finalmente ha avuto la decenza di chiedermi scusa.»

Certo. Ora ho davanti agli occhi l'immagine di Nick che si masturba. Mi chiedo se è quello che vede anche lei dietro le palpebre chiuse.

«Sto tentando di esorcizzare la mia vita, di liberarmi da tutti quei *mangiamerda*.»

Non so esattamente cosa sia un mangiamerda, ma sono sicura che non mi piacerebbe esserlo.

«Basta con le teste di cazzo che mi vogliono dire cosa fare.»

Apre gli occhi e posa la scatola verde in un angolo della stanza.

Perché non ho pitturato la mia stanza di rosso? Ora non posso più farlo perché sembrerei una copiona. Perché non l'ho pensato per prima? Perché, perché, perché? Ufficialmente si trasferirà dopodomani. Forse per allora potrei pitturare la stanza di porpora. No, non posso farlo. Domani arriva Jodine.

«Casa nuova, testa nuova» dice. «Allora, com'è questa Jodine?»

Oh, mio Dio. Mi ha letto nel pensiero. È un segno, diventeremo molto amiche.

«Non l'ho mai vista. Abbiamo solo parlato al telefono un paio di volte.»

«Spero sia normale.»

«Sono sicura che lo sia. Ho conosciuto suo fratello, mi è sembrato un tipo carino.»

«Se è un mostro la teniamo chiusa in camera» dice, mostrando un sorriso perfettamente bianco, da pubblicità. Ha il rossetto marrone, e senza dubbio non si è macchiata i denti. «Chissà com'è...»

«È alta e ha i capelli lunghi castani.»

«Come fai a saperlo? Ti ha mandato una foto?»

«Cosa? Oh, no.» Vediamo... non c'è alcun motivo per cui io pensi che sia alta con i capelli lunghi castani. Mi sono immaginata che sia così perché al telefono sembra proprio Christine Torrins, una ragazza con cui andavo al college, e io ho brillantemente dedotto che dovesse anche assomigliarle. «Non lo so, in effetti.»

«Non è venuta a vedere la casa? Che razza di persona affitta una stanza senza nemmeno vederla? Scommetto che è un tipo strambo.»

D'improvviso mi sento di doverla difendere. «Suo fratello è venuto a fare delle fotografie.»

«Non si giudica un appartamento dalle foto. È così che l'hai conosciuta? Sei amica del fratello?»

«Suo fratello è amico del mio.»

«È carino?»

«Suo fratello o mio fratello?»

«Tutti e due» risponde, e scoppia a ridere.

«Non lo so.» Come faccio a rispondere? Prima di tutto, non posso dire se mio fratello è carino. È mio fratello. Mi assomiglia. Secondo, no, non penso che il fratello di Jodine sia carino... ha un sopracciglio unico e una gran testa, ma non ho intenzione di divertirmi alle spalle della famiglia della mia nuova coinquilina. Magari a Emma piacerebbe, non lo so. Sarebbe forte se Emma cominciasse a uscire con il fratello di Jodine.

«Sono single?»

«Mio fratello no. Quello di Jodine non lo so. Glielo possiamo chiedere domani.»

«Merda. Devo andare. Devo vedere degli amici a Yorkville. Tu cosa fai stasera? Vuoi venire con noi?»

Quasi mi dispiace di essere impegnata. Quasi. «Viene un mio amico a vedere *Korpics*. Non ha il satellite.»

«Noi abbiamo il satellite?»

«Sì, possiamo vedere i film e molti canali tematici. Costa pochi dollari al mese.»

«Pensi che potremmo far arrivare il cavo anche in camera mia? Mi porto la TV.»

«Sicuro. Io l'ho portato nella mia stanza.»

«Con chi è che ti vedi? Hai un ragazzo?»

«Non è proprio il mio ragazzo...»

Sorride complice. «Capito. Un amico *speciale*.»

«Diciamo così.» Molto, molto speciale. «Che ne dici, sto bene?» Faccio una giravolta.

Mi squadra dalla testa ai piedi. «Hai i capelli così lunghi.»

Non so se sia un complimento. «Dico, come sono vestita.»

«Carino.»

Carino? Carino è positivo? Non suona tanto bene. Una cuginetta con il visino sporco di sugo è carina. «Mi piacerebbe avere una maglietta come la tua. Dove l'hai presa?»

«In un negozio sulla Queen Street. Te la prendo. Vuoi la mia intanto?»

«Quella che hai addosso?» Possibile? Può essere tanto divina che non solo mi aiuterà a fare shopping per rinnovare il guardaroba, ma letteralmente si strapperà i vestiti di dosso nel frattempo? Per fortuna il tessuto è elastico. Non che a lei manchi niente là davanti, solo che io ho qualcosa in più di lato. «Ma tu cosa ti metti?»

«Mi presterai una maglia. Non preoccuparti... so dove abiti.»

Mi segue nella mia banalissima stanza dalle pareti bianche, ma che presto sarà porpora. Non l'ho ancora sistemata per la visita di Clint. Avrei dovuto farlo ora, invece di star lì a chiacchierare. Emma scoprirà che sono una casinista.

Prendo una maglia blu un po' stropicciata e gliela porgo. Cosa devo fare, adesso? Devo uscire dalla stanza per farla cambiare? Evidentemente no. La nuova coinquilina non ha il mio stesso senso del pudore. Si sfila la maglietta con la naturalezza di una spogliarellista e si siede sul letto. Indossa un reggiseno beige trasparente. Ha i capezzoli grandi. Cos'ho che non va? Non vorrei guardarle i capezzoli. Si è accorta che le guardo i capezzoli? È solo che difficilmente le donne si vedono nude tra loro. Davvero. Gli uomini si vedono le parti intime ogni volta che usano un orinatoio. Le donne vedono i seni alla TV, ma non sono seni veri, sono perfetti seni hollywoodiani, molto lontani dalla realtà.

Com'è possibile che sembri sexy con addosso la mia maglietta vecchia di cinque anni, che conservavo solo in caso avessi dovuto pitturare le pareti di un garage?

Mi porge la sua maglietta scollata.

Non si aspetterà che me la provi davanti a lei, vero?

A quanto pare se lo aspetta. Vorrei voltarmi mentre mi tolgo la maglietta. Penserà che sono una sfigata, se mi volto? Non è che pensi che le interessi veramente come sono le mie tette. Posso voltarmi, visto che lei non si è voltata? Sarebbe un segno di maleducazione? Ha il diritto di vedere il mio reggiseno ora che io ho visto il suo? Ti mostro il mio se tu mi mostri il tuo? Almeno ho addosso un reggiseno nuovo, grazie a Dio (o grazie a Clint).

Tento il trucchetto che si usa quando in campeggio ci si deve cambiare davanti a tutta la camerata. Mi infilo la maglietta scollata prima di togliermi l'altra. Non funziona. Ora ho tutte e due le maglie aggrovigliate attorno al collo e mi sento come una bambina di cinque anni che cerca di levarsi la tuta da sci.

Alla fine sfilo la mia maglietta e metto la sua.
«Che ne pensi?» chiedo, sbirciandomi nello specchio.
«Molto sexy.»
Sexy? Sexy va bene. Molto meglio di carino. Sì, penso che la mia nuova coinquilina mi piaccia.

Dopo che Emma se ne è andata, corro in giro per la stanza e il bagno, cercando di renderli presentabili. Incappo in un nuovo dilemma. Devo spostare il televisore dalla mia camera al salotto? L'unico posto in cui ci si può sedere nella mia stanza è il letto. A meno che Clint non voglia sedersi da solo sulla sedia del computer. Decido che il posto del televisore è il salotto. Pesa! Mi fanno male le braccia. Come fa una cosa così piccola a essere così pesante?
Vediamo... ora devo attaccare la spina e accenderlo. Come si collega al satellite? Devo attaccare il cavo rosso o quello giallo? Rosso o giallo? Fra cinque minuti sarà qui... mi sento in un episodio di *Arma letale*, mancano solo tre secondi e devo decidere quale filo tagliare... Giallo, rosso, giallo, rosso... rosso. Sicuramente rosso. Infilo il rosso.
Niente.
Giallo?
Niente.
Va bene. La TV torna in camera da letto. Comunque, anche in salotto Clint avrebbe dovuto sedersi per terra. Grazie a Dio, tra poco arriverà Emma con il divano.
Pesante, pesante, pesante!
Korpics inizia fra tre minuti. Perché non arriva?
Mi siedo sul letto.
Non c'è cattivo odore, vero?
Forse dovrei aprire la finestra.
Devo spruzzare un po' di profumo sulla testiera del letto?
Sta iniziando.

Dovrei ravvivare un po' i cuscini per renderli più invitanti.

Puf... puf... puf...

Korpics è iniziato da un minuto.

Dov'è?

Korpics è iniziato da due minuti. C'è già gente che muore e lui non è ancora arrivato. Arriverà nel mezzo della puntata, e io dovrò perdere dei passaggi fondamentali. Odio perdere i passaggi fondamentali.

Ah! Il fatto che è in ritardo dimostra che non gli interessa vedere la televisione; se fosse venuto per il telefilm, non se ne sarebbe perso nemmeno un minuto, no?

A meno che non abbia cambiato idea e non sia andato a vederlo da qualche altra parte. E non verrà. E io rimarrò qui a guardare la televisione senza capire nulla di quello che succede, impalata come i fiori della tappezzeria, mentre i minuti diventano ore, le ore giorni.

Suona il campanello.

Finalmente! Attraverso il corridoio di corsa e spalanco la porta.

«Ehi!» dice. Sorride. Ha un gran sorriso. Un gran bel sorriso e dei bellissimi denti. (Dei magnifici denti con cui vorrei che mi divorasse. Perché ogni volta che lo vedo faccio pensieri osceni?) Il suo sorriso ora inizia a essere proporzionato al resto. Il viso ha cominciato a riempirsi da quando ha preso dieci chili l'estate scorsa. Ma dieci chili buoni. Dieci chili di muscoli. Era un tantino troppo pelle e ossa, e quell'enorme sorriso sembrava fuori luogo. Ora è del tutto favoloso. Ovviamente pensavo che lo fosse anche prima, quando ancora non lo era, capite?

Sbaglio o i suoi occhi sono scivolati sulla mia scollatura? Penso di sì! Funziona! Si sta innamorando! O eccitando. Mi accontento dell'eccitazione. Già mi vuole bene come amica, perciò quello di cui ho bisogno è eccitarlo un po'. Se si eccita, non mancherà più niente. Posso anche cominciare a spedire le partecipazioni di nozze. Scherzo!

Quasi.

«Te lo stai perdendo!» gli dico, cercando di rimproverarlo, ma incapace di mostrarmi arrabbiata con lui. «È iniziato da cinque minuti.»

«Mi dispiace, mi dispiace!» Mi bacia sulla guancia. «Profumi di macedonia.»

A chi non piace la macedonia? È leggermente più casual di me. Non che mi aspettassi che si agghindasse. Non è uno di quei tizi che si mettono in ghingheri. Non si veste male, si veste sportivo. Porta i cappelli da baseball, magliette a tinta unita, pantaloni da ginnastica... Ora ha i pantaloni da ginnastica... sono così facili da sfilare.

«Ho avuto una giornata pazzesca. Troy Cobrint ha voluto provare le *Cobra*.»

Cerco di nascondere la mia ignoranza, evidentemente dovrei sapere cosa sono Troy Cobrint e le *Cobra*. «Cosa sono le *Cobra*?» Immagino che ammettere di non conoscere qualche marchio sia meno grave che non conoscere un famoso atleta di Toronto.

«Le nostre nuove scarpe da basket.» Ah! Troy Cobrint deve essere un giocatore di pallacanestro. Brillante deduzione.

«Si è presentato in ufficio verso le dieci e mezzo. Sarebbe dovuto arrivare alle nove, ma immagino che quando sei così pazzescamente ricco e famoso puoi permetterti di arrivare quando cavolo ti pare. Comunque, ha acconsentito a firmare le scarpe. Dice che le ha provate e che gli piacciono. Il mio vicepresidente vorrebbe baciarmi il culo per l'idea che ho avuto di chiamare le sue scarpe *Cobra*. L'hai capito? Cobrint... *Cobra*.»

«L'avevo capito.»

«Scommetto che mi daranno un aumento pazzesco.» L'aggettivo preferito di Clint è *pazzesco*. Lo infila in tutte le frasi.

«Non l'hai appena avuto, l'aumento?»

Ha iniziato a lavorare nel marketing appena ci siamo laureati, e ha già fatto parecchia strada. «Già. Ma finché me ne salto fuori con le idee più pazzesche, devono ricompensarmi, no?»

«È incredibile che tu non sia ancora vicepresidente. Di certo la settimana prossima ti nomineranno presidente.»

Tutto questo successo è una novità per Clint. A scuola lottava per avere la sufficienza, ed era sempre stato più bravo a criticare le capacità atletiche degli altri che a mettere in mostra le proprie. Usciva ogni tanto, ma non con le ragazze di cui parlava. Poi, chissà come, ha ottenuto un lavoro di prestigio (probabilmente grazie a qualche conoscenza di suo padre, il che non significa che non sia bravo), e ora è proprio cambiato.

«Andiamo.» Lo prendo per un braccio e lo trascino in camera mia. Quante ragazze sognerebbero di andare in camera da letto con un tipo così? Ah! E lui è qui.

Prende i cuscini gialli e li butta per terra. Si toglie le scarpe e si sdraia sul letto. Si allunga, raccoglie un cuscino e se lo sistema dietro la testa per appoggiarsi al muro.

E io dove mi siedo? All'angolo del letto? Ai suoi piedi? Mi devo sdraiare anch'io? Stendermi accanto a lui? È il mio letto. Non c'è niente di ambiguo se mi siedo sul mio letto, no? Penserà *Ehi, è evidente che mi ha invitato perché è disperata e non trova nessun altro*. Penserà *Certo io non la desidero, e per questo lei si sdraia in modo così patetico accanto a me, per cercare di attrarmi*. Penserà anche (Dio non voglia) *Ha addirittura portato il televisore dal salotto in camera da letto per non darmi scelta*.

Mi metto sulla sedia del computer.

Girevole.

«I tuoi capelli si sono schiariti moltissimo» dico.

Sorride, timido. «Ho fatto i colpi di sole la settimana scorsa. Ti piacciono?»

Gli uomini si fanno i colpi di sole? «Stai bene. Sei molto californiano. Vuoi sapere cosa ti sei perso finora?»

«Lo immagino.»

Va bene.

Venti minuti dopo, comincio a rimpiangere che il telefilm non sia su una rete commerciale, dove le interruzioni pubblicitarie ci darebbero l'opportunità di parlare.

Perché mi sono messa sulla sedia girevole? Perché, perché, perché? Gli devo preparare qualcosa da mangiare? Avrà fame? Forse ha fame. «Vuoi dei pop-corn?»

«Sì, certo, sei un tesoro.»

Il mio cuore smette di battere. Un tesoro. Sono un tesoro. Gli uomini sposano le donne che chiamano *tesoro*.

Ragione numero uno per cui dovrebbe innamorarsi di me: pensa che io sia un tesoro.

Ragione numero due: faccio dei pop-corn grandiosi.

Vado in cucina, tiro fuori la pentola adatta, il burro e i chicchi di mais.

I pop-corn: ottima idea. Per mangiarli insieme a lui dovrò per forza sdraiarmi anche io sul letto. Saremo distesi uno accanto all'altro, le nostre mani si incontreranno dolcemente nell'insalatiera, visto che Rebecca si è portata via la ciotola per i pop-corn quando è partita.

Perché ci vuole così tanto? Avanti, pop-corn, per favore, muovetevi. Il telefilm sarà finito prima che siano pronti. Anche se non sarebbe una cosa poi così terribile. Sarebbe costretto a trattenersi di più.

Pop, pop, pop, pop. Sono quasi pronti.

Pop. Finalmente. Pronti.

«Grazie, tesoro» mi dice, senza alzare gli occhi dal televisore.

Adoro quando mi chiama tesoro. Non si chiama tesoro qualcuno per cui non si prova niente, no? Io *casualmente* scivolo sul letto.

Allunga una mano per prendere i pop-corn. Le nostre mani si toccano nell'insalatiera. Le sue dita indugiano. Sta pensando di infilarle sotto la mia maglietta sexy? E di baciarmi dolcemente... poi di baciarmi appassionatamente... poi ancora di sfilarmi i vestiti... sdraiarsi sopra di me e premere tutto il suo corpo forte e profumato contro il mio? La fiamma è accesa?

Si infila una manciata di pop-corn in bocca.

«Cosa mi sono persa?» chiedo.

Blatera qualcosa su una specie di assassinio e una scena di lotta *pazzesca*.

Non riesco a concentrarmi. Clint è nella mia stanza. Clint è sul mio letto. Perché stiamo sprecando il nostro tempo a guardare la televisione?

Passo i successivi trenta minuti a cercare di infilare casualmente la mano nell'insalatiera ogni volta che vi si trova la sua.

Farà una mossa? Forse alla fine del telefilm?

Quando arrivano i titoli di coda, si volta verso di me. Ci siamo! Ci siamo! Il mio cuore batte, mille battiti al minuto. Non so quanti siano i battiti regolari, ma questi mi sembrano troppi. Può sentirli? Scommetto che li sente. Penserà che stiano bussando alla porta.

Poi... mi bacia.

Sulla guancia. Sulla guancia?

«Grazie, tesoro.»

Salta giù dal letto.

Torna qui grido col pensiero. Gli lancio un messaggio telepatico: *Dove stai andando? Torna sul mio letto! Torna sul mio letto!*

«Ci vediamo questa settimana, va bene? Ceniamo insieme.»

«Oh. Va bene, certo.» *Cosa stai facendo? Dove stai andando?* «Non c'è problema.»

«Hai impegni per stasera?» Si sta guardando allo specchio, passandosi la mano tra i capelli appena tinti.

«Ma... uscirò con degli amici... con la mia nuova coinquilina... E tu?»

«Vado con i ragazzi al college a beccare un po'. Ma prima devo fare un salto a casa per cambiarmi.» I pantaloni da ginnastica erano lì per caso, non se li era messi perché erano facili da sfilare. «Chiamami sul cellulare se capitate dalle parti del college.»

«Senz'altro.» Senz'altro no. Che occasione persa. Se fossi uscita con Emma avrei potuto imbattermi in lui. Mi spingo giù dal letto e con le mani sporche di burro lascio una traccia su una delle margherite gialle.

«Sei una casinista» dice Clint, ridendo mentre cerco di pulire la macchia con... oddio, con la manica della maglietta di Em.

Casinista? Ho appena pulito la camera per lui. Dove sarebbe il casino? Per un po' di burro? Con la manica non ottengo molto. Le macchie di burro sono una specie di virus contagioso... ora è diventata il doppio della sua misura originale. Lo accompagno alla porta, non credo che vedermi pulire il copriletto possa fargli venire voglia di fare sesso con me.

«Divertiti stasera, magari ci vediamo più tardi» dico.

Sono davvero astuta. Dato che più tardi non mi farò vedere, penserà che io non abbia tempo per lui, e questo mi renderà più desiderabile ai suoi occhi. «Certo» dice, e mi dà un buffetto sulla testa. «Mi divertirò a beccare.»

Beccare... beccare? Se ne sta andando davvero. Sta andando via. Aspetta. Mi sono dimenticata la vodka. La prossima volta farei meglio a lasciar perdere i pop-corn e a concentrarmi sui cocktail.

Capitolo 5

Arriva Jodine

Jodine

«Sei qui! Sei qui!» Da dietro il finestrino aperto del furgone, sento una ragazza squittire. È bassa, ha una coda di cavallo castana incredibilmente lunga. Indossa pantaloncini da ginnastica grigi e una maglietta di cotone rosso. Possibile? Possibile che qualcuno assomigli così tanto a Pippi Calzelunghe?

Mi sta aspettando sulla porta del numero 56 della Blake, il mio nuovo indirizzo, e ora salta su e giù, come fosse su un trampolino. «Sei davvero qui!» dice. Salta. Salta, salta. A ogni salto batte le mani tutta contenta. «Sei tu!»

Spero che non inciampi e non rotoli giù dalle scale. «Sono io» rispondo, e lei corre, anzi si precipita verso di me. «Tu devi essere Allie.»

«Sono io!» Il suo grande sorriso gioioso le ricopre almeno il cinquanta per cento della faccia. «E tu sei favolosa.»

Davvero? «Grazie.» Terribile. Una leccaculo.

«I tuoi occhi sono così verdi! Sono del colore del prato.»

«Ma... Grazie.»

«I miei sono blu, e quelli di Emma marroni. Non è una figata? Siamo come l'arcobaleno.»

Cosa cavolo sta farfugliando questa tizia?

«E tu hai un pesce! Io ho sempre sognato di avere un pesce.»

Si riferisce alla boccia di vetro con dentro un pesciolino rosso di media grandezza. «Puoi avere il mio» le dico.

Adam sbuffa mentre scende dal furgone e va ad aprire il bagagliaio. «Non accettare, ha già tentato di rifilarlo sia a me che ai nostri genitori.»

«Perché non lo vuoi? Ha qualcosa che non va?» mi chiede.

«Niente.»

«Gliel'hanno regalato per San Valentino, e lei sta cercando di scaricarlo a qualcuno.»

«Ma è così carino.»

Guardo Allie prendere la boccia... cos'è quella cosa rivoltante? Un dito! È un dito! Cos'ha al dito? Perché sanguina? Non avrà qualche malattia! «Cosa ti è successo alla mano?»

La nasconde dietro la schiena. «Niente, mi mangio le unghie.»

Mangiarsi le unghie già non ha senso, ma mutilarsi in quel modo... «Fammi vedere.»

«No.» Tiene la mano dietro la schiena. «Sto smettendo.»

Non intendevo offenderla, ma davvero, nessuno dovrebbe procurarsi tanto dolore da solo. «Dio. È disgustoso.»

«Allora, nessuno nella tua famiglia vuole il tuo pesce?» dice, cambiando argomento.

«Lo prenderei io» dice Adam. «Se non pensassi che sia incredibilmente più divertente costringere Jo a occuparsene di persona.» Ride.

Odio quando mi chiama Jo. «Se dovesse per disgrazia scivolarmi nel water, sarà colpa tua.»

«Povero pesciolino» dice Allie, guardandolo come fosse un orfanello.

«Oh, non se la prende, lo sa che non faccio discriminazioni... io odio tutti gli animali.»

«Ma sono sicura che Baffetto ti piacerà.»

Baffetto. Chi è Baffetto? Comincio a sentirmi appiccicaticcia. Ho qualche speranza che il suo fidanzato si chiami Baffetto?

«È il mio gatto» dice sorridendo. «Adam ti ha detto del mio gatto, vero? Ti piacerà. È adorabile. È tutto nero con i baffetti dorati.»

Deglutisco. Un gatto? Allie ha un gatto? Io non posso avere un gatto. Io non posso vivere vicino a un gatto. Io odio i gatti. Graffiano, mordono, miagolano e fanno cose oscene al chiaro di luna. Terribile. «Nessuno mi ha parlato di un gatto.»

Ridacchia.

Il terrore si manifesta asciugandomi completamente la bocca. Perché ridacchia? È la peggiore notizia che abbia mai ricevuto. Non posso vivere qui. Il trasloco è annullato. Gira il furgone. Torniamo a casa.

«Sto scherzando, Jodine!» dice, e ridacchia ancora.

Eh? Cosa? Che scherzo di cattivo gusto! «Stai scherzando?»

«Non ho nessun gatto. Non farti venire un attacco di cuore. Sei impallidita. Stai bene? Mi dispiace. Stavo scherzando.»

Scherzando? Dovrebbe essere divertente? Non è divertente. Forse tutte le nuove coinquiline debbono sottoporsi a questo rito inane, una sorta di iniziazione. Che modo per iniziare la mia nuova vita... con un attacco di cuore. Odio essere presa in giro.

«Mi occuperò io del pesce» dice, tentando di fare pace. «A me piacciono gli animali. Lo terremo in cucina. Magari potremmo procurargli un compagno di giochi. Un coinquilino.» Ridacchia ancora.

«Va bene.» Ristabilita la pace. Posso ancora accidentalmente far cadere il pesce nel lavandino?

«Come va?» chiede a mio fratello, conclusa la storia del pesce. «È gentile da parte tua dare una mano.»

Fa caldo. Mi passo una mano sulla fronte e sento che è madida di sudore.

«È un piacere, Al» dice Adam. «A te come va?»

Allie arrossisce, probabilmente per il modo confidenziale con cui mio fratello l'ha chiamata. *Al*, come fossero amici intimi. Si fa chiamare Al? Quando abbiamo parlato al telefono si presentava come Allie. Ma Adam parla con tutti come se fossero compagni di bevute fin dai tempi del liceo.

«Così» risponde Allie, sorridendo. «Sono contenta che tua sorella si trasferisca qui.»

Quel sorriso è per lui o per me? Stanno flirtando? Oddio, ascoltare mio fratello che fa il filo alla mia nuova coinquilina è divertente come togliersi un dente.

«Non dire che non ti ho avvisata» dice. «Jo è una rompicoglioni.»

«Non chiamarmi Jo» dico. Odio quando mi chiama Jo.

«Oh, andiamo, Jo, Al è praticamente una di famiglia.»

Lo detesto quando fa così. Ma oggi devo sorvolare, visto che è stato così gentile da offrirsi di aiutarmi con il trasloco. «Perché non ti piace Jo?» chiede Allie.

«Preferisco Jodine.»

«Se io mi chiamassi Jodine, preferirei che mi chiamassero Jo» commenta Adam. «Che razza di nome è, Jodine? Cos'è un Jodine?»

Lo ignoro mentre scarica le scatole dal furgone. Se lo devo fare arrabbiare, è meglio che lo faccia dopo che ha finito di scaricare tutto.

«Perché ci avete messo tanto?» chiede Allie, prendendomi dalle mani uno dei miei due cesti di vimini. «Cominciavo a preoccuparmi. Sei arrivata oggi con l'aereo?»

«No, sono arrivata la settimana scorsa. Stranamente il volo è stato puntuale, e la mamma si è addirittura ricordata di venirmi a prendere all'aeroporto» dico ad Adam. «Ma ci abbiamo messo più del previsto a caricare il furgone.»

Adam scuote il capo. «La tua nuova coinquilina ha insistito per depennare ogni punto della sua lista mentre caricavamo. Finito il carico, ha controllato tutto di nuovo, tre volte.»

«Volevo essere sicura di non dimenticare niente.»

«Sei paranoica. Cosa sarebbe successo se avessi dimenticato qualcosa? Non sei in Siberia. Al limite, te l'avrebbe portato la mamma.»

«Mi sfotti sempre per il mio sistema della lista, poi sei tu che ti dimentichi sempre qualcosa.»

Stavolta è Adam a ignorare me. «Come sta Marc?» chiede a Allie. Deduco che Marc sia suo fratello. Lui e Adam erano compagni d'università.

«Una meraviglia. Ha comprato casa insieme a Jen. A Belleville, a cinque isolati da dove abito io.» Evidentemente considera la casa di Belleville come la *sua casa*. Per me, quella dei miei genitori è semplicemente la *casa dei miei genitori*. E vivo da sola da meno di dieci minuti.

«Il suo cordone ombelicale è sempre stato troppo corto» dice Adam. «Ai tempi dell'università, tornava a casa tutti i fine settimana per vedere i suoi genitori e Jen.» Non può credere alle proprie parole, come se avesse detto che Marc viaggia solo in monociclo o che mangia esclusivamente cibi di colore beige. Mio fratello, a differenza di quello di Allie, tornava sì e no a Natale. Appena laureato è tornato a Toronto e ha affittato una casa in centro.

Avrei dovuto anche io cercarmi una casa mia, invece che prendere una camera in condivisione, ma c'è un piccolo particolare: non potrei permettermelo. E i miei genitori non possono permettersi di pagarmi l'affitto, e comunque io non gliel'avrei chiesto. Quanto ad Adam, neanche lui potrebbe permettersi l'appartamento in centro, ma si è fatto fare un prestito, cosa che io non farei mai. Attualmente la sua vita dipende da una banca.

Comunque, anche se ho delle coinquiline, ho un posto che posso quasi chiamare *casa mia.* E me lo posso permettere. E, a differenza di Allie, considero questa come la mia residenza. I miei genitori non sono d'accordo con me. Per esempio, non mi hanno permesso di portarmi il letto, il comodino e l'armadio, dicendo che volevano che avessi un posto dove dormire e dove lasciare la mia roba quando sarei tornata *a casa.* Hanno cercato di blandirmi presentandosi con un futon doppio e una scatola con i pezzi di un armadio da assemblare. Sì, gli sono stata grata per il pensiero e per l'impegno finanziario, ma permettere a qualcun altro di scegliere i tuoi mobili è piacevole come spruzzare l'insetticida sulla pelle screpolata. Perché non mi hanno regalato i soldi e non mi hanno permesso di sceglierli personalmente? Il letto è il posto dove trascorri gran parte del tuo tempo (in un mondo ideale otto ore, nella realtà al massimo sei). Il letto è qualcosa di troppo personale. Farlo scegliere ai tuoi genitori è... impensabile.

«Non posso credere che non hai ancora nemmeno visto la casa!» prorompe Allie, mentre si butta una delle mie sacche da viaggio sulle spalle.

Mi prende il panico. Terribile. Cosa ho fatto? Come ho potuto farmi convincere da mio fratello a prendere questo appartamento senza neppure vederlo? Non compro neanche un dizionario senza vederlo!

Ripenso all'e-mail che mio fratello mi ha inoltrato a New York. Tutta piena di punti esclamativi e con allegate le foto di un appartamento troppo bello per lasciarselo scappare, a soli cinquecento dollari al mese. Non avevo in mente di lasciare la casa dei miei a Toronto, ma l'idea si faceva sempre più allettante col passare del tempo. Mandai un'e-mail ad Adam, chiedendogli di dare un'occhiata alla casa, sapendo di fare il suo gioco; sono anni che mi tormenta per convincermi ad andare a vivere da sola. Nella sua risposta mi diceva che la casa era solida e che, anche se Allie era un tesoro, aveva bisogno di una conferma quanto prima. Mi sentii gelare il sangue. Gli dissi che ci avrei pensato un attimo. Avrei voluto vederla personalmente, ma non era possibile, visto che ero a New York. Adam mi scrisse che c'erano altre ragazze interessate e che avrei dovuto dire sì o no subito. Mi disse anche che sarei stata un'idiota se avessi detto no.

Hai veramente intenzione di rinunciare al più grazioso ed economico degli appartamenti che io abbia mai visto, in una delle zone più alla moda della città, a un passo da Little Italy, per trascorrere un anno sulla metropolitana e sorbirti ogni sera a cena le storie sulle unghie incarnite di nostro padre?

È vero, mio padre parla sempre delle sue unghie incarnite.

Lasciati andare, mi disse. *È perfetta per te.*

Io non sono una che si lascia andare. Ma in questa occasione, non so come, risposi: *Va bene, lo prendo*, per poi immediatamente dubitare della mia decisione affrettata. Cosa avevo fatto? Non l'avevo nemmeno visto. Avevo messo la mia felicità nelle mani di mio fratello maggiore.

Mi porge uno scatolone e rutta. Un lungo rutto.

Terribile. Perché gli ho dato retta? Non ha idea di cosa sia la raffinatezza. Ho visto il suo appartamento. Il bidone della spazzatura straripa di lattine di birra. Vivrò in un immondezzaio popolato dai topi.

«Entriamo! Non resisto più, devi vederlo!» dice Allie.

Ho il terrore che da un momento all'altro si metta a cantare *Segui il sentiero di mattoni gialli.*

La via è bella, lo ammetto, anche se non ci sono mattoni gialli. È una strada a senso unico, con una fila di aceri maestosi, tanto grandi da far sembrare le case piccole costruzioni *Lego* rosse e bianche.

Allie gira la maniglia della porta d'ingresso, Adam e io entriamo nell'atrio e ci troviamo davanti ad altre due porte.

«È il 56 A o il 56 B?» chiede Adam. Per qualche inesplicabile ragione mi sento già legata al 56 A.

Allie tira fuori la chiave dalla tasca e la infila nella serratura del 56 B. Brutto segno.

Benvenuti in paradiso.

Per prima cosa noto che l'appartamento è molto luminoso. La porta conduce in una piccola anticamera immersa nel sole. Le imposte bianche sono spalancate e le finestre aperte. Soffia una leggera brezza.

«È una fortuna che oggi ci sia un po' di vento. Si muore di caldo qui, d'estate» dice.

Terribile. Avrò gli abiti costantemente macchiati di sudore. Grazie al cielo me ne andrò prima dell'estate prossima.

«La mia ex coinquilina ha pitturato le pareti di giallo; le possiamo riverniciare, se preferisci.»

«Mi piace il giallo» dico, sorprendendo me stessa. «La stanza sembra baciata dal sole.» È incredibile, ma mio fratello aveva ragione. La casa è favolosa. I soffitti sono molto alti, sul pavimento c'è il parquet. La cucina, che è abitabile e si trova alla sinistra del salotto/sala da pranzo, ha le pareti bianche ed è piena di elettrodomestici. «Sono molto colpita.»

«Visto? Dovresti sempre darmi retta» dice Adam, tornando fuori. «Vado a prendere le altre scatole.»

Seguo Allie lungo il corridoio. «Questa è la stanza di Em» dice, indicando la porta a destra. È già Em? Quand'è che Emma è diventata Em? «E qui c'è la tua» dice, indicando una stanza da letto appena poco più grande della camera di Emma. Non è come quella che avevo a casa dei miei: è un po' più piccola, ma penso che sia sufficiente. Ci starà tutto.

Ci siamo. La mia nuova casa.

Dopo aver scaricato tutti gli scatoloni, accompagniamo Adam al furgone. «Sei sicura di non aver dimenticato niente?» mi chiede mentre si sistema al posto di guida. «Non dovremmo consultare la tua lista di settecento punti?»

Allie ridacchia.

Magnifico. La mia coinquilina, che mi conosce da meno di un'ora, è già al corrente delle mie paranoie.

«È un tantino sensibile» le dice Adam. «Specialmente riguardo alle sue liste. Eh, Jo?»

«Mi piacciono le mie liste. Lasciami stare. E smettila di chiamarmi Jo.»

Allie ridacchia ancora. Piuttosto ridanciana, la ragazza. Anche se non so cosa ci sia di tanto divertente. E quanto ad Adam, vorrei spazzargli via quel sorriso soddisfatto.

«Va bene, Jo» dice. «Se la metti così.»

«Perché la chiami Jo se le dà fastidio?» gli chiede Allie.

«Ottima domanda» aggiungo.

«Mia sorella avrebbe dovuto nascere maschio.»

Capisco dal suo naso arricciato che Allie ha bisogno di ulteriori spiegazioni. «Lui voleva che mi chiamassero come Joe Namath» le spiego con un sospiro.

«Chi è Joe Namath?»

«Era un *quarterback* dei New York Jets» dice Adam.

«I miei genitori hanno cercato di accontentarlo chiamandomi Jodine, ma lui ha deciso di ignorare il cromosoma Y nel mio DNA e continua a chiamarmi Jo.»

Allie ridacchia ancora. «Carino.»

«No, per niente. Diceva ai suoi amici di avere un fratellino, e tutti mi prendevano in giro perché sembravo una femmina. Mettiti in testa che mi chiamo Jodine.»

Gli occhi di Allie si spalancano come se nella sua doccia fosse improvvisamente finita l'acqua calda. «Mi dispiace.»

Sono una stronza? «Scusami tu, ho esagerato, ma su questa storia della mia identità sono particolarmente sensibile.»

Adam sogghigna e avvia il motore. «Goditela, Al» dice. Parte e se ne va.

«Scusami» dico, forzandomi di sorridere per dimostrarle che non sono una stronza psicotica. «Lo odio quando mi prende in giro.»

«Ehi, anch'io ho un fratello maggiore, lo sai, no?» I suoi occhi ritornano alla normalità, non sembrano più due frisbee in mezzo alla faccia. Sorride. «Mi chiamava sempre Iena, e senza alcun motivo.» Mi prende sottobraccio. «Hai fame?»

Dopo aver finito una omelette con formaggio e salsa – a quanto pare a Allie piace cucinare – sono ansiosa di sistemare la mia roba.

«È ora che vada a disfare i bagagli» annuncio, sperando che Allie si offra di lavare i piatti e mi lasci andare. Veramente toccherebbe a me lavare i piatti, visto che lei ha cucinato e il cibo era tutto suo, ma do per scontato che si tratti di una circostanza speciale. E la cucina è un vero casino, e io non ho certo contribuito a ridurla così. Sa cucinare, d'accordo, ma sembra che gli ingredienti siano esplosi ovunque. Com'è possibile che la salsa sia finita sopra il frigorifero?

«Non preoccuparti, non ci metteremo molto. Svuoteremo una scatola per volta. Secondo me ci conviene iniziare dalla biancheria del letto. Così, se non dovessimo finire tutto oggi, il letto sarà comunque pronto per questa notte. Se vuoi tinteggiare le pareti o altro, potrai dormire con me nella mia stanza. Come preferisci.»

Perché parla al plurale? Questa estranea non metterà le mani nelle mie cose. «Oh, non preoccuparti. Faccio da sola, sono sicura che hai di meglio da fare che restartene nella mia camera tutto il giorno a svuotare scatoloni.»

«Uhm... non proprio.» Ridacchia di nuovo. Se non la smette di ridacchiare in quel modo, sarò costretta a strozzarla. Oppure comincerò a chiamarla Iena. «Non dovrei dirlo, eh? Penserai che io sia una vera perdente.»

«Perché non fai i piatti mentre io disfo i bagagli?»

I suoi occhi si spalancano come quando l'ho aggredita perché voleva chiamarmi Jo, solo che stavolta lo fa perché ho espresso un concetto per lei del tutto alieno: pulire la cucina. «Non preoccuparti per i piatti» dice. «Li farò più tardi. Prima voglio che ti sistemi. È a questo che servono le coinquiline, no?»

La mia definizione di coinquilina è qualcuno con cui si condivide la cucina e il bagno, anche se ora, vedendo lo stato della cucina, mi pento di non aver trattato per ottenere il bagno privato.

Per non ferire i suoi fragili sentimenti, le permetto di aiutarmi a sistemare il letto (*Che carine queste lenzuola verdi! Stanno benissimo con i tuoi occhi! Le adoro! Sono bellissime!*), gli oggetti per la toilette (*Che shampoo usi?* Thermasilk? *Funziona? Posso annusarlo? Che odore strano!*) e a tirare fuori i vestiti (*Che peccato che sei così tanto più alta di me! Hai dei pantaloni favolosi!*), finché non ce la faccio più a sopportare tutti quei superlativi e reclamo una pausa pizza. Adesso non resta che montare l'armadio, riporre i vestiti e appendere qualche poster.

Mi rendo conto di essermi comportata da parassita, non ho niente con cui contribuire al resto della casa. No, un momento, non è vero. Ho un asciugainsalata. I miei genitori per qualche inesplicabile ragione ne avevano due, e io ne ho preso uno.

Spero di poter continuare quando Allie si addormenta. Devo fregarla, fingere di andare a dormire, chiudermi in camera e finire il lavoro. È dolce, davvero, proprio come ha detto Adam; è solo che fa così tante domande e commenti... e io sono stanca, sono stata sveglia tutta la notte a preparare il trasloco. Non penso che sia il momento giusto per raccontarle la storia della mia vita.

Alle dieci mi invita a guardare la televisione in camera sua, ma declino. «Penso che leggerò una rivista a letto.»

«Va bene. Non siamo obbligate a guardare la televisione. Leggiamo. Prendo il mio libro, così leggiamo insieme.»

Non siamo state insieme abbastanza? Mi lascerà mai sola? Dobbiamo comprarci un letto a castello? «Sai una cosa? Sono esausta. Non penso di riuscire più a tenere gli occhi aperti. Vado a dormire.»

«Va bene. Dimmi quando sei pronta, vengo a metterti a letto.»

Starà scherzando.

«Notte, notte» dice dieci minuti dopo mentre io mi infilo sotto le coperte. Mi tira il lenzuolo fino al mento e spegne la luce. «Cosa vuoi per colazione?»

Colazione? Sta già pensando alla colazione? «Qualunque cosa.»

Bussano alla mia porta. Mi sveglio. Il sole inonda la stanza, non ci sono tende alle finestre, e il bagliore mi acceca, impedendomi di vedere l'ora sulla sveglia.

«Jodine? Sei sveglia?»

«Mmmm...»

«Posso entrare?»

«Mmmm...»

Allie apre la porta con la mano destra, nella sinistra tiene un vassoio in equilibrio.

È un po' tardi per chiedere se dormo, o sbaglio?

«Ora sono sveglia.»

Irrompe nella mia stanza. «Ti porto la colazione a letto!»

Sono sorpresa. Nessuno mi ha mai portato la colazione a letto. Nemmeno Manny, pazzo d'amore per me, mi aveva mai portato la colazione a letto.

Allie mi appoggia delicatamente il vassoio d'argento in grembo e si siede a gambe incrociate sul mio letto.

La cosa mi disturba per quattro ragioni:

1. Ora si accingerà a guardarmi mangiare. È sempre strano quando una persona mangia e un'altra no.

2. Nessuno ha il permesso di mangiare in camera mia, odio gli odori molesti, le briciole e le macchie. Forse queste regole possono essere violate in circostanze estreme quali... non me ne viene in mente una.

3. Soprattutto, nessuno ha il permesso di mangiare su/dentro il mio letto. Mai. Non esistono situazioni di emergenza per cui sia richiesto mangiare su/dentro il mio letto. Ammetto di aver indugiato a questo piacere di tanto in tanto, ma mi trovavo sul letto di Manny, e quindi le macchie non restavano sulle *mie* lenzuola.

4. Allie è seduta sul mio letto senza calze. E non si è pulita i piedi prima di sedersi. Ha camminato, camminato, camminato sul pavimento, accumulando polvere, germi e altri batteri, e ora ha contaminato la mia area di riposo. Avrebbe dovuto calzare le pantofole, e toglierle prima di sedersi sul mio letto o, come minimo, avrebbe dovuto usare uno straccio o qualcos'altro per pulire le parti inquinate del suo corpo. (Vorrei davvero, davvero, davvero dirle di pulirsi, ma ho paura di metterla in imbarazzo per i suoi modi inurbani.)

Si serve dell'anulare sinistro per grattarsi la caviglia destra. Non posso assaggiare il cibo. Non ho ancora mangiato e già ho i conati. Sta cospargendo il mio letto di germi. Non posso sopportarlo oltre e dico: «Grazie tante per la colazione. Puoi farmi un favore?».

Continua ad annuire, come se la punta della sua testa fosse attaccata a un elastico appeso al soffitto. «Certo, sputa.»

Il che è esattamente quello che cerco di evitare: rigurgitare la colazione. «Ho questa paranoia del cavolo sul mio letto. Ci entro solo se ho i piedi perfettamente puliti. Puoi passarci sopra una cosa? Usa il giornale che è lì sulla sedia.»

Da come mi guarda sembra che le abbia rivelato che Babbo Natale in realtà è suo padre con un vestito a noleggio. C'è un trentacinque per cento di probabilità che si metta a piangere.

Ma no! Si sporge dal letto e prende il foglio di giornale che fino a poche ore prima serviva per avvolgere una foto di famiglia. «Oh, certo. Nessun problema. Scusa» dice, pulendosi i piedi.

Dov'è la trappola? Perché questa ragazza è così gentile con me? Le guardo i piedi. Ora sono macchiati di inchiostro nero. Lo ammetto, è colpa mia. Cosa pensavo quando le ho suggerito di usare il giornale? Le mie paranoie a volte mi rendono irrazionale. Non posso chiederle di pulirseli di nuovo. Dovrò lavare le lenzuola, ma aspetterò che esca per non offenderla.

Ma quando uscirà?

La scodella blu che ho in grembo è colma di riso soffiato e fragole. Fragole tagliate. Chi ha il tempo e la pazienza di tagliare la frutta a cubetti per il solo scopo di rendere più gradevole la mia colazione?

«Non volevo svegliarti, ma tra poco arriverà Emma.»

«A che ora arriva?»

«A mezzogiorno.»

«Che ore sono, adesso?»

Allie guarda l'orologio. «Le undici e mezzo.»

Di già? «Voglio fare una doccia prima che arrivi.»

«Finisci la colazione, prima.»

Sì, mamma.

«Non vedo l'ora che vi incontriate. Ti ho detto che sembra una modella?»

Magnifico... una modella. Non si trova al primo posto nella classifica delle coinquiline ideali, davanti alle non fumatrici e alle ragazze senza animali domestici? Finisco di mangiare e appoggio i piatti della colazione nel lavandino della cucina, sopra quelli del pranzo del giorno prima. Non avere la lavastoviglie sarà un problema più grave di quanto avessi immaginato.

Emma penserà di andare a vivere con due maiali.

«Puoi lavarli tu i piatti, mentre io mi faccio la doccia?»

«Oh, buona idea, nessun problema.»

Dopo una doccia lampo, trovo Allie al telefono e i piatti ancora nel lavabo. Terribile.

Mi vesto e cerco l'elastico per legare i capelli. Dov'è? Lo lascio sempre accanto al letto. Evidentemente nella confusione del trasloco è andato perso.

Vado in cucina e comincio a lavare i piatti. C'è una spugna gialla appoggiata al bordo del lavandino. Almeno un tempo doveva essere gialla; adesso è in parte gialla e in parte marrone marcio.

«No, non farlo! Sto mettendo giù... Mamma, ti chiamo più tardi.» Riattacca e corre verso di me. «Tu lavi, io asciugo?»

«Mi sembra equo.» Anche se, dato che si era offerta di fare lei tutto il lavoro, non lo è per niente. «Abbiamo un'altra spugna? Questa è un po' rovinata.»

«Vediamo.» Ne tira fuori una nuova dall'armadio sotto il lavandino. «Ecco qui.»

Interessante. Perché continua a usare una spugna disgustosa quando ne ha una nuova e pulita sotto il lavabo? E chissà quanti altri germi si annidano in questa cucina. Il pensiero che abbiamo il bagno in comune mi terrorizza.

Suona il citofono.

«È qui! È qui! Non vedo l'ora che vi incontriate.»

Allie saltella fino alla porta d'ingresso, la apre e scompare nell'atrio. «Ciao!» la sento dire. Cammino verso di loro proprio mentre si baciano, due volte per guancia. Ma cosa siamo, dive del cinema?

Emma si appoggia gli occhiali da sole sulla testa ed entra nell'appartamento. Cos'è tutto quell'oro che ha in testa? Non poteva scegliere una tinta più naturale?

«Emma, lei è Jodine. Jodine, Emma.» Pronuncia il nome di Emma come se lo assaporasse.

«Ciao» dico. Emma è alta circa un metro e settanta. Anzi no, ha almeno cinque centimetri di tacchi.

«Piacere.» Gironzola per la stanza e mi fissa la testa. «Hai dei capelli favolosi. È il tuo colore naturale? Sono così... neri.»

«È il mio colore, sì» rispondo, compiaciuta per il complimento e sconcertata dalla facilità con cui mi prostituisco e cambio opinione su una persona solo perché fa un apprezzamento sui miei capelli.

Allunga una mano e sfiora una ciocca. «E sono così... brillanti.»

«Grazie, anche a me... piacciono i tuoi.» Va bene, sono una prostituta.

«Grazie.»

Allie batte le mani. «Li adoro sciolti, Jodine. Dovresti portarli sempre sciolti, stai benissimo.»

«Già, dovrò farlo, Allie» dico, indicando il mio elastico con cui Allie ha legato la treccia. «Se tu continui a rubarmi gli elastici.»

Allie arrossisce. «Oh! È tuo?»

«Sì.»

«Lo rivuoi?»

Sì. «Puoi usarlo, oggi.»

«Grazie, Jodine.» Allie si apre in un sorriso. «Sono così contenta!» squittisce. «Ho di nuovo due coinquiline. È favoloso.»

Emma inarca le sopracciglia, suppongo per lo stupore

nel constatare quanto sia zuccherosa la sua nuova coinquilina.

Mi prude il collo. Rivoglio il mio elastico.

«Allora, che facciamo adesso? Quando vengono quelli del trasloco?» chiede Allie con un salto. È tornata sul suo trampolino immaginario.

«Tra un'oretta.»

«Perché non giochiamo a *Impariamo a conoscerci*?»

A cosa vuole giocare? *Pictionary*? Nascondino? Sono sicura che le mie sopracciglia sono inarcate quanto quelle di Emma. (O almeno una delle due; è il mio cavallo di battaglia alle feste, sono capace di sollevare un sopracciglio per volta.)

Mi vedo quello che succederà per tutto l'anno prossimo: Emma e io nella sua stanza a spalancare gli occhi a ogni sua proposta e a ogni commento zuccheroso. Due sono una coppia, tre una folla, giusto? Quando tre persone vivono insieme, inevitabilmente due legano tra loro e la terza resta spaiata.

Emma apre la borsa e tira fuori una custodia rigida per gli occhiali, li ripone e richiude la borsa. «Devo cagare.» Butta la borsa sul tavolo e si dirige verso il bagno.

Grazie per l'informazione.

Apre la porta del bagno ed entra, senza richiuderla. Usa il bagno senza chiudere la porta. Ha lasciato la porta *aperta*. Aperto è il contrario di chiuso.

Dalla borsa è scivolato sul tavolo della cucina un pacchetto di sigarette.

Fuma e lascia la porta aperta quando defeca.

Ho la nausea. Okay, mi offro volontaria. Sarò io la spaiata del terzetto. Auguro a Allie ed Emma una felice vita insieme. Sono andata a vivere con una onicofaga e una camionista.

Capitolo 6

Emma al centro dell'attenzione

Emma

Il mio primo pensiero quando mi sveglio è che mi trovo dal lato sbagliato del letto. Di solito dormo a destra, e questa volta sono a sinistra. Anche se sono nello stesso letto a una piazza e mezza in cui dormivo a casa di mio padre, è diverso, perché ho dovuto cambiare posizione per stare di fronte alla finestra.

Quanto tempo ci vorrà prima che vivere nel nuovo appartamento smetta di darmi la sensazione che si prova quando un ragazzo nuovo ti ficca la lingua in bocca? Quanto tempo ci vorrà prima che l'angolo dei raggi di sole dietro le imposte, il percorso fino al bagno, la sensazione della tazza sotto il culo divengano naturali come infilarmi il mio paio di jeans preferiti?

Il mio secondo pensiero è che l'appartamento puzza come una camera mortuaria. Per fortuna non c'è l'odore di marcio dei corpi in decomposizione, ma solo quello dolciastro dei fiori.

Guardate in faccia la realtà, questo tizio è morto, i fiori non serviranno a niente.

Pensando ai cadaveri, mi viene in mente Nick, il mio possessivo e paranoico ex fidanzato. «Allie! Allie!» grido.

«Sì?» mi urla dalla sua stanza.

«Vieni un attimo.»

Due secondi dopo Allie bussa alla mia porta.

«Un momento» rispondo, senza alcuna ragione apparente. Avrei potuto semplicemente farla entrare, ma il fatto che abbia bussato mi fa chiedere quanto a lungo sia disposta a rimanere davanti alla porta in attesa del mio permesso di aprire. Due minuti? Cinque? Come ammazzerebbe il tempo? Girando i pollici? Scaccolandosi? Mangiandosi le unghie per dieci minuti?

Va bene, basta così. «Entra» dico.

Apre la porta e infila la testa. «'giorno. Vuoi succo?»

«No, grazie. Nick ha mandato altri fiori?»

«Già. Non ci crederai. Ventuno rose.»

«Di che colore?»

«Rosse.»

La prima settimana dopo la nostra rottura mi ha mandato sette rose rosse. La seconda settimana, quattordici. La terza, oggi, il suo regalo mi sorprende come se mi facessero male i piedi dopo aver ballato tutta la notte con tacchi di sette centimetri. E così il coglione sa fare le moltiplicazioni. Ma che bravo! E rosse... di nuovo? Non potrebbe essere un po' più creativo con i colori? Perché non sei rosse, sei bianche, sei rosa e... quante ne mancano? Tre... tre viola? Esistono le rose viola? Viola, perché il suo cuore è a lutto... Un momento... sono io quella che è stata ferita. Lasciamo perdere le rose viola. Sette rosse, sette bianche e sette rosa. Sono finiti gli anni Ottanta, ora si possono accostare il rosso e il rosa. Non lo arresterebbero per oltraggio al colore.

Mi avvolgo nelle lenzuola di seta, come fossi erba e tabacco in una cartina. «Non ho sentito il campanello.»

«Neanche io, dormivo. Le ho trovate davanti alla porta. La nostra porta, non quella dell'androne. Immagino che il fattorino si sia fatto aprire da Janet.»

«C'è il biglietto?»

«Come sempre. Ecco qui.» Si avvicina al letto e me lo porge, quindi si siede delicatamente.

Ti amo... mi manchi... leggo ad alta voce. Bla, bla, bla. Lacrime di coccodrillo. Avrebbe dovuto pensarci tre settimane fa. Prima che io passassi venti minuti a fare la lotta con la lingua di un anonimo stallone da bar che mi ha ricoperto di complimenti.

Son cose che non si possono fare quando si è fidanzate, no?

Va bene, si possono fare, ma non è molto carino.

«Dov'è la festeggiata?» chiedo.

«È andata in palestra stamattina, è tornata a casa e ora è in biblioteca.»

«Anch'io passo così il mio compleanno» dico. «Che ore sono?»

Allie ridacchia. «L'una.»

Quel risolino comincia a darmi sui nervi. Ha il suono dell'urina che picchietta sulla ceramica del water ad alta velocità. *Sii giusta*, mi rimprovero da sola. Allie non è poi cattiva. Voglio dire, come potrebbe essere cattiva? Che cazzo, mi ammira! Pensa che io sia una gran figa. Guardatela, seduta in punta sul mio letto per paura che con il culo possa stropicciare la coperta. La tratta come una reliquia, il che è completamente assurdo se si pensa a quanto è disordinata. Vorrei avere un divano. Ma c'è a mala pena lo spazio per girare attorno al letto. La mia stanza è tutto letto.

«Hai il lavoro più figo del mondo» dice, sfogliando la prossima copia di *Stiletto*, che mi ha fatto crollare addormentata ieri sera. Allungo una mano sul comodino per prendere una sigaretta. Per un attimo penso di chiederle di aprirmi la finestra, poi lo faccio io stessa.

Aspiro una bella boccata di fumo. Mi chiedo cosa succederebbe se le dicessi di scendere dal letto. Mi chiederebbe perché? Inizierebbe a piangere pensando che sono arrabbiata con lei?

Potrei dirle di non sedersi mai sul divano in salotto? Del resto l'ho portato io.

Ho sicuramente fatto il mio dovere, ho aggiunto un tocco di classe all'appartamento... un tappeto porpora sotto il tavolino di vetro, cuscini porpora e grigi, perfetti con il mio divano porpora, e sedie a sdraio... porpora. Il tutto gentilmente offerto dall'appartamento di AJ. Poi i fiori secchi, regalo di Nick, e i piatti, e le fotografie incorniciate che ho *preso in prestito* da *Stiletto*.

C'è qualcosa in questo posto che non sia mio?

Il tavolo, anche se si tratta solo di una tovaglia sopra le cassette del latte rovesciate. E Allie ci fa girare attorno la poltrona del computer dicendo che in cucina ci sono anche le sedie. Dato che io ho portato tutto il resto, Jodine potrebbe anche uscire e andare a comprare il tavolo e le sedie.

Butto fuori il fumo verso la finestra. «Il mio lavoro non è così eccitante. È *Stiletto*, non *Cosmos*. Certo, mi capita di incontrare le celebrità quando vengono in ufficio, ma sono celebrità canadesi. Non ti sembra un ossimoro?»

«Sì, ma ti occupi di moda» dice, ponendo l'accento sulla parola *moda*, come fosse una specie di vitello d'oro. Improvvisamente si sdraia scomposta sul letto, senza più alcuna reverenza; forse cerca di sfuggire al fumo.

«Passo le giornate a scartabellare tra i book delle modelle in cerca della perfetta spilungona, brunetta, che non pesi più di cinquanta chili e abbia quel non so che. E Amanda, la mia capa, che si crede chissà chi perché si realizza da sola i gioielli, si tiene tutti gli inviti ai party. La settimana scorsa si è bagnata le mutande perché *The Talker* la citava tra gli invitati alla cena inaugurale di un nuovo ristorante a Yorkville.» Non che la mia vita sociale sia molto migliore, i bar di Toronto non valgono nemmeno il tempo che ci vuole a vestirsi per uscire. Ma la mia capa ogni volta che riceve un invito si comporta come se dovesse andare alla notte degli Oscar. Come le mie compagne di scuola, che passavano tutto l'anno a sfogliare le riviste di moda per scegliere come vestirsi per la festa di fine anno, poi si disperavano perché il ragazzo su cui avevano messo gli occhi aveva invitato un'altra. Dio mio, è solo una festa di liceali, non facciamo drammi.

Ho bisogno di un'altra sigaretta.

Il mio bisogno di nicotina è aumentato in misura esponenziale da quando ho cominciato a vivere per conto mio. Strano, davvero, ma ora che posso fumare senza essere costretta a uscire, non riesco a trovare una ragione per non farlo continuamente. A parte quella storia del cancro ai polmoni. E in più la cosa fa impazzire Jodine.

La prima volta che ho tirato fuori una sigaretta, pensavo che saltasse per aria. Ma avevo avvisato Allie che sono una fumatrice, Jodine avrebbe dovuto informarsi. Ha cercato di essere molto razionale, ha detto che avrei dovuto fumare solo affacciata alla finestra, in modo da non inquinare tutta la casa.

E ha sottolineato il suggerimento con un colpo di tosse.

Mi sembra un accordo equo, ma ho deciso di seguire la politica di fumare accanto alla finestra esclusivamente quando Jodine è in casa.

«Posso averne una?» Un sussurro dall'altra parte del letto.

«Una cosa?»

«Sigaretta.» Risolino, risolino.

A momenti cado dal letto per lo shock. L'ultima volta che mi sono sentita così è stato quando Nick mi ha chiesto se quella sera potevamo evitare di fumare perché voleva essere lucido per una presentazione il giorno dopo. Porgo una sigaretta a Allie e cerco di non scoppiare a ridere. «Da quand'è che fumi?»

Sembra una bambina. Non manda giù il fumo, lo soffia fuori subito, come se succhiasse la sigaretta. «Io non...» Tossisce. «Solo una ogni tanto.» Sorride e succhia.

A metà sigaretta sento Jodine infilare le chiavi nella toppa. Allie sbianca e butta la sigaretta in un bicchiere vuoto.

Ridiamo tutte e due quando Jodine bussa alla mia porta. Non aspetta che dica *avanti*, entra e basta.

«Sei ancora a letto?» mi chiede. «Sai che ore sono?»

«L'una» dico, stiracchiandomi pigramente.

La cosa più bella di non andare più a scuola sono i weekend passati a oziare. Giornate interminabili con omelette, bacon, patatine fritte, cuscini, TV, shopping, ristoranti, discoteche e *Cosmos*. Sono capace di dormire fin dopo le tre nel weekend, se nessuno mi sveglia.

Oggi avrei dovuto lavorare per una riunione di lunedì mattina sulla presentazione di un modello di scarpe. Com'è che la mia capa pensa di aver diritto di disporre del mio weekend?

Scordatevelo. Lo farò domani. Ho troppe cose da fare.

«Perché non mi porti un po' di succo di frutta?» chiedo a Jodine.

«Cosa sei, paralitica?»

«Te lo porto io» dice Allie, sorridendo. «Ne voglio un po' anch'io.»

Allie ha un problema con il succo d'arancia. Se a Toronto esistesse l'*Anonima succo d'arancisti*, ne sarebbe la più assidua frequentatrice. Ne beve continuamente. A pranzo. A cena. Quando fa gli spuntini.

Corre in cucina e io mi alzo.

«Dove sei?» mi chiede cinque minuti dopo.

Come fanno a volerci cinque minuti per prendere un bicchiere di succo d'arancia? Voglio dire, cosa può succedere nel percorso tra la mia camera e la cucina? Arrossisce quando mi vede, si attorciglia una ciocca di quei capelli incredibilmente lunghi attorno a un dito e se la ficca in bocca. La ragazza mangia di continuo varie parti del suo corpo. Non vorrei mai rimanere su un'isola deserta con lei. Se esaurissimo il cibo, sarei finita.

Sembra indecisa sulla prossima mossa. Deve andarsene? Ignorare la mia posizione sul trono e continuare a parlare con me?

Allie si sta rivelando una buona coinquilina, nonostante le sue evidenti pecche. Le permetto addirittura di usare il mio bagno quando Jodine si fa la doccia nel loro. Ed è uno spasso. Qualche giorno fa, mentre si lavava i denti, non riuscivo a capire perché avesse detto *Anch'io ho ancora l'apparecchio per i denti.* Poi ho realizzato che doveva aver scambiato il mio diaframma per qualche aggeggio odontoiatrico. Meno male che non ha trovato il vibratore... non vorrei mai che la poveretta si mettesse a cantare con quel coso in mano, o chissà cos'altro. E se lo scambiasse per un frullatore?

«Penso che Jodine sia ossessionata dalla linea» mi dice, mentre i suoi occhi cercano disperatamente qualcosa su cui posarsi. Fissa il tappetino del bagno.

«Andare in palestra tutti i giorni mi sembra un tantino eccessivo» dico. Mi scappa una piccola scoreggia. Ops.

Allie ridacchia e arrossisce. Si ritira in camera mia, mettendosi a suo agio sul letto. «Penso che sia anoressica!» Alza la voce per farsi sentire.

«Dici? Controllala a pranzo. Se non mangia la torta neanche oggi, vuol dire che hai ragione.»

Allie e io portiamo fuori Jodine a pranzo, per festeggiare il suo compleanno. I suoi genitori l'hanno impegnata per ieri sera, e un tizio, un certo Manny, per stasera.

Sono sicura che qualunque cosa Jodine lascerà nel piatto, Allie lo spazzerà in un baleno.

Un'ora dopo siamo sedute in un caffè messicano del centro.

«Buona idea una scopata di buon compleanno» commento.
«No» risponde subito Jodine. «È un mio ex. Non è mia abitudine ripetere gli errori passati.»
«Non è mia abitudine rivolgere la parola ai miei ex. E questo perché quando esci a cena con un ex per il tuo compleanno, finisci per scopartelo.»
Allie ridacchia.
«Io non mi scopo i miei ex» dice Jodine, ponendo l'accento su *scopo.*
Allie ridacchia. Allie ridacchia ogni volta che qualcuno parla di scopare. Allie ridacchia ogni volta che qualcuno parla.
«Scommetto dieci dollari che lo farai» dico.
Risolino, risolino.
«Ci sto.»
Jodine ha costantemente un palo ficcato nel culo, la mia missione oggi è rimuoverlo. Farsi portare a letto da qualcuno potrebbe giovarle.
«Come fai a sapere se avranno fatto sesso?» chiede Allie.
Jodine la guarda di traverso. «La mia parola non è sufficiente? Vuoi vedere la videocassetta?»
«Ah, fai anche tu le riprese?» chiedo.
Jodine mi ignora. «A te cosa importa se faccio sesso?» chiede a Allie.
«Voglio dire... non vorrei bussare e cercare di entrare in camera tua. Abbiamo bisogno di un sistema di segnalazione.»
«Prima di tutto io faccio sempre togliere le scarpe al mio ragazzo davanti alla porta d'ingresso. Chi può sapere dove sono stati i suoi piedi? Pertanto, se vedete un paio di scarpe da uomo davanti allo zerbino, non entrate nella mia stanza. Ma questa discussione è pura accademia. Lo ripeto, io non faccio sesso con i miei ex.»
«Ma come si fa a sapere se le scarpe sono di un tizio

che sta con te e non con Em?» chiede Allie.

«Dubito che sia un problema, per stasera. Voi due uscite insieme dopo pranzo, no? Poi andate insieme al cinema, no? Quindi se una delle due deciderà di sgattaiolare e di portarsi a casa un uomo, l'altra se ne accorgerà. Secondo, questo vi sconvolgerà, ma la mia intenzione è di avere un rapporto monogamo e duraturo, perciò imparerete ad associare un paio di scarpe a uno specifico uomo.»

«I miei piani sono molto diversi» commento. «A me piace l'inizio della partita.»

«I ragazzi hanno più di un paio di scarpe» dice Allie, evidentemente ancora preoccupata dalla logistica del piano. «Può complicare le cose.»

«Legherò un nastro rosso attorno alla maniglia della porta» suggerisce Jodine.

Penso a questa soluzione per un minuto. «E chi ce l'ha un nastro rosso? Usa un elastico per i capelli. Tutte ne abbiamo uno, giusto?»

So che Jodine ne ha diversi, tiene sempre i capelli raccolti; l'ho vista con i capelli sciolti una volta sola.

Arriva la cameriera.

«Posso avere un Daiquiri alla fragola?» chiedo.

«Buono... l'hai già preso?» chiede Allie.

«Io sì, tante volte. E tu?» dico, e rido, alludendo al doppio senso.

Allie arrossisce e borbotta qualcosa tra sé. Oh, oh! Ha già fatto sesso, vero? Non può essere vergine. Può?

«Io vorrei una Diet Coke» dice Jodine.

Allie smette di farfugliare. «Avete succhi di frutta?»

«Arancia va bene?»

«Fantastico. Grande, grazie.»

Quando la cameriera ci porta le *fajitas* e le bibite, io rido guardando l'enorme bicchiere di spremuta di Allie. «Cos'è questa fissazione per il succo d'arancia? Non bevi mai bibite gasate?»

«No, le bollicine mi fanno bruciare la bocca» spiega, spalmando almeno un litro di crema di yogurt sulla *tortilla*. Poi posiziona attentamente i pezzettini di pollo sulla crema, versa uno strato di yogurt, poi mette la salsa, il formaggio, un altro strato di yogurt. La sua *tortilla* ora assomiglia a un *pudding* di fragole.

Jodine si prepara la *fajita* con una sottile pellicola si salsa, qualche pezzetto di pollo strategicamente collocato e una montagna di lattuga. Io cerco di mantenere le giuste proporzioni tra gli ingredienti.

«Cosa significa che le bibite gasate ti fanno bruciare la bocca?» chiede Jodine. «Dovrebbero essere fredde, lo sai, vero?»

Allie ridacchia. «Sì, lo so.»

Io mi sarei offesa per il tono di voce di Jodine, ma a Allie sembra non importare che lei le parli come se le mancasse qualche rotella.

«Non mi piacciono le bolle» dice Allie. «Bruciano.»

Jodine alza gli occhi al cielo. «Non ci devi fare i gargarismi. Sorseggi e mandi giù.»

«Non sono masochista.» Risolino, risolino.

«Ci si abitua. Non ti accorgi neanche più delle bollicine.»

«E la prima volta che l'hai assaggiata?»

«La prima volta che ho assaggiato una bibita frizzante? Non posso ricordarmi della prima volta che ho assaggiato una bibita frizzante, Allie.» Dà un piccolo morso alla sua *fajita*. Mangia qualsiasi cosa facendo bocconi piccolissimi. Ci mette delle ore a mangiare. «È come andare in bicicletta» dice. «Una volta che hai cominciato, diventa un'abitudine.»

«Io non so andare in bicicletta.»

Sia a me che a Jodine casca la mascella per la meraviglia. «Incredibile» dice Jodine.

«Non ci so andare, davvero» ripete Allie.

Jodine beve un sorso di Diet Coke. «Tuo padre non ti

è mai corso dietro fingendo di tenerti in equilibrio, gridando che non ti avrebbe mai lasciata, poi a un certo punto lasciandoti?»

Mio padre non ha mai fatto una cosa del genere. Mi regalò una biciclettina da duecento dollari e mi disse di arrangiarmi. Bastardo!

«Papà ha cercato di insegnarmi, ma io avevo paura a togliere le rotelle.»

Jodine guarda Allie incredula. «È assurdo. Ti insegnerò io ad andare in bici.»

«Uh-uh.»

«Cosa significa *Uh-uh*?»

«Tutti dicono che mi insegneranno quando scoprono che non so andare, ma nessuno lo fa veramente.»

«L'hai mai chiesto una seconda volta?»

«No.»

«Allora non aspettarti che la gente se ne ricordi spontaneamente. Le tue doti ciclistiche non sono in cima alla scala delle priorità dei tuoi amici. Se vuoi che te lo insegni, chiedimelo. Andare in bici è un ottimo esercizio.»

Non è un argomento convincente per Allie. Anche se sembra avere un'abbondanza di energia, preferisce passare il suo tempo libero sdraiata a letto a leggere o a guardare la televisione. «Hai mai veramente provato la Coca-Cola?» chiedo.

«Non penso.»

Impossibile! «Non hai mai provato la Coca-Cola? Cosa bevi con il Jack Daniel's? Cosa bevi ai barbecue?»

Allie mi guarda con gli occhi vacui. «Be'... succo d'arancia.»

«E se non c'è succo d'arancia?»

Sembra immersa nei pensieri. «A volte prendo un'aranciata e aspetto che si sgasi. Così ha lo stesso sapore del succo d'arancia di McDonald's. Di solito prendo il succo piccolo da McDonald's, ma costa una fortuna e non è compreso nel prezzo del menu. Trovare il succo d'arancia al cinema è un problema.»

Evidentemente esiste un mondo di persone ossessionate dal carbonato, di cui io non ero a conoscenza. Jodine incrocia il mio sguardo e scoppiamo a ridere. «Provala» dice, spingendo il suo bicchiere verso Allie.

«Perché? Lo so che non mi piacerà.»

«Tu provala. Voglio vedere.»

«Vedere cosa?»

Allungo una mano e prendo un sorso dal bicchiere di Jodine. «Tutti i bambini fighi lo fanno» dico.

«Va bene, l'assaggerò, se vi fa piacere. Ma tu, Jodine, devi provare a fumare.»

Quasi mi soffoco con la Coca.

«Terribile» dice Jodine, strizzando gli occhi. «Ma perché?»

«Provane una. Voglio vedere.»

«Ma nemmeno tu fumi.»

«Ne proverò una anch'io. Beviamo una bibita e ci fumiamo una sigaretta.»

«Io mi sento tagliata fuori» dico. «Cosa devo fare?»

«Devi chiudere la porta la prossima volta che vai nel bagno comune» dice Jodine passando il bicchiere a Allie.

Allie stringe le labbra e beve un sorso di Diet Coke, come se stesse bevendo tequila liscia. Poi ce ne andiamo tutte e tre al bar del ristorante a fumarci una sigaretta.

«Sembri una deficiente quando fumi» dice Jodine a Allie. «Perché respiri in quel modo?»

Allie butta fuori il fumo che teneva in bocca – il fumo che avrebbe dovuto inalare ma che teneva prigioniero tra le guance – sulla faccia di Jodine. «Puoi insegnarci a inalare alla francese» mi dice.

«È per questo che mi chiamano Frenchy, lo sapevate?»

«Certo, è per questo.»

«Chi è che ti chiama Frenchy?» chiede Jodine.

«Nessuno.»

«È una citazione di *Grease*» spiega Allie.

«Non l'ho mai visto.»

Ad Allie cade la mascella. «Non è possibile. Ma non vedevi i film quando eri piccola?»

«Sì» dice sulla difensiva. «Ho visto *Il mago di Oz*, *Annie* e *Amadeus*.»

«So fare i cerchi di fumo. Volete vedere?» Esalo tre cerchi di fila.

«Ancora!» dice Allie, e lo rifaccio. Ci provano anche loro, e qualche minuto dopo ridiamo tutte e tre, guardando i cerchi di fumo che si dissolvono nell'aria.

Dopo pranzo accompagno Jodine a casa, si deve preparare per la sua serata mondana, e convinco Allie a venire a fare shopping con me. Quale modo migliore per passare il sabato pomeriggio? Fare shopping, poi andare al cinema. Allie sostiene di non aver bisogno di niente, ma mi accompagna per farmi compagnia.

Andiamo al megastore di Yorkdale. Da *Mendocino* spendo trecento dollari per un paio di pantaloni e una maglia. Se li prova anche Allie, ma sembra un cuscino fatto a mano con l'imbottitura che salta fuori da tutte le parti.

«Cosa ne pensi?» mi chiede, cercando di vedere ogni centimetro nella specchiera a tre lati.

Non è una grassa, solo non dovrebbe andare in giro con i pantaloni aderenti. Forse non dovrei dirglielo. Forse dovrei dirle che ha delle bellissime gambe e che starebbe meglio con la gonna. Ma allora, non scoprirebbe che le sto mentendo? «Cosa li compri a fare?» dico. «Quando ti servono ti presto i miei.»

Molto bene! Una risposta più sensibile e politicamente corretta.

Le farebbe bene anche un taglio di capelli. È troppo bassa per portare i capelli che scendono sotto le tette. E un po' di colpi di sole non nuocerebbero. Diciamo parecchi colpi di sole.

Dopo aver fatto shopping, mi corico per una siesta pomeridiana, e Allie si mette a letto a leggere. Quando mi sveglio, il sole color porpora è già calato dietro la casa di fronte alla nostra. Squilla il telefono, e un minuto dopo Allie salta in camera mia, tutta eccitata, come se accidentalmente il mio vibratore le fosse finito dentro le mutandine.

«Clint vuole uscire a bere una cosa! Clint vuole uscire a bere una cosa!» dice. Batte le mani, frenetica.

«Clint? Che razza di nome è Clint? È un cowboy?»

«Clint è un bellissimo nome. È il nome più bello del mondo.»

Sbuffo. «Sei così mielosa» dico, ridendo. «Vuol dire forse che mi stai scaricando per il cinema?» Tento di fingermi indignata, ma un gruppetto di miei ex compagni di scuola mi ha già invitata a unirmi a loro per una bevuta a Yonge. A parte tutto... allora c'è qualcuno più importante di me per Allie. Chi è questo Clint?

«Oh... io...» Sembra sul punto di mettersi a piangere. «Devo rifiutare? Vuoi che rifiuti? Rifiuterò se vuoi che lo faccia.» È evidente che prega perché le dica di non rifiutare. Vedo le labbra muoversi in preghiera.

«Non rifiutare» dico.

Sospira di sollievo.

Si fa la doccia e io l'aiuto a prepararsi. «No, Allie, non puoi rimetterti la stessa maglietta che ti ho prestato l'altra volta... lo so che ti ho detto che eri molto sexy, ma te l'ha già vista addosso... ti presto qualcos'altro.»

All'una di notte, quando ritorno a casa, trovo Allie seduta sul divano, affranta. Guarda la fine di *Saturday Night Live.* Indica con la testa la stanza di Jodine. Si sentono in lontananza le note di Marvin Gaye.

Sulla maniglia c'è un elastico nero per i capelli.

Capitolo 7

Jodine si scioglie

Jodine

Ho così tanta fame che mi tremano le mani. Se fossi un personaggio dei cartoni animati mi uscirebbero le nuvolette di fumo dalle orecchie, e la mia faccia sarebbe del colore delle unghie di Emma: rosso ciliegia. Sono le tre e undici del mattino, e qualcuno sta facendo i pop-corn. Pop-corn! Alle tre e undici del mattino? Non ha senso.

Ogni notte ce n'è una. Di solito sono i risolini. Troppo spesso, quando cerco di addormentarmi, Allie ridacchia al telefono. Non riesco a decifrare cosa dice o con chi parli. Sento solo quei risolini infernali che riecheggiano nell'appartamento. Dovrei comprarmi i tappi per le orecchie, ma presentano due problemi immediati. Primo, come faccio poi a sentire la sveglia? Secondo, se dei tappi per le orecchie sono vicini al mio corpo, mi contraggo per lo stress. Li avevo quando ho fatto la risonanza magnetica, e da allora quando li metto la schiena mi si irrigidisce, e il riflesso di Pavlov mi dice *che dovrò rimanere qui immobile per le tre ore in cui si deciderà il mio destino*.

La prima volta che ho sentito i risolini non gli ho dato molto peso, pensavo si trattasse di un fatto occasionale. La seconda volta, non ci potevo credere. Ho tentato di ignorarli; davvero, ci ho provato. Ho cercato di addormentarmi nonostante avessi la sensazione che una miriade di mosche mi ronzasse nelle orecchie, mi rigiravo e mi agitavo, e alla fine mi sono infilata le mie pantofole bianche e nere di Minnie, mi sono diretta verso la camera di Allie e ho bussato tre volte alla porta.

«Avanti!» mi ha detto tutta allegra, evidentemente ignara dello scopo della mia visita. Pensava forse che fossi andata da lei per una chiacchierata notturna? Io? «Rimani in linea, è una delle mie coinquiline» ha detto al telefono. «Ciao, Jay!»

In quel periodo mi chiamava Jay. In principio aveva cominciato con Jo, non volendo credere che lo odiassi veramente. Poi, per qualche inesplicabile ragione, ha tentato con Jon. Jon? Innanzitutto, io disdegno i nomignoli maschili attribuiti alle donne. Nessuno aveva mai tentato prima di chiamare una ragazza Jon. Non mi piacciono nemmeno i nomi ambigui che possono andare bene per ambo i sessi, come Robin. Anche se devo dire che sono a favore di nomi come Carol o Lynn che, a prescindere dal fatto che molti uomini si chiamino così, e indipendentemente da come li si scrive – Carol/Carrol, Lyn/Lynn – per me rimangono nomi di donna.

Alla fine ha scelto Jay, insistendo che si trattava della mia iniziale. Non sono riuscita a convincerla che Jay non è solo una lettera dell'alfabeto, ma anche uno di quei nomi maschili che non possono essere femminili, cosa che, come ho detto, disdegno. Ma ho lasciato perdere. Ho ritenuto che essere chiamata con la mia iniziale fosse meno grave che continuare a sentire le diverse opzioni. Pertanto, per Allie io sono Jay.

«Allie, potresti abbassare la voce? Ti sento parlare al telefono e domattina mi devo svegliare presto.» Mi sono sforzata di sorridere, in modo che pensasse che fossi una cortese coinquilina che non riusciva a dormire, e non una stronza esausta e irritabile.

Ha smorzato i risolini fino alla sera dopo, quando ha ricominciato imperterrita. Ero sul punto di addormentarmi... in quel momento in cui sei ancora consapevole del cuscino soffice e fresco sotto le guance, quando la pace del torpore si diffonde deliziosamente in tutto il corpo... proprio allora... risolini. Risolini, risolini.

Mi sono sentita violata, come quando in seconda media avevo sorpreso Ronnie Curtzer, l'ingrato che sedeva nel banco dietro di me, a tentare di copiare il mio compito in classe di Geometria. Non volevo essere costretta ad alzarmi, a infilarmi le pantofole e a rovinare il mio fragile torpore, come non avrei voluto essere costretta a fornire a Ronnie Curtzer la formula per calcolare l'ipotenusa. Ho gridato: «Allieeeeeeeeeee!».

Ho sentito il rumore dei passi in corridoio, poi: «Uh-uh?».

«Ti sento ridacchiare! Sto cercando di dormire!»

La sera seguente *Allieeeeeeee!* è stato seguito da un'immediata richiesta di perdono. «Scusa, Jay!»

La cosa è andata avanti nelle sere successive: risolini, risolini, risolini.

«Allieeeeeeee!»

E ora i pop-corn. Pop-corn alle tre e dodici del mattino. Non è un comportamento normale. Aspetta. Potrei sbagliarmi. Allie di solito non è in piedi a quest'ora, anche se spesso si vanta della sua abilità nel preparare i pop-corn. Se non si tratta di Allie, allora chi è responsabile di questa sciarada? Sicuramente non Emma, lei non fa mai niente, si serve di Allie per tutto, per svuotare il cestino della spazzatura, per far andare la lavatrice. Se a Emma viene voglia di pop-corn, anche se sono le tre e dodici, chiama Allie.

È il mio compleanno, maledizione. Non proprio, visto che la giornata è tecnicamente finita tre ore fa. Comunque, penso che esista una convenzione non scritta per cui il giorno del tuo compleanno dura finché non ti addormenti. Dopotutto, da qualche parte nel mondo la mezzanotte non è ancora scoccata, giusto?

Perché mi svegliano alle tre e dodici del mattino – mi correggo, ormai sono le tre e tredici – nel giorno del mio compleanno?

I pop-corn sono una specie di punizione karmica perché sono andata a letto con il mio ex? Non avevo in mente di andarci a letto. Davvero. La premeditazione non è un aspetto rilevante in ogni crimine?

Mi sento la lingua coperta da una spessa patina. Spero che il mio alito fosse diverso due ore fa.

Quando facevo sesso con Manny.

Cerco di ricordarmi esattamente perché ho fatto sesso con Manny. Ci sono quattro ragioni per cui non sarebbe dovuto succedere:

1. Manny non mi piace.

2. Sono a conoscenza dei suoi sentimenti verso di me, ed è sbagliato fare sesso con una persona per cui non provi gli stessi sentimenti. Non sono il tipo di donna che si serve di qualcuno esclusivamente per i piaceri della carne.

3. Adesso devo a Emma dieci dollari.

4. Non appena siamo arrivati al ristorante, si è scusato ed è andato al bagno, per cui è sempre un piscione cronico.

Comunque, il sesso c'è stato, e sto cercando di analizzare il perché. Riesco a trovare due sole ragioni.

1. In quattro dei cinque corsi che frequento all'università è iscritto anche lui.

2. Abbiamo fatto fuori una bottiglia di vino rosso.

Ora, dovrei accennare al fatto che di quella bottiglia di vino io ne ho bevuto solo due bicchieri, mentre Manny ne ha consumati un minimo di tre, ma siccome bevo raramente, due bicchieri per me equivalgono a quattro per un consumatore medio di alcol. A me non piace bere, perché quando lo faccio perdo il controllo e finisco per dire cose inopportune, o per comportarmi in modo inopportuno.

Nella fattispecie, per fare sesso con Manny.

Dopo una serata a lume di candela, dopo il vino, una volta sul taxi, mi sono scoperta a mettergli la mano sul centro già turgido del suo piacere, sussurrandogli con la lingua contro l'orecchio quello che volevo fargli.

Va bene, sono una ragazza facile. Ho detto al tassista che ci sarebbe stata un'unica destinazione, e non c'è stata molta opposizione da parte dell'uomo in erezione accanto a me, le cui mani si erano già fatte strada sotto la mia camicetta di seta nera.

La mia affermazione di non essere il tipo di donna che va a letto con i propri ex deve chiaramente essere riconsiderata.

Allie era a casa quando siamo entrati, inciampando. «È così bello conoscerti, dopo tutte le cose magnifiche che ho sentito di te!» ha esclamato, facendomi ridere. Non avevo idea di quali cose stesse parlando. Ho trascinato Manny nella mia stanza, ho buttato un elastico per i capelli sulla maniglia, ho messo su il mio CD preferito di Marvin Gaye, ho canticchiato *Let's Get it On*, ho acceso le candele all'albicocca che tengo sempre in camera per occasioni come questa, e ho lasciato che il vino mi facesse levitare e mi adagiasse sul mio dolce Manny.

Fare sesso con il proprio ex offre un vantaggio aggiuntivo. Presupponendo che con lui ci sia stato buon sesso, al momento culminante tornano alla mente le immagini delle volte più eclatanti (sul tavolo della cucina, nella vasca, nel bagno degli uomini all'ottavo piano della biblioteca), come rivedere un film porno che esalta l'eccitazione fino a farti esplodere come un vulcano.

Tra l'altro con un ex non c'è imbarazzo al momento di tirare fuori il preservativo.

Essendo un tuo ex, poi, non sprechi tempo a pensare *Questo gli piacerà? Sto sudando troppo? Perché mi sta toccando lì?* Invece ti concentri su di te, su come ti senti, su quello che provi, e ti chiedi perché hai smesso di farlo con lui, quale ragione può averti indotto a dire a questo dio del sesso di smettere di toccarti: eri impazzita? Vuoi che ti tocchi lì, lì e *lì*, e il suo sudore ti riempie le mani, le labbra, la lingua, fino ai polmoni, e le sue dita si posano sempre sul punto giusto al momento giusto, sul sedere, sui seni, sui capelli, e non si fermano, non si fermano...

Non c'è niente come fare sesso da ubriachi.

Ci sono invece una gran quantità di situazioni preferibili al doposesso ubriaco con il tuo ex. Per esempio, scrivere il proprio nome sulla lavagna con un'unghia spezzata. O andare a un concerto ed essere costrette a utilizzare uno di quei bagni chimici con la porta che non si chiude e che puzzano terribilmente di urina. Sì, il doposesso ubriaco con il tuo ex è molto peggio. Hai la bocca impastata. Non ti senti più leggera come l'elio, piuttosto assomigli a un pallone rugoso e scolorito che aleggia a un paio di centimetri da terra, preso a calci da tutti quelli che passano.

«Dov'è il bagno?» mi ha chiesto, prendendo i boxer che sembravano sul punto di strangolare la mia abat-jour.

«Non puoi andare adesso» ho borbottato terrorizzata. E se Emma e Allie fossero state in salotto? Un conto è che le tue coinquiline incontrino il tuo compagno di letto prima che abbia fatto il suo dovere, ma dopo è molto diverso. Dio, no. Ci avranno sentiti? Forse no... uno dei vantaggi del futon è che non cigola. Per un breve istante sono grata ai miei genitori.

Manny, confuso, ha alzato le spalle ed è scomparso sotto le coperte. Oh-oh. A quanto pare ha tradotto *Non puoi andare adesso* con *Per favore, tesoro, rimani questa notte*. Terribile. Assolutamente in nessun modo, senza dubbio, mai, avrei passato la notte intrappolata in qualche posizione a cucchiaio. Volevo che garbatamente lasciasse il mio letto, il mio appartamento, il raggio d'azione dei miei pensieri. Dovevo alzarmi alle nove e andare in biblioteca, e dovevo sconfiggere quel mal di testa allo stato embrionale prima che esplodesse menomando le mie capacità di studio.

Ho sentito del trambusto in corridoio e ho dedotto che Emma e Allie stessero andando a dormire. Poi silenzio. Sono uscita dal letto e ho sbirciato fuori.

La porta di Allie era chiusa. Emma invece, probabilmente, non era ancora neanche rientrata a casa. Sono ritornata in camera e ho picchiettato con gentilezza sulla spalla di Manny. Aveva la bocca aperta e la lingua appoggiata al labbro inferiore. Non reagiva. L'ho spinta con maggior forza. «Manny, puoi andare al bagno.»

«Eh?»

«Bagno. Vai.» Avevo la tentazione di far scorrere l'acqua per stimolarlo. Non che ce ne fosse bisogno. Ai toilette-dipendenti basta sentire la parola *bagno* per avere lo stimolo. È sceso dal letto e si è diretto al gabinetto. Ho preso il telefono e ho chiamato un taxi. Sono andata in cucina e ho messo una pentola sul fuoco. Avevo bisogno di una tazza di tè. Dovevo comprare un bollitore. Che razza di persone usa le pentole per fare il tè? Non ha senso.

Quando Manny è tornato dal bagno, mi sono portata l'indice alle labbra, facendogli segno di stare zitto. «Tra cinque minuti arriva il taxi» ho sussurrato. «Vuoi un po' di tè?»

Aveva la faccia di un bambino di quattro anni che guarda i genitori partire per un viaggio di due settimane in Giamaica da dietro la finestra della casa della nonna. «No, grazie» mi ha detto, baciandomi sulla fronte. «Buon compleanno. Ci vediamo lunedì.»

Perché non ha voluto il tè? Perché così tanta fretta di andarsene?

***

Ora questo, due ore dopo. Questo *scoppiettio*. Questo assurdo, ridicolo, orribile, sconsiderato scoppiettio.

Butto via le coperte, infilo i piedi nelle pantofole e marcio verso la cucina.

Il corridoio odora di candeline di compleanno. Sto avendo una reazione spropositata? Allie ed Emma mi stanno preparando ancora una torta a sorpresa?

Sarò costretta a mangiare un'altra fetta di torta di compleanno? Oggi ne ho già dovute mangiare due. E una ieri sera con i miei genitori. Stanno tutti complottando per farmi ingrassare?

Perché ci sono questi bagliori rossi in tutto l'appartamento? Mi sento le ascelle bagnate. Perché fa così caldo, qua dentro?

La porta della cucina è aperta, e non c'è bisogno di accendere la luce.

Merda.

Le fiamme stanno eseguendo una danza rituale sulla parete in fondo. Il forno è in fiamme.

Terribile.

Capitolo 8

L'irritante narratrice onnisciente ci mette bocca
(Chi sarà mai costei?)

«Oh, mio Dio, svegliatevi!» grida Jodine. Spalanca la porta della camera di Emma, strillando: «La cucina è in fiamme! Alzati! Dobbiamo correre fuori!».

Il suo discorso è costellato da molti più punti esclamativi di quanti sia solita usarne, ma se una situazione come questa non merita tanti punti esclamativi, allora a cosa servono le interpunzioni?

Per circa mezzo secondo, Jodine pensa di essere sul punto di morire. Razionalmente sa di non trovarsi in pericolo di vita. Vede la porta d'ingresso, non ci sono fiamme a bloccarle la strada.

Emma non si muove. Jodine si chiede se il monossido di carbonio le abbia fatto perdere i sensi. Se fosse svenuta, dovrebbe portarla di peso fuori dall'appartamento, mettendo a rischio la sua fuga. Ha la tentazione di scappare. Può ancora uscire, prima che sia troppo tardi? Non è meglio che una di loro sopravviva piuttosto che perire tutte e tre nel disastro? Così le loro storie potranno essere raccontate, il loro ricordo mantenuto vivo.

Grazie al cielo, Jodine torna in sé e tronca quei pensieri. Ovviamente. Che eroina sarebbe se abbandonasse le sue compagne per salvarsi la pelle?

Ma non preoccupatevi per la sua sicurezza. Non si sacrificherà buttando il suo giovane corpo tra le fiamme per salvare le altre. Non è quel tipo di eroina. Tra l'altro, vive con queste due persone solo da poche settimane, accidenti. Non ha intenzione di immolare la propria vita dopo aver condiviso solo una *fajita* e una sigaretta.

Emma sta facendo un sogno molto interessante e vorrebbe mandare Jodine affanculo. Non lo dice ad alta voce, e non perché sia moralmente contraria al turpiloquio, ma perché nello stordimento non riesce a pronunciare le parole. Arriva a visualizzarsi mentre emette quella frase, ma se fosse il personaggio di un fumetto, sopra di lei ci sarebbe una nuvoletta con niente dentro.

Ha il sonno profondo, e per di più è nel mezzo di un sogno erotico, sul punto di raggiungere l'orgasmo. Non è mai stata capace di raggiungere l'orgasmo nel sonno. Ci è arrivata vicino, sapete? Emma si sta facendo un suo insegnante delle superiori, un uomo che arrossirebbe parecchio se sapesse cosa sta sognando Emma, anche se probabilmente non se la ricorda neanche, dato che allora non era una bomba sexy come adesso, né tantomeno una scienziata; se ne stava seduta all'ultimo banco a disegnare scarpe da donna con il tacco alto e non prestava la minima attenzione alla Geografia, la materia che lui insegnava.

Jodine la scuote e riesce a svegliarla, e anche se Emma vorrebbe dirle *Cazzo, lasciami sola, non me ne frega niente se c'è un incendio, sono così vicina al nirvana*, percepisce l'informazione e con riluttanza apre gli occhi.

«Esci dal letto» le dice Jodine. «L'appartamento è in fiamme.» Le strappa le coperte e scopre il sedere di Emma in un tanga di pizzo rosso.

Se Jodine non fosse sopraffatta dalla paura delle fiamme, penserebbe che le mutande di Emma sono fuori luogo.

Davvero, Emma non mette altro che tanga, indossa

pantaloni talmente aderenti che non le restano altre possibilità di scelta.

Se fosse lucida, Jodine si chiederebbe *Perché Emma non si toglie il tanga almeno per dormire? E se proprio non può fare a meno del tanga, non potrebbe metterlo di cotone?*

Non ci sono molte situazioni in cui Jodine può essere costretta a strappare le coperte di dosso alle sue coinquiline, perciò probabilmente non farà mai queste riflessioni. In ogni caso, Jodine – a differenza di Allie, che segretamente studia l'abbigliamento di Emma con fervore emulativo – non sa che Emma non possiede mutande di cotone: indossa solo biancheria intima di pizzo.

Disorientata, Emma si mette a sedere e fissa Jodine. «Cosa ti è successo ai capelli?»

Sembra che una coppia di uccelli abbia deciso di fare il nido proprio sulla testa di Jodine. Ha i capelli del doposesso. Normalmente li avrebbe legati in una coda di cavallo, o li avrebbe lavati, ma ora non c'è tempo. E, comunque, il suo elastico preferito al momento è infilato nella maniglia della porta. «Vestiti» dice.

«Va bene.» Emma non ha ancora compreso a fondo la gravità della situazione. Spera invece che il suo alito non sia terribile come quello di Jodine e si sta chiedendo *Cosa dovrei mettermi?*

Jodine si precipita nella stanza di Allie.

«Che succede?» chiede Allie. È seduta sul letto, pare confusa, ma calma.

«La cucina è in fiamme. Dobbiamo uscire da qui.» Jodine cerca di parlare con voce chiara e tranquilla.

«Va bene» dice Allie, come se Jodine le avesse appena chiesto di abbassare il volume del televisore perché non riesce a studiare.

Dovrebbero essere in preda al panico, ma questa notte è tutto un controsenso.

Allie tralascia i commenti sul nido tra i capelli di Jodine, non perché non le sembri una cosa strana, ma perché non ha gli occhiali e non lo vede. Si infila una maglietta e salta nelle scarpe da ginnastica. Sbaglia, e schiaccia la parte posteriore della scarpa, il che è un peccato, perché quando le deformi, le scarpe da ginnastica non ritornano più a posto. Prende gli occhiali e caracolla in corridoio.

Jodine ed Emma sono congelate, immobili davanti alla cucina: la parete è ancora in fiamme. Che seccatura.

«Fermatevi, lasciatevi cadere e rotolatevi per terra» dice Jodine. Non è sicura di sapere da quale parte del suo cervello arrivino queste frasi, si ricorda solo un pompiere e una dimostrazione in terza media. Potrebbe ancora essere ubriaca, non ne siamo certi.

«Non stiamo bruciando» dice Emma, alzando gli occhi al cielo. «Devi fermarti, lasciarti cadere e rotolare per terra solo se hai i vestiti in fiamme.»

«Forse dovremmo far cadere e rotolare i fornelli» suggerisce Allie.

«Non sono nemmeno sicura che il fuoco venga dai fornelli» dice Emma, e tossisce. La cucina si sta riempiendo di fumo, le ricorda un rave party a cui era stata durante una pausa primaverile a Cancún.

Allie non è mai stata a un rave party, e nemmeno sa cosa sia, perciò non fa la stessa associazione. A lei sembra che ci sia un sacco di neve.

Fermati, buttati a terra e rotola. Fermati, buttati a terra e rotola.

«Dobbiamo chiamare i pompieri?» chiede Allie.

Improvvisamente Emma entra in azione e si lancia verso il telefono in salotto.

«Devi fare il 911» le dice Allie.

«Lo so, grazie.» Emma sogghigna e compone il numero.

«Cosa facciamo?» chiede Allie.

Fermati, buttati a terra e rotola. Jodine non risponde. Quella stupida frase fa le capriole nella sua testa. Terribile.

«Forse dovremmo cercare di spegnerlo? Jay?» chiede Allie.

Fermati, buttati a terra e rotola.

«Jay? Jodine!» grida Allie, scuotendola e conficcandole le unghie mangiucchiate nelle spalle.

Jodine viene risvegliata dal suo sogno a occhi aperti, allontana Allie e si protende verso il lavandino. Vuole aprire l'acqua, riempire il lavabo e domare l'incendio. Ahi! È caldo. Troppo caldo. *Non funzionerà*, pensa, e le cade l'occhio sulla boccia del pesce rosso.

Allie vede lo sguardo di Jodine e la colpisce su una spalla. «Non farai arrosto il tuo pesce rosso!»

Jodine vorrebbe dirle che al momento la boccia d'acqua vale molto più di un qualsiasi pesce rosso. Se si dovesse soppesare l'importanza di un singolo pesce rosso, un pesce rosso indesiderato, un pesce rosso regalato da un ex amante (glielo aveva regalato Manny per San Valentino), rispetto a una cucina e tutto il suo contenuto, senza dubbio si sarebbe scelto all'unanimità di arrostire il pesce rosso, giusto? Ma tace e obbedisce.

Deve essere parecchio stressata se accetta di prendere ordini da Allie.

Il fuoco avvolge l'intera parete.

Finita la telefonata, Emma prende Allie e Jodine per le braccia. «Dicono di uscire di casa, chiudere la porta e svegliare i vicini.» Chiude la porta della cucina, chiude le porte delle tre stanze da letto, afferra la borsetta e spinge fuori le altre. Tiene Allie per mano, Allie tiene per mano Jodine, e tutt'e tre corrono in fila, come fossero una locomotiva. Jodine, il vagone di coda, con una rotazione dell'anca chiude la porta d'ingresso alle loro spalle.

«Vado a svegliare Janet» dice Allie. Spera che Emma dica che preferisce andarci lei. Dopotutto è stata Emma a occuparsi di tutto il resto, perciò una cosa più, una cosa meno... Ma Emma si limita ad annuire. Non ritiene di essere abbastanza in confidenza con Janet per tirarla fuori dal letto, nonostante le gravi circostanze. Certo, si è imbattuta nella vicina diverse volte nell'atrio, ma non sono mai andate oltre le frasi di circostanza tipo *Bella giornata oggi, vero?* Allie conosce Janet meglio delle altre due ragazze, perciò è sensato (come direbbe Jodine) che ci vada lei.

A proposito, contrariamente a quanto credono Emma e Allie, non è stata Janet a scoprire le noiosissime ventuno rose di Nick nell'androne, quando sono state consegnate alle nove e cinquantacinque; Janet aveva in programma di chiamare suo figlio prima di uscire, ma aveva trovato la segreteria telefonica e aveva lasciato l'appartamento prima ancora che il fattorino suonasse il campanello. Jodine era sotto la doccia quando il fattorino aveva suonato; una volta uscita, aveva trovato i fiori appoggiati sulla scala ed era arrossita per l'eccitazione, presumendo che fossero per lei. Non si trattava di una presunzione irragionevole, visto che era il suo venticinquesimo compleanno. Aveva tirato fuori dalla busta il bigliettino, ed era stata sopraffatta dal disappunto quando aveva realizzato che erano per Emma. Al disappunto era seguita la frustrazione: si era chiesta perché, non aspettando fiori da nessuno, dovesse contrariarsi nel non riceverli. Aveva sistemato le rose davanti alla loro porta. Non voleva prendersi la briga di riaprire – non aveva tempo da perdere – e se n'era andata in palestra.

Vi starete chiedendo *A chi importa se sia stata Jodine o Janet a trovare i fiori?*

Vi state chiedendo in che modo tale circostanza sia rilevante per la nostra storia?

Perché i loro nomi iniziano entrambi con la lettera J? Non ci arrivate, vero?

L'esaltazione provata da Jodine quando aveva visto le rose, insieme alla profonda depressione conseguente alla scoperta che non erano per lei, le avevano insinuato nell'animo un senso di opprimente solitudine che le rodeva lo stomaco.

Voleva che qualcuno le mandasse delle rose. Voleva un fidanzato che le mandasse delle rose. La solitudine, l'isolamento emotivo così prepotente e inatteso, aveva giocato un ruolo significativo nella decisione di infrangere la regola *Niente sesso con gli ex.* Sì, sì, sì, anche il vino aveva contribuito. Ma il punto è questo: se non avesse infranto la regola *Niente sesso con gli ex*, con tutta probabilità non si sarebbe preparata un tè post-coito. Se non avesse preparato il tè, lasciando la pentola sul fornello...

Capito?

Allie scompare al piano di sopra per avvertire Janet; Emma e Jodine attraversano la strada.

Non esce fumo dalla finestra, ed entrambe si chiedono se non abbiano avuto una reazione esagerata.

«Devo spostare la macchina?» chiede Emma, indicando con la testa la sua Jetta blu chiaro, regalo di suo padre per il diploma alle superiori, parcheggiata sul lato della strada dove si trovano adesso. Nell'appartamento c'è un solo box, e lo ha affittato Janet.

Di solito, trovare posto così vicino è improbabile, ma ieri sera ha avuto la fortuna di parcheggiare proprio di fronte a casa. Non le va l'idea di perdere il posto, ma non vorrebbe nemmeno trovarsi con l'auto squagliata.

«Lascia stare» dice Jodine, irritata. Pensa che Emma sia ridicola a preoccuparsi della sua preziosa auto mentre tutti i loro averi, compresi i vestiti, il televisore, i libri di testo, il computer portatile... accidenti, il computer portatile e i file con la meticolosa trascrizione delle lezioni del semestre estivo... rischiano di bruciare per sempre.

Emma tira fuori il cellulare dalla borsetta e chiama suo padre. «Papà? Sono io. Puoi venire un momento al mio appartamento? C'è un incendio... No, ho detto *c'è*, c'è ancora, non è finito... no, sto bene... anche loro stanno bene. Be', Allie è rimasta nell'edificio... Sì, probabilmente sopravvivrà... Arrivano... Arrivano... No, avrei dovuto? Perché non me lo hai detto? Come facevo a saperlo? Chiederò. Va bene.» Mette giù. «Mio padre dice che avrei dovuto avere un'assicurazione.»

Il vino vecchio di otto ore si rimescola nello stomaco di Jodine. «Neanche io ce l'ho» dice. «Allie?»

«Non lo so.»

«Solo la persona che ha causato l'incendio deve essere assicurata» dice Jodine, lentamente.

«E chi l'ha causato?»

«Se è assicurata... Allie.» A Jodine fa male la testa. È stata lei a lasciare il fornello acceso. *Fermati, buttati a terra e rotola.* È stata lei a causare l'incendio. E se dovesse crollare l'intero palazzo? Dovrà indebitarsi per il resto della vita. Il panico le porta alla gola il vino della sera precedente. «Altrimenti non so chi, o cosa, lo abbia provocato.» Fa una pausa. «E tu?»

«No.» Emma risponde adagio. Si strofina gli occhi con la mano, spalmandosi sulla faccia i resti incrostati del mascara della sera prima.

Jodine si rannicchia. Com'è possibile che qualcuno non si prenda quei due minuti per togliersi il trucco dagli occhi?

«Vuoi dire che se si scopre che una di noi tre è responsabile dell'incendio, dovrà pagare i danni?» chiede Emma.

«Sì, dal punto di vista legale. Ma è probabile che Allie abbia un'assicurazione. Vive qui da due anni. Dirà che è stata colpa sua.»

«L'arresteranno?»

«Non si viene arrestati per aver provocato accidentalmente un incendio» dice Jodine. (Spera Jodine).

«Ci sta mettendo un sacco di tempo. Vado a vedere se è tutto a posto.» Emma attraversa la strada di corsa.

Fermati, buttati a terra e rotola. Per un tè! *Fermati, buttati a terra e rotola.* Jodine non ammetterà mai con i pompieri di aver usato i fornelli. Non può farlo. Non se l'assicurazione di Allie pagherà i danni. Dirà la verità a Allie. Supplicherà Allie. Sarà la schiava di Allie per il resto della vita. Sarà il suo avvocato personale gratis e per sempre. Le mangiucchierà le unghie. Non può permettersi un debito di migliaia di dollari.

Allie, Emma e Janet escono. Janet indossa un accappatoio bianco e ha in mano una gabbietta da viaggio con dentro il suo gatto beige. A ogni passo di Janet il gatto va a sbattere con la testa contro il coperchio della gabbia e miagola contrariato.

«Non è assicurata nemmeno lei» sussurra Emma a Jodine.

Allie scuote il capo per confermare.

«Merda» dice Jodine. «Come hai potuto vivere da sola per due anni senza un'assicurazione?»

Emma alza un sopracciglio. «Senti la studentessa di Giurisprudenza. Era tuo dovere farci sapere che avevamo bisogno di un'assicurazione.»

«Come faremo a pagare tutto questo?» piagnucola Allie.

Silenzio.

Notate che nessuna di loro ha suggerito un contenzioso. Nessuna ha affermato *Non sono stata io! Voglio che siano svolte delle indagini.* Si mantengono tutte sul prudente.

«Chiameranno Carl» dice Allie.

Carl vive a Winnipeg. Carl è il proprietario della casa. Carl possiede case in tutto il Paese. Carl ha scritto esplicitamente sul contratto che l'affittuario è tenuto a stipulare l'assicurazione contro l'incendio.

Carl si incazzerà da morire.

Quando arriva il furgone dei pompieri, l'autista vede quattro donne in piedi sulla strada, due delle quali si agitano freneticamente per richiamare la sua attenzione. Fa caso a ciò che indossano, ma essendo un uomo ecco cosa *non* nota:

La prima delle due donne che lo chiamano, Emma (non ne conosce ancora il nome), porta ai piedi delle ciabattine infradito, di quelle che si comprano nei negozietti dell'usato e che si usano per fare la doccia in palestra o negli ostelli della gioventù europei, ma che ora si vendono con una firma alla moda stampata sotto la suola e costano venti dollari ciascuna. I jeans sono della Diesel, e ha una maglietta sottile che non rimane chiusa sul davanti (questo, a dire il vero, il pompiere lo nota). Deve essere un effetto voluto, perché se ha avuto il tempo di allacciarsi i jeans, avrebbe avuto anche quello di chiudere la camicetta, no?

La seconda delle donne agitate, Allie, indossa una maglietta a girocollo e dei boxer verdognoli. Sembrano i boxer di un fidanzato, di quelli che gli uomini si tolgono prima di fare la doccia, li buttano in un angolo e se ne dimenticano. Tu glieli lavi, poi vi lasciate, ma tu continui ad amarlo e i boxer te lo ricordano, allora quando dormi li tieni sotto il cuscino. Col senno di poi ciò può apparirvi rivoltante, ma lo capirete solo più tardi, quando avrete incontrato un uomo migliore, un uomo che non vi telefona solo quando vuole venire a letto con voi.

A dire il vero, Allie ha comprato i boxer da Gap.

Una terza ragazza, Jodine, ha ai piedi delle pantofole di pelo, con le orecchie, i pantaloni di un pigiama a strisce verdi e una maglietta blu. Non si agita come le altre.

Infine, gli occhi del pompiere sorvolano sull'anziana signora col gatto.

Di fatto sorvolano su tutto, eccezion fatta per la ragazza con la camicetta aperta. Nelle ore successive, flirterà un poco con lei, non molto, niente di cui la sua fidanzata e convivente debba preoccuparsi. Ciò di cui dovrebbe preoccuparsi è che vivono insieme ormai da due anni e lui non ha nessuna intenzione di chiederle di sposarlo. La madre di lei scuote continuamente la testa e dice che se un uomo ha il latte gratis, non comprerà mai la mucca. Ma non è così, in verità. Il pompiere vuole sposarsi, ma non con lei. Volete sapere cosa succederà al vigile del fuoco e alla sua ragazza? Lei deciderà di lanciargli un ultimatum? Si innamorerà di qualcuno che la merita di più? Un mercoledì, passeggiando in un grande magazzino, si imbatterà casualmente nel suo ex fidanzato, inizierà a scrivergli qualche e-mail, avranno una storia e alla fine una sera si trasferirà con tutta la sua roba nell'appartamento di lui mentre il pompiere è a giocare a squash? Eh? Non saperlo vi sta uccidendo, vero?

Andiamo avanti.

Il primo camion dei pompieri si ferma in mezzo alla strada, ne scendono tre uomini in divisa giallo vomito. Il nostro pompiere si precipita verso le ragazze, mentre gli altri si preparano a spegnere il fuoco premendo grandi bottoni, impugnando gli estintori e tirando e ruotando diverse leve. Il nostro srotola un tubo lungo almeno sessanta metri, e Jodine si chiede con quanta acqua quel tubo enorme inonderà la sua casa e se qualcuna delle sue cose, a parte il pesce rosso, sappia nuotare.

Emma sogghigna. «Ehi, che bel tubo hai là sotto, bellezza» dice a mezza voce.

Jodine ignora il commento di Emma. «Qualcuno ha una gomma da masticare?» chiede.

Ha un sapore di merda in bocca, e vorrebbe coprirlo

prima di parlare con i vigili del fuoco.

Emma ne ha mezza nella borsetta, ma non vuole privarsene. «No.»

Il nostro pompiere è ora a portata di alito. «Siete voi che avete chiamato?»

No, loro sono quelle che si divertono a stare in piedi sul marciapiede alle tre di notte. Sveglione.

Le ragazze annuiscono.

«Siete tutte fuori dall'edificio?»

Le ragazze annuiscono ancora, mormorando: «Uh-uh».

«Da dove è partito l'incendio?» La sua pelle sembra quella di uno che ha passato troppo tempo in vacanza a Miami.

«Dalla cucina» dice Jodine.

«Sapete cos'è successo?»

«Penso che abbiamo lasciato acceso un fornello per sbaglio» dice Emma.

Jodine non sa perché Emma dica questo, ma non ha alcuna intenzione di fornire delucidazioni. Probabilmente anche loro hanno usato i fornelli, mentre lei era fuori. Magari una ha fatto i biscotti prima di andare a dormire. Che importanza ha? Cosa significa che hanno usato i fornelli o il forno, che si assumono tutte le responsabilità e che non c'è bisogno di un'indagine?

«Dov'è la cucina?»

Allie spiega la geografia del loro appartamento, mentre altri due camion irrompono sgommando. I pompieri si organizzano con i tubi e tre di loro, compreso il nostro, entrano nell'edificio, impugnando un estintore e una specie di ascia.

«Signor pompiere, posso scivolare un po' lungo il suo tubo?» chiede Emma con voce da *Happy Birthday, Mr. President*.

«Emma!» dice Jodine. «Il doppio senso è la più bassa tra le forme di umorismo.»

Emma prende discretamente dalla borsetta la gomma che le è rimasta, butta la carta in terra e se la infila in bocca.

Allie chiede a Emma di prestarle il telefono. Chiama Clint per raccontargli cos'è successo, sperando che gli venga l'ispirazione di venire a interpretare il ruolo dell'eroe. È tutta eccitata, poi si sente in colpa per essersi sentita eccitata mentre il suo appartamento è in fiamme, anche se, in verità, rappresenta una perfetta occasione perché Clint venga a prendersi cura di lei e si innamori perdutamente.

Non risponde.

Janet consola il suo gatto.

Emma si chiede perché suo padre ci metta tutto 'sto cazzo di tempo ad arrivare.

Jodine continua a delirare in silenzio. *Fermati, buttati a terra e rotola.* Si vergogna di aver perso il controllo. Odia perdere il controllo. Odia quando gli eventi sfuggono al suo controllo. E se la vita fosse una sequela di avvenimenti casuali e incontrollabili? *Ma no*, ragiona. È stata lei l'ultima a usare la cucina; deve aver lasciato il fornello acceso e aver causato l'incendio. È colpa sua.

Esala un sospiro di sollievo. Anche se si comporta in modo deprecabile, mentendo e diffamando le sue coinquiline, almeno sa che l'incendio non è figlio del caso.

Fermati, buttati a terra e rotola.

Tutto ha senso.

Capitolo 9

Jodine dà un nome al suo pesce

Jodine

Cinque minuti dopo, il pompiere che ci ha posto tutte quelle ridicole domande, mentre avrebbe dovuto limitarsi a spegnere l'incendio, ricompare sulla porta. «Spento» annuncia. «Stiamo verificando che non ci siano propagazioni interne.»

Cosa stanno verificando? Emma dà voce alla mia domanda. «Che cazzo stanno verificando?»

«Stiamo controllando che il fuoco non si sia insinuato tra le pareti. Pare che sia partito dai fornelli, come avete detto voi, ragazze.»

«Come fate a saperlo?» chiede Allie, e io e Emma le lanciamo sguardi assassini. Allie non se ne accorge.

«Il fuoco si sposta verso l'alto tracciando una specie di V. Il vostro incendio è partito dal punto in cui si trovano i fornelli. Comunque, io sono Norman» dice, porgendo la mano con il guanto giallo a Allie.

Allie gliela stringe.

In principio non capisco perché Norman abbia voluto presentarsi, poi mi accorgo che è un trucco per sbirciare nell'assurda scollatura di Emma. Ci presentiamo tutte. Magnifico, ora siamo amici. Metterò Norman nell'indirizzario per gli auguri di Natale.

Allie indica l'auto della polizia. «Ci saranno delle indagini?»

Ma cosa le prende? Non vogliamo nessuna indagine! Stai zitta, linguaccia! Chiudi quella boccaccia! Cerco di zittirla lanciandole velenosi messaggi telepatici.

«Un'indagine? Perché?» chiede Norm.

Se continuo a fissare le crepe sul marciapiede, si trasformeranno in spaghetti assassini e ingoieranno Allie?

«Pensavo solo... perché c'è la polizia?»

Norm non si sforza di nascondere che la più *scoperta* di noi quattro lo deconcentra. «Sono qui per gestire eventuali problemi di traffico» spiega, con gli occhi incollati sull'avvallamento tra le tette di Emma.

Problemi di traffico? Alle quattro di mattina? «O nell'eventualità che l'incendio non sia un incidente» aggiunge. «Ma non è il vostro caso.»

«Oh» dice Allie. «Bene.»

Bene. Bene? La nostra cucina è stata scaraventata in un'altra dimensione e lei dice bene?

«Il fuoco si è infiltrato tra le pareti?» chiede.

«No, per quanto ne sappiamo al momento.»

«L'appartamento è danneggiato?»

«No, è stato un bene che abbiate chiuso le porte. Avete limitato i danni.»

Ancora quella parola, *bene*. Se andiamo avanti così, potremo aprire lo champagne e festeggiare.

«Le abbiamo chiuse dopo che...» dice Allie.

«Che danni ci sono?» la interrompe Emma. È evidente che nemmeno a lei interessa troppo sentire il suono della voce di Allie.

«Dovrete fare qualche lavoretto in cucina. Le pareti hanno resistito, ma dovrete farle stuccare e tinteggiare. Gli armadi, gli scaffali, il microonde e i fornelli sono fritti.» Ride da solo per il vocabolo che ha scelto.

«E il salotto?» chiedo.

«Siete fortunate. Lo abbiamo ventilato, basterà chiamare qualcuno per asciugare le tende e le poltrone.»

«Quanto ci costerà tutto quanto?» chiede Emma.

«Non lo so, ma non preoccupatevi, ci penserà l'assicurazione.»

Mi strozzo con la mia saliva.

«Con che compagnia siete assicurate?» chiede. Nessuna di noi risponde. Ci guarda e sospira come a dire *Stupide, stupide ragazzine.* «Non siete assicurate?»

Scuotiamo la testa, intimorite dal suo tono severo.

«Di chi è l'appartamento?» chiede.

Merda. Merda. Chiamerà Carl, il padrone di casa. E Carl ci sbatterà fuori, poi ci citerà in giudizio. Citerà me in giudizio, perché vorrà che si facciano delle indagini, e le indagini dimostreranno che è colpa mia. Quando avrò finito di pagare porterò la dentiera e le scarpe ortopediche. «È mio» dico. Idea geniale.

Il pompiere mi guarda. Per un'interminabile istante ho la sensazione che abbia già scoperto la mia menzogna e che voglia farmi arrestare. «Bene» dice, riportando lo sguardo sulla scollatura di Emma.

Che razza di idiota dev'essere per credere che una studentessa di Legge di venticinque anni possa essere la proprietaria di un appartamento a due piani? Probabilmente è in overdose di tette.

Allie spalanca la bocca, sembra il mio pesce rosso. Emma mi lancia un'occhiata di traverso. Se chiedono a Janet di confermare che l'appartamento è mio, sono fritta come il microonde.

Qualche minuto dopo, il buon vecchio Norm ci accompagna in casa per vedere i danni. Un altro pompiere porta un ventilatore per disperdere il fumo.

Dentro ci sono ancora due pompieri. L'appartamento puzza come se Emma avesse fumato quattrocento pacchetti di sigarette. Trasaliamo alla vista della cucina. Il muro contro cui erano appoggiati i fornelli è irriconoscibile. È questo che Norm definisce *nessun danno alle pareti*?

«Oh, mio Dio.» Gli occhi di Allie sembrano due lavandini sul punto di straripare.

«Non abbiamo dovuto usare i tubi, perciò l'acqua non ha fatto danni» dice il pompiere. «Il fuoco era piuttosto circoscritto.»

Circoscritto? Questo disastro lo definiscono *circoscritto*? Cos'è per loro non circoscritto? Sembra che sia scoppiata l'atomica.

«Sto per vomitare» borbotta Allie, piegandosi in avanti e appoggiando le mani alle ginocchia. «Sono molto debole di stomaco.» Emma si china e le dà una pacca sulla schiena, così Norm può guardare meglio nella scollatura. «Avremmo potuto anche morire» continua Allie, respirando a fatica. «Siamo state molto fortunate.»

Fortunate? Se vinci la lotteria, sei fortunata. Se trovi in saldo la giacca che comunque avresti comprato, sei fortunata. Noi non abbiamo più la cucina.

«Il danno è minimo, tutto sommato» continua Norm. «Avreste potuto distruggere tutto il palazzo. La gran parte dei danni è in cucina. E se non vi foste svegliate...» Si gira verso di me. «... il fuoco avrebbe potuto divorarvi.»

Va bene, un punto a suo favore. Non avere una cucina è molto meglio che essere morte. «Grazie» dico. «Apprezziamo molto quello che avete fatto.»

Annuisce e si dirige verso il salotto.

«Signor pompiere, sono in fiamme. Mi spegnerebbe, per favore?» sussurra Emma imitando la voce di Marilyn.

«Shh» sibilo, e alzo gli occhi al cielo. «Guardate.» Indico la boccia del pesciolino. Il mio pesce rosso sembra in acido. Nuota senza meta avanti e indietro nella sua boccia, ora leggermente ambrata. «Il pesce ce l'ha fatta. Non posso crederci. Com'è che non muore mai?»

«Il pesce? Non ha un nome?» Emma scuote la testa,

sconcertata. «Agli studenti di Giurisprudenza manca la creatività?» Apre il frigorifero, ma non si accende la luce interna. «Ho sete.»

«Non penso che sia il caso di bere l'acqua delle bottiglie di plastica» dice Allie.

«Norm!» Emma chiama il nostro pompiere, che è in salotto. «Possiamo bere il succo di frutta in frigorifero?»

«Non lo so, ma perché rischiare?»

«E se lo chiamassimo Norm?» dico. «Se va bene per un pompiere, può andar bene anche per un pesce.»

«Norm non è un nome da pesce» dice Allie. «Sai, Jay, secondo me non hai ancora dato un nome al tuo pesce perché non vuoi affezionarti. Hai paura a impegnarti, per questo non ti piacciono gli animali domestici.»

«Chi ti ha autorizzato a psicoanalizzarmi?»

Emma picchietta con il dito sulla boccia del pesce. «In *Colazione da Tiffany*, Audrey Hepburn chiama il suo gatto *Gatto*.»

Allie sembra confusa. «Pensi che dovrebbe chiamare il suo pesce *Gatto*?»

«Non *Gatto*, *Pesce*.» Ma com'è che non capisce mai niente?

«Che cosa stupida» commenta.

«A me piace» dico. «Questa creatura ha qualcosa di diabolico.»

«Dovrebbero arrestarti, hai tentato di uccidere il tuo pesce gettandolo nel fuoco.»

«Volevo spegnere l'incendio.»

«Per fortuna ti ho fermata» dice Allie. Ridacchia e addita la mia testa. «Hai una pettinatura afro.»

Cosa c'entrano adesso i miei capelli? Non stavamo parlando del pesce rosso? «Non abbiamo cose più importanti di cui preoccuparci?»

Emma sogghigna e indica Allie. «Tu hai poco da prendere in giro, Charlie Chaplin.»

Allie ha un baffo di fuliggine sul labbro. Sembra

davvero Charlot. Rido. «Assomigli a Hitler» dico.

«Non puoi dire a una persona che assomiglia a Hitler.»

«Perché no, mein Führer?»

«Perché è un commento di pessimo gusto. E comunque non sei certo tu quella che può parlare. Sembra che sulla tua faccia abbiano... abbiano spalmato un bel po' di merda.» Si mette le mani sui fianchi, tutta orgogliosa di aver detto *merda*.

«No, non dire merda, Allie» dico. «È una parolaccia. Non vorrai finire nei guai. La polizia potrebbe arrestarti per turpiloquio. Ehi, Emma, quale faccia è più merdosa, la mia o quella di Allie?»

«Nessuna delle due è al suo meglio, a essere sincera» dice, e comincia a ridere.

Allie e io la guardiamo e scoppiamo a ridere anche noi. Una risata sommessa, come quando pioviggina e te ne accorgi solo perché hai i capelli umidi. Piano piano la risata cresce, si impossessa di tutto il corpo, la pancia inizia a farmi male come se avessi fatto centinaia di addominali. Non posso credere che stia succedendo. Come può essere? Emma e Allie ridono altrettanto forte, le lacrime ci riempiono gli occhi, ci rigano le guance, ci bagnano il naso, la gola, e improvvisamente scoppiamo tutte a piangere. Siamo in piedi in cucina, scosse dai singhiozzi.

Poi io ricomincio a ridere. La parte inferiore della mia centrifuga per asciugare l'insalata si è sciolta, e ora è appiccicata a un pezzo distrutto di armadio. Indico quel disastro, e anche Emma riprende a ridere. «Era il mio unico contributo all'arredamento della casa» dico.

Allie è in piedi, fissa la cucina. «Che facciamo, adesso?» piagnucola.

Ottima domanda.

«Ragazze.» Norm ci chiama dal salotto. «Sto per accendere il ventilatore. Farà parecchio rumore.»

«Va bene» diciamo.

Allie si asciuga le lacrime con la manica. Cerca di pulirsi i baffi, ma finisce per imbrattarsi tutta la faccia.

Norm torna dentro quella che formalmente definiamo ancora *cucina*. «Vi monto anche un nuovo rilevatore di fumo. Questo è tutto bruciacchiato.»

Un rilevatore di fumo? Un rilevatore di fumo! «Perché il rilevatore non ha funzionato?» domando ad alta voce.

«Un rilevatore di fumo senza batterie è come...» Le metafore non sono il suo forte.

«Una boccia per i pesci vuota?» suggerisco.

Il suo viso si illumina. Non è molto sveglio, il nostro Norm. «Già, proprio così» dice. «Dovrei farvi una multa di duecentotrenta dollari.»

«Per favore, non lo faccia, signore!» lo implora Allie, diventando tutta rossa.

Non capisco come mai duecentotrenta dollari la spaventino tanto, con le migliaia di dollari che dovremo sborsare, ma al momento non sono dell'umore giusto per analizzare i comportamenti schizofrenici di Allie.

«Non lo farò» dice Norm. «Mi dispiace già abbastanza per voi, ragazze, senza bisogno di infierire.»

«Sei un tesoro» dice Emma, appoggiandogli una mano sull'avambraccio. «Apprezziamo davvero molto tutto quello che hai fatto per noi. C'è qualcosa... qualsiasi cosa, davvero, che possiamo fare per ringraziarti?»

Sfacciata! Norm sorride, mostrando un piccolo spazio tra i denti davanti. Abbasso lo sguardo. Ha un tubo nelle mutande o è solo contento di vederla?

Si schiarisce la voce. «Be'... voi ragazze... dovreste preparare una borsa... per qualche giorno.»

«Dove ci porti?» chiede Emma dolcemente. La mano resta sul braccio del pompiere.

Terribile.

«Avete bisogno di un passaggio?»

«Ma non sta venendo a prenderci tuo padre?» chiede

Allie, senza accorgersi che Emma sta flirtando. «Norman, tra quanto potremo tornare qua?»

«Ci vorrà qualche giorno per ventilare l'appartamento. Avete un posto dove stare?» Guarda Emma.

«Da qualche parte andremo.» Lo fissa negli occhi.

«Sta arrivando tuo padre, no?» insiste Allie. «Pensi che gli dispiacerebbe se mi fermassi da voi per stanotte? Non saprei dove altro andare.»

Emma alza gli occhi al cielo. Allie sta mandando a monte i suoi piani. «Sì, Allie, puoi venire a stare da me.»

Sono appena andata via di casa e già ci sto ritornando. Fantastico. Di nuovo da mamma e papà. Mi basterà fermarmi due ore e dovrò sintonizzargli il videoregistratore, spiegargli la bolletta del telefono, predisporre i moduli per le tasse...

Potrei chiamare Manny. Abita vicino a scuola. Non dovrò dire niente ai miei dell'incendio, e lui sarebbe ben contento di avermi come sua ospite.

Ma questo cosa significherebbe? Vorrebbe dire tornare insieme? Dovrei di nuovo dire che è il mio ragazzo? Odio quella parola... *ragazzo.* Amante? Giocattolo sessuale? Uomo? Neanche a parlarne. Odio dire *il mio uomo* ancora di più che *il mio ragazzo.* Amico speciale?

Stare insieme non sarà così terribile. Il sesso è buono. Visto che frequentiamo le stesse lezioni, siamo comunque costretti a passare molto tempo insieme. La logica vuole che, siccome passiamo molto tempo insieme, dobbiamo anche fare sesso insieme. E siccome facciamo sesso e passiamo tanto tempo insieme, dobbiamo anche uscire insieme. E siccome usciamo insieme, facciamo sesso e passiamo molto tempo insieme, possiamo anche vivere insieme, almeno finché non trovo un altro posto dove andare a dormire.

Ecco qua. Tutto sistemato. Come si permette Allie di dire che ho paura di impegnarmi?

Ho dato un nome al pesce, no?

Capitolo 10

Emma è egoista e si dispiace solo per se stessa
(sorpresa, sorpresa)

Emma

«Una cosa del genere poteva succedere solo a me» dico a Allie.

«È successa a tutte noi» mi risponde a bassa voce.

A tutte noi? Ma fammi il piacere. «Sono io che lunedì ho un'importante presentazione in ufficio. E non ho ancora cominciato a lavorarci.» Sono fottuta, ci sarà l'intera redazione, e io non sono preparata. Come posso presentare un paio di scarpe se sono esausta? Non penso di essere mai stata così stanca in vita mia. Mi sento la testa piena d'acqua e il collo addormentato. Butto a terra i cuscini del divano letto. «Domani tu ti riposi tutto il giorno, perciò non piagnucolare. Aiutami a tirare fuori il materasso.»

«Posso aiutarti con la tua presentazione» dice, mentre si schiaccia il dito tra due sbarre di metallo. «Ahi!»

La ragazza che mette i lacci fosforescenti alle scarpe da ginnastica vuole darmi qualche suggerimento sulla moda nel settore calzaturiero. Lacci fosforescenti. È una partita persa.

«Lascia stare, faccio io.» Sistemo il materasso.

Si appoggia al muro e chiude gli occhi. «Grazie.»

Lei si rilassa e io le faccio il letto? Non ci penso proprio. Prendo un cuscino e delle lenzuola pulite dall'armadio e le butto sul materasso. «Puoi fartelo tu? Io devo dormire un po'.»

«Non preoccuparti, ci penso io. Eh... ma... come faremo a pagare i danni?»

Perché dobbiamo affrontare l'argomento adesso? Il mio cervello perde colpi. Che ore sono? Che giorno è? Comincio ad avere delle allucinazioni, vedo cuscini morbidi e immacolati. Ho bisogno di dormire. «Domani chiederò i soldi a mio padre, va bene? Buonanotte.»

Collasso nel mio letto e chiudo gli occhi immediatamente. Sono sorpresa che quella stronza della mia matrigna non abbia trasformato la mia camera in una stanza dei giocattoli o in una cabina armadio. Che notte deprimente. Dopo essere arrivato, mio padre ci ha portate all'ospedale, dove abbiamo aspettato un'ora e mezza e alla fine ci hanno chiuse in una stanzetta e ci hanno fatto respirare in un tubo di ossigeno. Quando siamo arrivate a casa erano le sei e mezzo. Ora sono le sette passate. Le sette di questa cazzo di mattina.

Se dormo otto ore, il minimo per me, mi sveglierò alle tre. Come farò ad addormentarmi poi domani notte? Se mi alzo all'una, anche alle due, può ancora andare (ho sempre questo problema la domenica sera, comunque), ma ho bisogno almeno di otto ore di sonno. Forse dovrei rimanere alzata e affogarmi nel caffè.

No. Ho bisogno di dormire.

Perché è successo proprio questa notte? Se fosse accaduto durante la settimana, avrei potuto prendermi almeno un giorno libero. Avrei telefonato in ufficio, detto che c'era un'emergenza. Ma non posso chiamare di lunedì e chiedere un permesso per un incendio avvenuto sabato sera.

No.

Sono davvero sfortunata.

Ho bisogno di dormire.

***

«È carino averti qui a cena, Allison.»

Una bella cena di famiglia: AJ, mio papà, Barbie, Allie e io stiamo mangiando degli hamburger. Allie e Barbie sembrano gareggiare a chi riesce a immergere l'hamburger in più crema di formaggio. Sono sedute una accanto all'altra, e Barbie continua a dire a Allie quant'è carina. Hanno passato quasi tutta la giornata a guardare i filmini di mio padre, mentre io lavoravo, il che per me è strano. Papà non faceva filmini quando era sposato con mia madre. Evidentemente lasciare una famiglia a Montreal e farsene una nuova è il primo passo per diventare *padre dell'anno.*

Non dovrei sprecare tanto tempo prezioso a mangiare, dovrei lavorare... ma non sono abbastanza grande per decidere da sola quando è ora di mangiare.

«Grazie, AJ» dice Allie. «È bello gustare un po' di cucina casalinga. Passerai in ufficio questa settimana?» AJ e Allie sono quasi colleghe.

AJ pensa che Allie sia una giovane molto carina. Una buona compagnia per me. Se io avessi tenuto la stanza come quella di Allie, sarei stata buttata fuori a calci anni fa.

«Da dove vieni, Allie?» chiede mio padre.

«Sono cresciuta a Belleville.»

Mio padre sghignazza. Le barzellette su Belleville sono il suo forte, insieme a quelle sulle persone grasse e gli omosessuali. Spero che ci risparmi la battuta *Quanti abitanti di Belleville ci vogliono per avvitare una lampadina?* finché Allie sarà a tavola con noi. Direi che è un razzista, ma in realtà non se la prende mai con una razza in particolare. Allora cos'è? Un campanilista? Un idiota?

«Cosa fanno i tuoi genitori?» chiede.

«Mia madre è maestra elementare e mio padre dentista.»

«Non lo sapevo» dico. «Sorridi.»

Sorride. I suoi denti sono bianchi e splendenti. Avremo sempre dentifricio e spazzolini gratis? No, aspettate. Pulizia dei denti gratuita... sì! Io spendo decisamente troppo per curarmi i denti.

«Un bel sorriso» dico.

«Posso andare dal papà di Allie invece che dal mio dentista?» chiede Barbie. Odia il suo dentista. E il suo dottore. Non le piace essere auscultata. L'ultima volta che è andata dal medico ha voluto che la accompagnassi solo io. Ci vado volentieri perché il dottore ha un gran bel culo.

«Sta a Belleville» dice mio padre.

«E allora?»

«Noi non andiamo a Belleville.»

«Perché no?»

Già, perché no, caro paparino? Perché siamo troppo eleganti per Belleville, Barbie, mio piccolo cuore innocente. Belleville è un posto di poveracci, non lo sapevi, Barbie?

«Perché sì. Cosa stavi dicendo, Allie? Vai avanti.»

«Mi sono trasferita a Toronto tre anni fa per andare al college.»

«E ti piace Toronto?»

«L'adoro. Ci vuole un po' per abituarsi, ma l'adoro.»

«Perché?» chiedo. «Questa città è spaventosa.»

«Spero che con il tuo entusiasmo tu riesca a contagiare Emma» dice AJ.

Squilla il telefono e mio padre si incupisce. Squilla ancora.

«Il telefono» dico. «Non lo sentite?»

«L'abbiamo sentito» dice papà. «Lo sai che facciamo scattare la segreteria quando siamo a tavola.»

«E se fosse un'emergenza? Potrebbe esserci un incendio.»

Allie guarda il telefono con gli occhi sognanti. Ogni volta che squilla, uno sguardo speranzoso le attraversa il viso, e quando le dico che no, non è Clint, sembra una bambina di cinque anni che guarda il suo orsacchiotto in una pozzanghera schiacciato da un furgoncino di passaggio.

«L'anno scorso sono stata alle Hawaii, ho mangiato troppi ananas e ho vomitato» annuncia Barbie, senza una ragione apparente, a parte mostrare un pezzo di panino dolce mezzo masticato attaccato al palato.

«Tesoro, non si parla con la bocca piena, e questi non sono discorsi appropriati quando si mangia.» AJ scuote la testa e Barbie chiude immediatamente la bocca.

«Emma è fissata con Montreal» dice AJ, anche lei apparentemente senza alcuna ragione. Tale madre, tale figlia. Si fermano mai a pensare prima di aprire la bocca per parlare? «È ora di farsene una ragione, cara, ormai l'hanno capito tutti. Montreal è una città morta. Ci sei stata di recente?»

«Non è morta» ribatto. Odio quando AJ comincia a buttare merda su Montreal. «Laggiù non c'è il problema del lavoro, e c'è più vita all'angolo di un droghiere di Montreal che in tutta Toronto.»

«Non ci sono problemi di lavoro per i francesi. Gli inglesi stanno cercando i verdi pascoli. Enid dice...» A questo punto perdo la pazienza. Enid è una delle sue amiche vegliarde che hanno sempre un'opinione su tutto ma non sanno mai niente di niente. Quel tipo di donna che legge un articolo sulla cucina libanese e si considera un'esperta di Medio Oriente.

«Sei sposata?» chiede Barbie, dando un colpetto sulla spalla di Allie.

Sì, sposata. Prima di sposarsi deve trovare un ragazzo. E io non scommetterei molto su questo Clint. Parlano continuamente al telefono – sento lei che ridacchia e Jodine che urla tutte le sere – ma lui non ha ancora fatto una mossa. Se un uomo vuole una donna, si fa avanti. È così, agli uomini non interessa niente di essere amici. Secondo me Allie dovrebbe smetterla di mostrarsi tanto disponibile. Guardate me con Nick: da quando ho smesso di rispondere alle sue telefonate, mi muore dietro.

Nick. Non lo voglio più vedere quel bamboccio. Ho bisogno di un *uomo*, non di uno che si realizza coltivando e fumando marijuana, tanto lo stipendio glielo passa suo padre. Io non ho più fumato da quando abbiamo rotto. È strano come una cosa a cui hai dedicato tanto tempo tutti i giorni possa diventare irrilevante quando te ne distacchi. La verità è che la marijuana non ha nessun effetto su di me, a parte che mi fa venire sonno. Voglio dire, io dormo già abbastanza per conto mio. Se continuassi a fumare quella roba, me ne starei a letto venti ore al giorno, e non sto parlando di copulare. Parlo di sonno comatoso.

«Uno spinello veloce» diceva sempre Nick, e io di solito acconsentivo, non perché me ne fregasse qualcosa, ma perché c'era. È come il caffè. Anche se ne ho già bevute due tazze, se la cameriera me ne versa ancora, lo bevo di nuovo.

Allie ridacchia. Naturalmente, ovviamente, come sempre. «Sposata? Non ancora. E tu?»

Barbie si illumina come una lampada alogena. «No... cosa dici? Ma ho un fidanzato che si chiama...»

Se la mia sorellastra dice Ken, la diseredo.

«... Barnie.»

Barnie? Come si fa a inventarsi un fidanzato di nome Barnie?

«Barbie e Barnie» dice Allie. «Adorabile!»

Barbie afferra il polso di Allie con la mano paffuta. «Mamma, Allie e io adesso possiamo andare a vedere gli album di foto?» Gli album di foto? Povera Allie. Ma che *povera Allie*, lei si nutre di queste cose stucchevoli.

«Falle finire la cena» dico. Anche se mangiare un po' di meno non le farebbe male.

«Ho chiesto a mia mamma.»

Forse sono una cattiva maestra.

«Dopo cena potrai farmi vedere quello che vuoi» dice Allie, prendendo dal piatto un pezzo di formaggio filante con le mani. Lo immerge nel ketchup e se lo fa cadere in bocca. Perché non lecca il piatto e non la fa finita?

«Emma» dice AJ, «ho parlato con Harry che ha chiesto a suo nipote di ristrutturarvi la cucina.» Harry è l'operaio di fiducia della mia matrigna. Arriva dopo che mio padre è andato a lavorare, e se ne va un attimo prima che ritorni. Tutti i giorni. Settimana dopo settimana. Mese dopo mese. Quante stanze deve ristrutturare AJ? Strano, mio padre non ha mai incontrato Harry. Coincidenze? Non penso. Io l'ho incontrato una volta, per caso, tornando a casa a un'ora imprevista. Non posso dire di averli sorpresi in atteggiamenti equivoci, ma se non c'era niente tra loro, perché Harry non aveva il coraggio di guardarmi negli occhi?

«E se non volessimo il nipote di Harry per ristrutturare la cucina?»

«Trovati un altro, allora. Ma il nipote di Harry lo farebbe in amicizia, perciò non penso che possiate trovare un'occasione migliore.»

«Perché non può farlo Harry?»

«È impegnato qui.»

Non ne dubitavo. «Quando verrà suo nipote?»

«Domani all'una.»

«Ma io tornerò a casa solo alle sei. Non può venire di sera?»

«Probabilmente no. Non puoi farti trovare a casa all'una?»

«Certo, che problema c'è? Dirò alla mia capa *Ci vediamo più tardi*, non se la prenderà.»

«Bene, allora è tutto a posto.»

Pensa davvero che io possa lasciare l'ufficio quando mi gira? Butto il tovagliolo sul tavolo. «Stavo facendo dell'ironia. Qualcuno qui deve lavorare per vivere.»

«Emma, non fare la stupida» dice mio padre, raccogliendo i piatti e portandoli nel lavandino. A mia madre verrebbe un colpo se vedesse con quanta facilità AJ gli ha insegnato ad alzare il culo dalla sedia. In tutti gli anni del primo matrimonio non ha mai mosso un dito. «Sono sicuro che il tuo capo capirebbe» dice, sopra il rumore dell'acqua che scorre. «Si tratta di una situazione particolare.»

«Papà, non posso essere a casa all'una.» Forse potrei, a dire il vero. La settimana scorsa una redattrice è uscita alle due per andare a sistemarsi la frangia dal parrucchiere.

«Vuoi che telefoni io al tuo ufficio?»

Non sta nemmeno scherzando, evidentemente pensa che sia ancora al liceo. «No.»

«Devi imparare a essere più accomodante» dice AJ.

«Io sono accomodante?» chiede Barbie.

«Sì, tesoro.»

Allie gratta il piatto con la forchetta per tirare su il formaggio incrostato, la lecca e me la punta contro. «Ci sarò io a casa all'una, non c'è bisogno che tu venga.»

Leccaculo. «Sei sicura?»

«Certo, io lavoro dalle quattro alle sette.»

«Sarebbe magnifico» dice AJ, gongolando. «Grazie, Allie. Sei fantastica. Lo apprezziamo davvero molto.»

Lo apprezziamo? È diventato l'appartamento di AJ? «Quanto ci metterà il nipote di Harry a sistemare la cucina?» chiedo.

«Chi può saperlo?» dice mio padre.

«AJ dovrebbe essere un'esperta di ristrutturazioni, ormai.»

Ad AJ sfugge l'ironia nella mia voce, e si passa una mano tra i capelli corti, come fosse assorta nei suoi pensieri. «Probabilmente... all'incirca un mese.»

Cosa? «Un mese? E cosa mangiamo per un mese?»

«Avresti dovuto pensarci prima di dar fuoco alla cucina» dice.
«Non ho dato fuoco alla cucina.»
«Bene, chi è stato, allora?»
«Non lo sappiamo. Abbiamo lasciato il forno o un fornello accesi.»
«Chi ha lasciato il forno o un fornello accesi? Tutte insieme?»
«Sì, abbiamo tenuto insieme la manopola girata finché la cucina non ha preso fuoco.»
AJ e mio padre mi guardano severi.
«Un mese è troppo» dico. «Harry e i suoi parenti forse sono geneticamente predisposti all'inefficienza. Non sarebbe meglio chiamare una ditta per fare i lavori più in fretta?»
«Tu puoi chiamare chi ti pare, ma io so che Harry è onesto. Mi servo di lui da anni.»
Non dubito che tu ti serva di lui. «Okay, come volete voi.»
«Come farete a pagare?» interviene mio padre. Farete? Non vorrei che la parola *farete* implichi quello che penso. Spero piuttosto che la questione si risolva come per il mio giro dell'Europa zaino in spalla. Io volevo andare, non avevo un soldo, lui mi chiese come intendevo finanziarmi il viaggio, io gli dissi che avrei cercato un lavoro, lui mi disse che era orgoglioso di me e mi pagò il volo e l'*inter-rail*, e mi diede in più tre biglietti da mille.
«Mi troverò un secondo lavoro.»
«Ce la fai a mala pena con un lavoro solo» dice AJ. «E dubito che ne troverai un altro.»
«Pagherò con la Visa.»
«Non prende la Visa, cara.»
«Ce la caveremo con i soldi.»
AJ e mio padre guardano Allie in cerca di una conferma, ma lei annuisce poco convinta.

«Spero che tu non pretenda che sia io a pagare» dice mio padre.

Be', sì, me lo aspetto. Ma dall'espressione del suo viso capisco che sarebbe più opportuno usare il passato. *Me lo aspettavo.* Non me lo aspetto più. «Ti ho mai chiesto dei soldi?» Forse, se mi metto sulla difensiva, mi verrà incontro.

Allie assume una colorazione tendente al lilla.

«All'incirca una volta alla settimana.»

«Ma oggi non l'ho fatto.»

«No, oggi no.»

«Perciò vuol dire che non ne ho bisogno.»

«Ora Allie e io possiamo andare a giocare, mamma?»

«Sì, Barbie.»

Allie, nonostante tutto quello che ha mangiato, riesce ad alzarsi in piedi. Ringrazia la stronza per la cena e segue Barbie che si allontana dal tavolo ballonzolando.

«Quella ragazza è un vero tesoro» dice AJ a mio padre. «Sono contenta che diventi amica di Emma.» Cazzo, vi prego, ha tre anni meno di me e sta cercando di organizzare il suo primo appuntamento.

Annuisce verso di lei, sorridendo. «Hai fatto un'ottima scelta, cara.»

Lascio cadere rumorosamente il bicchiere nel lavandino.

«Emma, fai attenzione.»

Bla, bla, bla.

Se solo le scarpe a cui sto lavorando potessero prendere vita e darle un bel calcio nel culo.

«Entra!» dico a Allie che bussa alla mia porta. Vorrei qualcosa da bere, ma penso di non poterle chiedere di andarmi a prendere del succo d'arancia quando è ospite a casa mia, no?

Apre la porta e scivola dentro. «Come va?»

«Bene, ho quasi finito. Com'erano le foto?»

«Carine. Che amore, tua sorella.»

«Sorellastra.»

«Vi assomigliate molto.»

«Cosa? Quanto crack ti sei fumata?» Se Allie ha mai fumato il crack, mi mangio le scarpe. È la stessa ragazza che non aveva il coraggio di provare la Coca... la bibita gasata, intendo. A dire la verità, neanch'io ho mai fumato il crack. Ho preso qualche funghetto, una volta un acido, e due volte l'ecstasy, ma non voglio fottermi il cervello prendendo roba troppo pesante.

«AJ non è poi così male» sussurra Allie. «Non so perché dici che è una strega.»

«Infatti, non è una strega, è una stronza» dico ad alta voce.

Allie chiude dolcemente la porta. Ha lo sguardo preoccupato. «Possiamo parlare un secondo?»

«Di cosa?» Lo so di cosa vuole parlare, certo che lo so, ma dobbiamo farlo proprio adesso? Domani devo fare questa grossa presentazione. Non è un atteggiamento poco comprensivo, il suo?

«Non mi va di mentire a Jodine.»

«Non le stiamo mentendo.»

«Sì... non le abbiamo detto che siamo state noi a causare l'incendio.»

Sospiro. Lo sapevo che mi avrebbe dato problemi. «Allie, noi non sappiamo cosa ha provocato l'incendio.»

«Non lo sappiamo al cento per cento, ma abbiamo un sospetto.»

Sì, suppongo di avere un sospetto preciso. Vorrei pregarla di tenere la bocca chiusa, ma non sono sicura che così otterrei quello che voglio. Guarda fuori dalla finestra, e io le osservo le calze. Sono entrambe nere, ma una è a coste e l'altra no. E lei vorrebbe aiutarmi a completare la mia presentazione su una scarpa all'ultima moda? Le sue calze sono spaiate!

«Lo sai che è stata la sigaretta» dice, terrorizzata.

Appoggia la schiena al muro.

Ah. La sigaretta. La sigaretta che abbiamo fumato in cucina ieri sera. La sigaretta che io ho buttato nel bidone della spazzatura di fianco ai fornelli, prima di andare a letto. La sigaretta che probabilmente ha incendiato la cucina, annerito a un tempo le pareti della casa e i nostri polmoni. «Pensi che sia colpa mia? Che sia stata io a provocare l'incendio?»

«Non penso che tu intendessi provocare l'incendio, se è questo che vuoi dire. Non lo hai fatto di proposito.»

«Oh, grazie. Allora non pensi che io sia una piromane?»

«Hai buttato la sigaretta nella spazzatura.»

«Era spenta.» Penso.

«Evidentemente era ancora accesa.»

«Fammi capire. Stai dicendo che l'incendio è soltanto colpa mia? Aiutami a ricordare, anche tu stavi fumando, no?»

«È stata anche colpa mia, ma non perché stavo fumando con te.»

«Di cosa stai parlando, allora? Perché è stata anche colpa tua?»

I suoi occhi si riempirono di lacrime e cominciarono a tremare. «Perché... perché...» Sputa, avanti! «... perché io avrei dovuto sostituire le pile nel rilevatore di fumo. Se Jay non si fosse svegliata, avremmo potuto morire tutte quante. E sarebbe stata colpa mia.» Qui arrivano i giochi d'acqua. Bla, bla, bla. Si soffia il naso nel fazzoletto che le porgo e scivola lungo la parete, fino a sedersi per terra, portandosi le ginocchia al petto.

Io sono sdraiata a faccia in giù sul mio letto. «Allora che facciamo?» chiedo.

«Dobbiamo dire la verità a Jay.» Dice *la verità* come fosse Tom Cruise in *Codice d'onore*, e io il malvagio Jack Nicholson che si fa scudo della burocrazia militare. «E se lei non fosse in grado di affrontarla?»

«Non è questo il punto. Non dovrebbe preoccuparsi della faccenda, visto che non c'entra niente.»

«Tu sei troppo gentile, non hai notato alcuni particolari. Jodine studia Giurisprudenza. Conosce le norme. Per quale motivo credi che non abbia insistito perché ci fosse un'indagine?»

Allie non capisce.

«Pensaci, Allie. Se fosse stata sicura di non avere nulla a che fare con l'incidente, avrebbe detto che l'appartamento era suo?»

Allie non risponde. Il computer nel suo cervello macina... macina... «Non lo so. Ho pensato che avesse paura di Carl.»

«E perché avrebbe dovuto temere Carl se sapeva di non aver fatto niente di male? Secondo me pensa di aver causato lei l'incendio, e che se Carl dovesse scoprirlo, la riterrebbe personalmente responsabile, pretendendo che sia lei a pagare i danni.»

«Ma noi sappiamo che non è stata lei ad appiccare l'incendio.»

«Lo sappiamo?»

Allie fa un'altra pausa. Ancora rimuginando... «Ho visto una pentola sui fornelli in mezzo al fumo...»

Ding! Ding! Il computer si è avviato, finalmente. «Ci sei. Forse si è fatta una zuppa e ha lasciato il fuoco acceso.»

«Ma non ce ne saremmo accorte se i fornelli fossero stati caldi?»

«Io non li ho toccati. Tu li hai toccati?»

«No, ma penso che ce ne saremmo accorte lo stesso. Dovremmo dirle che sappiamo cos'è successo.»

«Allie, Allie, Allie... noi non vogliamo che chiami la polizia per avviare un'indagine, vero?» L'unico vantaggio sarebbe che dovremmo richiamare i pompieri... e Norm... No, ricordatevelo sempre, il denaro ha la precedenza sulla lussuria. Prima di posare le mani sul culo di Norm, devo salvare il mio. «Pensaci» le dico. «Per quale altra ragione Jodine avrebbe sostenuto di essere la proprietaria della casa? L'ha fatto per evitare un'indagine, perché non si scoprisse che è colpa sua e per poter dividere con noi le spese.»

Allie si muove faticosamente nell'ammasso di informazioni. Poveretta, spero che tutti questi dati non le imballino il cervello. Alla fine annuisce. «Sta cercando di fregarci.»

«Esatto. Allora perché noi non dovremmo fare lo stesso?»

Dalla faccia sembra che abbia pestato una puntina da disegno a piedi nudi. «Certo, perché no?»

«Bene. Allora siamo d'accordo?»

Annuisce ancora.

«Tu non dici a nessuno della sigaretta, e io non dico che sapevi che il rilevatore di fumo non funzionava.»

Sì, lo so che è una bassezza, ma a mali estremi, estremi rimedi. E questi sono mali estremi.

«Va bene.» Appare sconfitta. I suoi occhi si riempiono di nuovo di lacrime. «Pensi che Carl lo scoprirà e ci butterà fuori?»

«No, come potrebbe scoprirlo?»

«Io non ho un altro posto dove andare! Che schifo!» Le lacrime le scendono lungo le guance.

«Non piangere. Senti, avrebbe potuto andare peggio. Potremmo essere tutte morte. Dovremo solo tirare fuori un po' di soldi. Quanto sarà, poi?»

Magari riusciamo a convincere il nipote di Harry a farci un po' di sconto...

Capitolo 11

Allie ha la nausea

Allie

Noto un tizio sotto un cappello da baseball. Indossa un paio di jeans e una polo di lana blu. Cammina verso di me dall'altra parte della strada. Si ferma fuori dal mio appartamento, guarda un foglietto e suona il campanello. Non risponde nessuno, io non sono ancora arrivata. Anche se è solo l'una meno un quarto, presumo che sia Josh, il nipote di Harry, con quindici minuti di anticipo.

«Ciao» dico, quando gli arrivo di fianco.

«Ciao» risponde, voltandosi e sorridendo. «Io sono Josh, tu devi essere Emma.»

«No, io sono Allie, la coinquilina di Emma.»

«Piacere di conoscerti.» Mi stringe la mano. La sua è forte e fredda. Ha le spalle larghe ed è alto, proprio come me l'ero immaginato. «Scusa, sono in anticipo» dice.

«Non c'è problema. Scusami tu se ti ho fatto aspettare. La metropolitana ci ha messo più di quanto pensassi.»

Pensavo che la matrigna di Emma mi desse un passaggio, considerando che era seduta in casa a non fare niente, invece no. Non mi disturba prendere la metropolitana, ma camminare dalla fermata fino a qui mi ha stancata. L'aria ha quel frizzo tipo *l'inverno arriverà presto*, e mi ha indurito la pelle come fosse una maschera di gesso.

«Io invece ci ho messo meno del previsto» dice, sistemandosi il cappellino dei Maple Leafs.

«Dove abiti?»

«Dall'altra parte di College.»

«Siamo vicini di casa. Hai visto i camion dei pompieri?»

«No, ma li ho sentiti. Sembrava che tutta la città fosse in fiamme.»

«No, solo noi.» Lo accompagno nell'appartamento e gli indico la cucina. «Ecco qui. Se hai bisogno, sono in camera mia.»

Sembra un tizio normale. Spero che non sia qui per rubare qualcosa. Non che sia rimasto molto da rubare. Dovrebbe andare tutto bene... sempre che sia Josh il carpentiere, e non Josh il ladro, psicopatico, violentatore, squartatore che stava in agguato davanti a casa nostra e che io ho invitato a entrare.

«Josh?» Entro timidamente in cucina. È troppo carino per essere un assassino psicopatico. Anche l'attore che recitava in *American Psycho* era carino. E il film non dice proprio questo? Sono i ragazzi carini e normali il vero pericolo. Veramente io il film non l'ho visto, ma i trailer sì. Non mi piacciono i film che mi fanno fare gli incubi, e mi sembrava uno di quelli.

E se Josh... e se non si chiamasse nemmeno Josh? Se Josh fosse appostato nell'ombra, in attesa di colpirmi con un coltellaccio? E se fosse un pervertito e adesso stesse installando delle telecamere nascoste nella doccia?

«Sono qui» mi risponde dalla cucina. È a quattro zampe di fianco ai fornelli, la testa reclinata verso il soffitto, con un'espressione preoccupata sul viso. I jeans gli sono scivolati un po' indietro, ma non gli si vede il sedere; non che io stia guardando.

«Stai bene?» chiedo.

«Io? Sì, meglio della vostra cucina.»

Sembra un tipo a posto. «Chiamami se hai bisogno» dico, e ritorno in camera mia.

È ora di telefonare a Clint. Non gli parlo dalla sera dell'incendio. Gli ho lasciato un messaggio in segreteria, ma non volevo spaventarlo con i particolari, perciò gli ho detto di chiamarmi da Emma. Cosa che lui non ha fatto. Ma non c'è problema... probabilmente si sentiva in imbarazzo a chiamarmi da Emma perché... perché non conosce la sua famiglia. E comunque sarà molto preso dal lavoro. Se gli avessi detto che si trattava di un'emergenza, si sarebbe precipitato per assicurarsi che stessi bene.

Avrei dovuto fare così. Avrei dovuto usare la parola *emergenza.* Sarebbe arrivato subito e mi avrebbe portato a casa sua per consolarmi. Io avrei pianto sulla sua spalla e lui mi avrebbe dolcemente accarezzato la schiena, tranquillizzandomi con parole dolci e amorevoli. O forse mi avrebbe sistemato sotto le lenzuola, e come un vero gentiluomo si sarebbe offerto di dormire sul divano... e mi avrebbe raggiunto solo più tardi, svegliato dalle mie urla (avrei sognato un tostapane divorato dalle fiamme). Si sarebbe precipitato nella stanza e mi avrebbe detto *Allie? Stai bene?* E mentre lui mi asciugava le lacrime dalle guance, io avrei detto *Stringimi,* o qualcosa di meno sdolcinato, anche se nei film dicono sempre cose del genere. Poi avremmo fatto sesso. E ci saremmo innamorati perdutamente.

Lo chiamo in ufficio. Squillo. Squillo. Squillo.

Salve, questo è l'interno di Clint Webster... Allie Webster suona così naturale, non è vero? *Al momento sono in ufficio ma non alla mia scrivania. Lasciate per favore il vostro nome e il numero di telefono, vi richiamerò appena possibile.* Bip.

«Ciao, sono io. Immagino che tu sia ancora a pranzo.

Io... cioè... il mio appartamento è andato a fuoco. Va tutto bene, comunque.» Sono completamente idiota? «Solo la cucina è distrutta. Ora sono tornata a casa. Perciò chiamami qui. Ciao.» Riattacco e annuso la stanza, in cerca di residui di fumo, finché Josh non mi chiama in salotto.

«La mia stima è di dieci» dice, e io sono sicura che mi verrà un attacco di cuore. Davvero. Sento un formicolio al braccio destro, e tutto il resto. È così che si presenta l'infarto, no? O forse è il braccio sinistro? Respiro affannosamente e il cuore mi batte come un bongo. So che Norm aveva detto che avremmo potuto spendere fino a diecimila dollari, ma pensavo che non fosse vero.

«Cosa? Intendi dieci cento?» Cosa vuol dire dieci cento? Chi dice dieci cento? Non solo sono un'idiota con un attacco di cuore, sono anche un'idiota con un attacco di cuore che non sa contare.

Quando ride, i suoi occhi si stringono, non si vedono quasi più. È divertente? Sono una buffa infartuata?

«Diecimila» dice. Deve realizzare che non stavo scherzando, perché il suo sorriso svanisce.

«Dollari?» Questa volta sto scherzando, e lui sorride di nuovo. Non posso credere che ci costerà davvero così tanto.

Gemo e mi lascio cadere sul divano. Profuma quasi di pulito. Ieri il padre di Emma ha mandato uno specielista per pulire le tende, il divano e l'aria. Milleduecento dollari dopo, è possibile respirare qua dentro senza inalare tossine. Milleduecento dollari, più diecimila. E io ho ancora milleduecento dollari di arretrati sul credito agli studenti. Non c'è bisogno di saper contare per capire che non estinguerò mai i miei debiti. Passerò il resto della mia vita dovendo soldi a qualcuno.

«Sei sicuro?»

«Al cento per cento. Dovete comprare il frigorifero, i fornelli, il forno, il bancone, l'armadio, il linoleum per il pavimento. Poi dovete stuccare e riverniciare pareti e soffitto... Stai bene? Sembri sul punto di svenire. Vuoi un bicchiere d'acqua o qualcos'altro?»

La colazione risale rapidamente l'apparato digerente. Josh deve notare che sta accadendo, dato che corruga la fronte, preoccupato. «Va bene» rispondo, con voce flebile, che non sembra nemmeno la mia.

«Va bene significa che stai bene o che va bene vuoi dell'acqua?»

«Acqua. Per favore.»

Josh sparisce nell'abisso incendiato e io mi chiedo come sia successo tutto questo. Due mesi fa vivevo con le mie due migliori amiche in un appartamento integro, e ora vivo con due donne subdole che mi hanno dato fuoco alla cucina.

Torna su. *Colazione, ti presento la bocca, ma voi vi conoscete già, vero?* La ricaccio giù.

«Vorrei versarla in un bicchiere» mi dice dalla cucina. «Ma non ne avete più. Devi bere dalla mia bottiglia. Ne ho preso solo un sorso, perciò non preoccuparti. Sono sano.» Torna in salotto e mi porge una bottiglia di Evian. Favoloso, non abbiamo più neanche le stoviglie. Quanto ci costerà questo? Altri mille dollari?

Prendo un bel sorso d'acqua. Ma che succede? Sembra che segua il percorso sbagliato. Perché torna nella bottiglia?

«Sto per vomitare» dico, e mi copro la bocca con la mano. Non farlo. Ferma lì! Dove credi di andare? Torna dentro! Sono pazza a parlare con il mio vomito? Almeno non lo faccio a voce alta. O sì? Se sono pazza come faccio a sapere se parlo a voce alta o no?

È una cosa così imbarazzante. Almeno Josh non è Clint.

Mi cinge le spalle e gentilmente mi sorregge. «Penso che dovresti andare in bagno» dice.

Poi mi accompagna lungo il corridoio, apre la porta

del bagno e alza il coperchio del water.

Il panino dolce e la marmellata di fragole che ho mangiato a colazione finiscono nella tazza. Il mio nuovo miglior amico, Josh, mi tiene indietro i capelli e mi dice che ora starò meglio. Non vomitavo da quella volta in cui due anni fa mi ero ubriacata a una festa. Odio vomitare. Mi sento come un'arancia spremuta.

Non berrò mai più spremuta d'arancia.

Ancora.

Almeno, quando succede da ubriachi, non si è consapevoli di quello che ci circonda. Se ora fossi sbronza, non mi importerebbe che un estraneo mi tenesse indietro i capelli e mi appoggiasse la mano calda sul collo. Non mi importerebbe di nulla perché sarei troppo fuori per accorgermene. Il lato peggiore di questa storia è che non c'è alcuna ragione per avere la nausea. Non ho bevuto e non ho mangiato schifezze. In altre parole, non me la sono goduta. Cosa sto espiando?

«Finito.» Mi siedo sul tappetino di fianco al water. Ci sono chiazze di vomito sulle maniche del mio maglione rosso e sui jeans, all'altezza delle cosce.

«Sicura?» chiede, lasciandomi i capelli.

Be', non è un modo interessante per fare conoscenza con un carpentiere? Analizzo i solchi tra le piastrelle, per non incontrare il suo sguardo. «Sono sicura. Scusa se ti ho rovinato l'acqua.»

«Che intendi? È ancora buona» dice, socchiudendo ancora gli occhi.

Cerco di ridere a bocca chiusa, per evitare che il mio alito al vomito lo disgusti più di quanto non abbia già fatto.

«Hai una risata carina» dice.

Fingo di grattarmi il naso mentre parlo, in modo che la mano impedisca al mio fiato di raggiungerlo. «Odio la mia risata. Sembro una iena.»

«No. È carina.»

Mi sta corteggiando? Sono seduta sul pavimento del bagno, sporca di vomito, con un carpentiere che mi corteggia?

«L'incendio ti ha proprio sconvolta, eh?» mi chiede, guardandomi con occhi preoccupati.

Penso che mi stia corteggiando.

«Mi sa di sì. O forse ho solo l'influenza.» Avrei dovuto semplicemente alzarmi e lavarmi i denti.

«Non sei incinta?»

Sono abbastanza sicura che al giorno d'oggi sia ancora necessario fare sesso per rimanere incinta, ma non si sa mai. Magari ho le nausee mattutine e aspetto Gesù II. «Spero di no» dico, perché non pensi che sia una specie di vergine ritardata. «Non c'è spazio per un bambino in questo appartamento, se non l'avessi notato. Soprattutto adesso che non abbiamo più la cucina.» Ora mi sto grattando la pelle tra il naso e il labbro, sempre per bloccare l'alito.

«Oh, fammi vedere le mani.»

Perché sono tutti ossessionati dalle mie unghie? Oh, mi mangio le unghie, notiziona! E ora? Mi nascondo le dita dietro la schiena e gli lascio annusare lo schifo che mi esce dalla bocca, o gli permetto di vedere le mie disgustose dita sanguinanti? No, aspetta. Usa la logica. In entrambi i casi lascerei la bocca sguarnita, perciò tanto vale nascondere le mani dietro la schiena.

«Anche io me le mangiavo» dice. «Poi mi sono iscritto alla NBA.»

«Non seguo il basket.»

Ride. «No, NBA sta per Nail Biters Anonymous, mangiatori di unghie anonimi. Ehi... sto scherzando. Ciao, mi chiamo Josh e mi mangiavo le unghie. Prova a smettere, è possibile.»

Gli mostro le dita. «Hai smesso davvero?»

«Sì.»

«Come?»

«Smalto.»
«Manicure alla francese?»
«No, smalto amaro.»
«L'ho provato.»
«Non ha funzionato?»
«Per un paio di mesi, sì. Mi sono ricresciute le unghie, poi una si è rotta, ed è tutto finito. È come quando sei a dieta e ti concedi una fetta di torta. A quel punto credi di potertela mangiare tutta. Quando mi ruppi l'unghia, pensai di mangiucchiare un po' le altre per pareggiarle. Ne mangiai un po' di una, un po' di un'altra e un po' di più di una terza... forse per gli uomini è più facile, perché comunque tenete le unghie corte.» Annusai l'aria e mi ricordai dove eravamo. «Penso che ora potremmo tornare in salotto.»
«Sei sicura di stare bene?»
«Sì.» Gli porgo la mano per farmi aiutare ad alzarmi.
Mi guarda in modo strano.
«Non sono contagiosa» dico. «Aiutami ad alzarmi.»
Mi afferra le mani e tira, quasi gli finisco addosso. Ritorna sorridendo in salotto. Io mi lavo i denti e lo raggiungo. Mi lascio cadere sul divano e osservo sconsolata la cucina.
Josh si siede accanto a me e incrocia le mani dietro la schiena. «Ripeti con me: *è solo una cucina, è solo una cucina.*»
«È solo una cucina. È solo una cucina da diecimila dollari. Diecimila dollari che non abbiamo.»
Josh sembra a disagio. Non penso che sia una buona cosa dire al tuo carpentiere che non puoi pagarlo. Si sistema il cappello. La visiera è perfettamente inarcata. Come fanno a farla così perfetta.
Cosa faremo? Come faremo a pagarlo? Sento il bisogno di tranquillizzarlo. «Sono sicura che troveremo i soldi. Anche se non so come. Hai un'idea di come potremmo pagarti?» Lo guardo, sta giocherellando nervo-

samente con il berretto. Perché sembra così sconvolto? Gli ho solo chiesto come potremmo pagarlo...

Oddio. Pensa che mi voglia prostituire per la cucina. «Non intendevo dire quello che sembra. Non ho intenzione di pagarti in... voglio dire, è solo che... non abbiamo i soldi subito. Ma li avremo. Avremo i soldi. Ti pagheremo con i soldi.»

Una prostituta ritardata che non sa contare.

Socchiude di nuovo gli occhi. «Mi hai spaventato, per un attimo.» Ora è lui in imbarazzo. «Cioè... non spaventato all'idea che tu e io... voglio dire...» La situazione peggiora ogni secondo di più. «Non che io pensassi di andare a letto con te.» Ride. «Sì, grazie, vorrei un po' di sale per lo zampone.»

Rido e mi rilasso. «Comunque io non sono tipo da baratti.»

«No, ma il mio mestiere sarebbe molto più interessante se tutte le belle ragazze per cui lavoro si offrissero di pagarmi con favori sessuali.»

Sento che le mie guance stanno diventando fucsia chiaro. Non sono sicura che sia prudente avere una simile conversazione con uno sconosciuto in un appartamento vuoto. Peccato che non ci sia Emma. A lei piacciono queste cose. Scommetto che le piacerebbero le sue spalle larghe, il corpo snello, alto e muscoloso, anche se non credo che sia esattamente il suo tipo. Nick ha molto più gel nei capelli. Per quello che mi ricordo, almeno, dalla volta che è venuto qui e dalle foto nascoste nel cassetto delle mutande di Emma. Non stavo ficcanasando. Io non ficcanaso mai. È solo che ero rimasta a corto di calze... lei ne ha di bellissime... ero certa che non se ne sarebbe nemmeno accorta se ne avessi preso un paio.

Non sapevo che si vendessero manette di così tanti colori.

Dimentichiamo Emma. Josh non sembra il tipo da

pantaloni neri aderenti, camicia di seta nera, giacca di pelle nera e occhiali da sole scuri. Ma chissà come si veste quando non ristruttura cucine?

Magari piacerebbe a Jodine. Non so cosa ci sia di preciso tra lei e Manny.

Potrei essere interessata io a Josh, se non fossi già innamorata.

«Grazie» dico. Ha detto che sono *bella.*

«Non c'è di che. Devo dire che non mi sembri abbastanza grande per bere, né tanto meno per usare il tuo corpo come merce di scambio.»

È sempre un problema. Non la parte relativa a usare il proprio corpo come merce di scambio, ma quella del bere. Non so se sia per l'altezza o per la ciccetta da bambina, ma ogni volta che chiedo da bere in un bar devo mostrare i documenti. E a Toronto per bere basta avere diciannove anni.

«Quanti anni dimostro?»

«Diciassette?»

«Grande. Grazie. Ne ho ventuno.»

«Ci sono andato vicino.»

«Cosa dici? C'è una differenza enorme.»

«Te ne accorgerai quando sarai più grande.»

«Oh, che tesi originale. Dove l'hai letta? Su *Non c'è limite al cliché*?»

Josh ride e io gli chiedo: «Tu quanti anni hai?».

«Quanti ne dimostro?»

Gli osservo la pelle per vedere se è segnata. Non sembra particolarmente vecchio. Non ci sono rughe attorno agli occhi verde-castano. Non ha nemmeno peli nelle orecchie. (Un segno di invecchiamento, anche se non inequivocabile. Se l'età dipendesse dalla quantità di peli nelle orecchie, mio padre avrebbe un milione di anni. Se ne potrebbero fare trecce posticce.) Josh ha sicuramente meno di trent'anni. Non ha neppure punti neri, perciò non deve essere troppo vicino ai venti.

«Togliti il cappello» dico.

«Perché?»

«Devo vedere se sei brizzolato o calvo, per essere sicura della mia ipotesi.»

Si toglie il berretto, e i riccioli castano chiari gli scivolano sulla fronte. «Visto? Niente pelata. C'era qualche capello bianco, ma è stato opportunamente estirpato.»

«Per ognuno che strappi, te ne ricrescono sette.» Gli prendo il berretto e ci giocherello. «Come fai a ottenere un arco così preciso?»

«Il becco?» mi chiede, guardando la visiera arrotondata.

«Si chiama così? Becco?»

«Penso di sì. Io lo chiamo in questo modo. Faccio un cerchio con il becco...» Mi mostra come fa. «... e lo tengo stretto tra le dita per un po', finché non prende forma.»

«Ventisette.»

«Ventisei.» Sistema ancora una volta il berretto e se lo rimette in testa. «Non male, sei brava a indovinare l'età.»

«Grazie. Se divento brava anche a fare soldi, siamo a posto.»

«Siamo? Ti riferisci a te ed Emma?»

«A me, Emma e Jodine. Tre ragazze con tre magri stipendi.» Perché gli dico tutto questo?

«E i vostri genitori? Non possono aiutarvi?»

Assolutamente no. I soldi me li darebbero, sono sicura. Non mi hanno mai detto di no, qualsiasi cosa gli abbia chiesto, ma è per questo che cerco di evitare di chiedere troppo. Stanno ancora finendo di pagare il matrimonio di mio fratello. E non volevano che mi trasferissi in questa città grande e malvagia, piena di insidie. Dovrei ammettere che avevano ragione? Che non sono in grado di cavarmela da sola? «Non voglio che i miei si preoccupino.»

«Vai ancora a scuola?» chiede.
«Mi sono diplomata l'anno scorso.»
«Ora cosa fai?»
«Raccolta di fondi telematica.»
«Cosa sarebbe? Fai telemarketing?»
«No. Chiamo gli ex alunni e chiedo di fare delle donazioni per l'Università dell'Ontario.»
«Vendi coltelli, vero?»
«Quindici dollari al pezzo» scherzo. «E li tenevo tutti nel cassetto della cucina. Le lame ci sono ancora, ma i manici si sono squagliati. Tu che scuola hai fatto?» chiedo, e mi sento imbarazzata. È un manovale, probabilmente non è andato a scuola. Che snob che sono, do per scontato che tutti siano andati all'università.
«Io studio ancora.»
«Davvero?» Bene, allora sono una snob perché presumo che i manovali non vadano a scuola. «Dove?»
«All'Università dell'Ontario. A maggio comincerai a chiamarmi per vendermi coltelli.»
«Cosa studi?»
«Filosofia.»
«Non a tempo pieno, immagino.»
«Già.»
«Da quanto sei iscritto?»
«Sette anni.»
«Com'è che l'hai tirata così per le lunghe?»
«Dopo le superiori ho viaggiato per qualche anno, poi...»
«Dove sei stato?»
«Australia. Asia.»
«Fortunato. Dopo?»
«Ho seguito un semestre, ma ho deciso che volevo anche guadagnare. Harry mi ha offerto un impiego con lui part-time, così ora lavoro tre giorni alla settimana e frequento le lezioni il martedì e il giovedì.»
«Buon per te. Ma dimmi, cosa farai dopo la laurea?»

«In che senso?»

«Cosa farai per vivere?»

«Mi piace quello che faccio per vivere.»

Aprire la bocca, infilare un calzino bucato, smetterla di fare domande idiote... «Certo, ma laurearti in Filosofia non ti qualifica professionalmente, giusto?»

«No, ma io non mi sono iscritto all'università per trovare un lavoro.»

«Hai fatto bene, ho scoperto che la laurea non serve a niente.»

«Cosa? Non vorrai vendere coltelli per sempre?»

«Non proprio.»

«Cosa vorresti fare?»

Sposare Clint. È un mestiere? «Non lo so» rispondo. Non ho idea di cosa voglio fare per far soldi, e questo comincia a rendermi nervosa. «Perché non ti metti in proprio? Potrei occuparmi di chiamare la gente per ampliare la tua clientela.»

«Sembra un buon piano. Cos'hai studiato?»

«Materie umanistiche» rispondo. «Un po' di tutto. Un po' di Storia, un po' di Letteratura, un po' di Filosofia.» Sono una persona a tutto tondo, sto per dire, ma mi trattengo, non voglio attirare la sua attenzione sui miei chili di troppo. «Devo dirti sinceramente che non vado pazza per la filosofia. Penso che studiarla sia come leggere un romanzo senza la parte bella.»

«Come?»

«È così asciutta. Un buon libro cerca di far passare lo stesso messaggio, ma ci gira un po' intorno. Come quando ero piccola e non riuscivo a ingoiare le pillole. Mia madre le frantumava e le mischiava con la marmellata.»

«Ho capito» dice. «Sei divertente.» Ride e scuote la testa.

Divertente, eh? Squilla il telefono, interrompendo la conversazione. Clint! È Clint! «Scusa un secondo...

Pronto?» dico, trattenendo il fiato, e lasciate che vi dica che non è facile parlare trattenendo il fiato.

«Ehi, stai bene?» mi dice una voce maschile profonda.

Clint! È Clint! «Ciao, Clint.» Era l'ora. È appena rientrato dalla pausa pranzo e si è preoccupato. Mi ha chiamata immediatamente. «Sto bene. È stata una rottura, ma ora è tutto a posto. Ero da Emma ieri, mentre l'impresa ripuliva l'appartamento.»

«Pazzoide! Avresti dovuto chiamarmi prima.»

Lo sapevo! Lo sapevo! Se gli avessi lasciato un messaggio mi avrebbe detto di andare da lui e si sarebbe preso cura di me. Ora potrei indugiare in un suo paio di pantaloni da ginnastica. Ehi, ma io l'ho chiamato. L'ho chiamato? Forse no. Idea! Potrei dirgli che la casa è ancora inagibile. Scordatevelo. Gli ho già detto che ora è tutto a posto. Stupida, stupida, stupida.

«Scusa» dico. Perché gli sto chiedendo scusa? Non importa, ho un'altra idea. «Posso venire da te a cena? Ho la cucina fuori uso.»

«Va bene, vieni a casa mia dopo il lavoro.»

«Grande. Da te alle sette. Grazie. Tu, tutto bene?»

«Ho avuto una giornata di merda. Davvero terribile. Ti racconto più tardi.»

A cena da Clint! «Non vedo l'ora. A più tardi.»

«Ciao.» Mette giù.

«Scusa» dico a Josh, che è ancora seduto sul divano accanto a me. «Torniamo alla cucina.»

«Sì, torniamo alla cucina.»

«Sono sempre diecimila?»

«Sfortunatamente.»

«Va bene. Devo parlarne con le mie coinquiline. Quando potresti cominciare, se riusciremo a trovare un modo di pagarti?»

«Mercoledì. Prima devo ordinare alcuni pezzi.»

Pezzi? Deve ordinare un intero negozio di elettrodomestici. «Va bene. Possiamo pagarti a rate?»

A cena da Clint a cena da Clint a cena da Clint...

«Al cento per cento. Ma devo cominciare dal pavimento, per cui ho bisogno di duemila dollari per ordinare i pezzi.» Alza le spalle. «Mi spiace.»

Duemila dollari! Spero che le ragazze abbiano qualche risorsa nascosta. Il mio conto è a tutto tondo, come la mia istruzione, solo che in questo caso significa che è uno zero grande e grosso. «Ci aggiorniamo a domani?»

«Certo. È stato un piacere conoscerti, Allie.»

«Eh? Oh... sì, anche per me.» Sono contenta che sia un ragazzo così carino a fare i lavori da noi. «Ciao.» Sto per chiudere la porta.

«Non vuoi il mio numero?»

Giusto. Allie, torna con i piedi per terra. Prendo un pezzo di carta e una penna e glieli porgo. Appoggia il foglio al muro e mi scrive il suo numero di telefono. A metà operazione, l'inchiostro si secca. «Odio quando succede. Le penne dovrebbero funzionare anche capovolte. Posso usare la tua schiena?»

Mi giro e mi piego in avanti. La penna mi fa il solletico.

«Allie?»

A cena da Clint a cena da Clint a cena da Clint...

«Finché la cucina non sarà a posto, sei sempre la benvenuta da me. Abito abbastanza vicino. Ti scrivo l'indirizzo. Invito aperto. In qualunque momento.»

A cena da Clint a cena da Clint a cena da Clint...

«Grazie. Apprezzo molto la tua offerta. Passa una buona giornata.»

«Anche tu.»

Chiudo la porta e guardo il foglio. Ha scritto il nome, il numero e l'indirizzo, tutto in stampatello. Butto il foglio sul tavolo.

A cena da Clint a cena da Clint a cena da Clint...

Capitolo 12

Martedì, sette di mattina

Foglietto attaccato alla porta (non al frigorifero, per ovvie ragioni):

Chi: Allie ed Emma.
Cosa: Incontro a casa.
Quando: Oggi, alle otto di sera.
Dove: In salotto.
Ordine del giorno:
- Quali nuovi elettrodomestici debbono essere acquistati/noleggiati.
- Come utilizzare al meglio lo spazio rimanente nell'appartamento.
- Piani per raccogliere l'enorme quantità di denaro che ci serve.
Cibo: Pizza.
Puntuali.
Jodine

Capitolo 13

Jodine si attiva

Jodine

Ancora cinque minuti di tappeto, poi mi fermo. Il timer ne segna altri quindici, ma devo interrompere con dieci minuti di anticipo o arriverò in ritardo alla riunione che io stessa ho organizzato. Ho passato la mattina a prepararmi per questo incontro. Ho cercato i migliori prezzi per gli elettrodomestici da cucina, progettato il nuovo pavimento e predisposto piani per fare soldi.

Chi avrebbe immaginato che Emma sarebbe stata la più lucida del gruppo e avrebbe chiuso la porta mentre io ero in stato confusionale? Sono un disastro sotto tutti i punti di vista.

1. Sono un disastro in campo legale.

Che razza di avvocato sarò se non sono nemmeno capace di verificare i termini del mio contratto d'affitto? Vi è chiaramente specificato che tocca a me stipulare un'assicurazione contro gli infortuni. E io mi sono assicurata? No. Mi ricordavo che se ne parlava nel contratto? No. Sono come un istruttore di scuola guida che non si ferma agli stop. Un insegnante di aerobica che inciampa sullo step. Una dietologa che pesa centocinquanta chili.

2. Sono un disastro dal punto di vista umano.

Come può una persona rifiutare di assumersi le proprie responsabilità e lasciare che le sue coinquiline impazziscano per pagarne le colpe? Sono un essere malvagio, disgustoso, orrendo.

Piede destro, piede sinistro, piede destro, piede sinistro. Inspira. Espira. Ancora tre minuti, poi vado. Aumento la pendenza. Fa male. Ma mi merito il dolore. *Bip. Bip. Bip.* Il computer mi segnala che sto esagerando con la pendenza. Avrei dovuto completare la sezione di lavoro di quarantacinque minuti. Dovrò correre attorno all'appartamento per recuperare il tempo perduto.

Ancora un minuto, undici in realtà, ma io ne posso fare solo uno.

Piede sinistro, piede destro. Ho le scarpe da ginnastica nuove. Le cambio ogni sei mesi. Dovrebbero farlo tutti; quando diventano vecchie, non sorreggono più il piede come dovrebbero. Al college ho seguito un corso di aerobica, perciò so queste cose.

Purtroppo il corso non prevedeva un diploma, per cui non posso insegnare. Perché, mi interesserebbe insegnare aerobica? Ho forse i capelli di Farrah Fawcett e gli scaldamuscoli di *Flashdance*? Non direi.

Afferro le maniglie e scendo dalla macchina... ma ci risalgo subito. Ho già perso troppo tempo! Non posso fermarmi adesso, le mie gambe si trasformeranno in una massa di grasso.

Ancora tre minuti. Poi smetto. Appena il timer arriva a sette minuti, smetto. A chi interessa del defaticamento graduale? Non si bruciano calorie nella fase di defaticamento. Quando seguivo i video di Jane Fonda portavo avanti il riscaldamento e il defaticamento, e usavo il tempo risparmiato per ripetere due volte la parte dura.

Aumento ancora l'inclinazione. Le suole delle mie scarpe stridono contro la gomma.

Sono le otto e cinque. Corro verso casa. Sono in

ritardo. Sono sempre in ritardo. Non terribilmente in ritardo, ma in ritardo. Ma ci sono troppe cose da fare. Com'è possibile che una persona che non fa altro che stilare liste sia così incapace di gestire il proprio tempo? D'altronde, come potrei far entrare tutti i miei impegni in sole ventiquattro ore? Non ha senso. Perché ho scritto alle otto? Avrei potuto proporre di incontrarci alle otto e mezzo, o alle nove, ma ho scelto a caso le otto. Se avessi detto otto e mezzo sarei arrivata alle nove meno un quarto. Se avessi detto nove, sarei arrivata alle nove e un quarto, e così via. Tra l'altro, non ho neanche da fare, stasera... Manny mi ha chiesto di uscire, ma penso che mi terrò alla larga da lui per qualche giorno. Forse un anno. Anche se... ho fatto una lista delle ragioni per cui avere Manny tra i piedi non è terribile come l'Apocalisse:

1. Non è definitivo. Tornerò a New York a maggio.

2. Rimettersi insieme avrà un'influenza positiva sulla mia media, che senz'altro non scenderà sotto la B.

3. Se non stessi con lui, dovrei trovarmi nuovi amici con cui sedermi a lezione, e non ne ho il tempo.

4. L'estate è finita. È troppo tardi per trovarsi un altro corpo caldo per l'inverno.

5. Pensa che io sia la donna più sexy del mondo. Lo ripete continuamente.

6. Non avevo nessun altro posto dove andare quando l'appartamento era impraticabile.

Sarà solo per qualche mese. Cos'è qualche mese?

Arrivo a casa accaldata e sudata e quasi senza fiato. Sono le otto e un quarto. Mentre giro la chiave nella toppa sento ridere all'interno. «Scusate il ritardo» dico, correndo in salotto.

«Nessun problema» dice Allie, e si appoggia con la testa allo schienale del divano. I capelli toccano il pavimento di legno e raccolgono un batuffolo di polvere. Disgustoso. Deve tagliarseli. «Abbiamo già ordinato.

Una grande, metà liscia e metà con peperoni e salsiccia. Va bene?»

No, non va bene. A me piace la pizza vegetariana. Come si fa a ordinarla liscia? E peperoni e salsiccia? Ma lo sanno quante calorie ci sono in una fetta di pizza ai peperoni e salsiccia? Non potevano aspettare quindici minuti prima di ordinare? Dovevano farlo alle otto in punto?

Sorrido. Amara. «Nessun problema.»

Annuso l'aria. Sento puzza di fumo. Emma è spaparanzata sul divano, i piedi appoggiati sulle cosce di Allie. Un mozzicone di sigaretta galleggia in un bicchiere mezzo pieno d'acqua. Non è quello che era nel mio bagno? La cenere scura sta inquinando il bicchiere da cui io bevo alla sera. Disgustoso. Incredibile. Inaccettabile.

«Cos'è?» chiedo, indicando un grande microonde argentato appoggiato sul tavolo. «Sembra saltato fuori da *Star Trek.*»

«È un apparecchio da cucina utilizzato per scaldare il cibo» dice Emma.

Allie ridacchia.

«Sì, grazie. E da dove viene?»

«L'ho comprato.» dice Emma.

Comprato? Comprato? Chi le ha detto che poteva comprarlo? Ho fatto una lista, accidenti, una lista! Il microonde non era certo al primo posto nella mia lista! «È quello il suo posto? Mi sembra fuori luogo lì, davanti al televisore, non trovate?»

«Hai un'idea migliore?» chiede Emma.

«Il tavolo della cucina?» Cioè la composizione di cassette per il latte rovesciate che prima si trovava in cucina e ora è in salotto.

«La presa è troppo lontana. Ci abbiamo provato» dice Allie. «Comunque la TV non è coperta se sei seduta sul divano.»

«Non avete pensato a una prolunga? Pronto?»

Si guardano tra loro come stessi parlando in swahili. Da quand'è che sono rispettivamente una la migliore amica dell'altra? Mi sono persa qualcosa? «Dov'è Pesce?»

«Sul televisore» dice Allie.

Già, è lì. Nuota in cerchio, inconsapevole che il paesaggio intorno a lui è cambiato. Mi siedo sulla sdraio, tiro fuori il quaderno dalla cartella. «Va bene. La prima cosa di cui vorrei discutere sono gli elettrodomestici. Vedo che del microonde vi siete già preoccupate.» Spunto la parola *microonde* sulla lista. «Quanto hai speso?»

Emma fa una pausa e pensa. «Duecentocinquanta.»

Per quel prezzo mi auguro che ci siano altri tre microonde nascosti da qualche parte. Come minimo deve potersi trasformare in freezer componendo un codice segreto. «Perché cavolo è costato così tanto?»

«Perché non ne volevo prendere uno scadente» dice, sistemandosi i capelli. «Se deve essere l'unico elettrodomestico funzionante della casa, è meglio che sia di buona qualità.»

Sono sicura che un microonde da cento dollari avrebbe scongelato i surgelati altrettanto bene. «Penso che dovremmo ridarlo indietro. Su Internet ho visto dei microonde perfetti per cento dollari.»

«Era in saldo, non si può ridare indietro.»

«Duecentocinquanta dollari ed era in saldo? È un microonde magico? Lo ha usato Elvis?»

«Non penso che Elvis fosse vivo quando sono stati inventati i microonde» Allie.

La ignoro e ritorno alla mia lista. «C'è un'agenzia che affitta elettrodomestici agli studenti.» Estraggo dalla cartella il bigliettino con il numero. «Ho trovato il volantino sulla bacheca all'università. Volevo proporvi di noleggiare un minifrigorifero e il microonde, ma del microonde vi siete già occupate...»

Emma mi interrompe. «Allora, dove li prendiamo i soldi?»

«Ci arriviamo. L'argomento è nella lista.» Perché non mi lascia leggere l'elenco? Avrei dovuto fare delle fotocopie, così avrebbero seguito senza interrompere di continuo.

«Penso che dovremmo parlare dei soldi» dice Allie a Emma.

Emma annuisce.

Io alzo gli occhi al cielo. «Va bene. Parliamo di soldi.» *Inspira, espira, inspira, espira.*

«Saremo sfrattate?» chiede Allie corrugando la fronte. «Io non saprei dove stare, a Toronto.»

Emma dà una pacca sul braccio di Allie. «Non ci butteranno fuori. Carl non sa cos'è successo. Non lo saprà mai. Rifaremo la cucina in modo che sia identica a com'era prima. Io sono brava a progettare, ricordate? Farò uno schizzo per il nipote di Harry. Non saremo buttate fuori.»

«Smettila di preoccuparti, Allie.» Sono già preoccupata io per tutte e due. Mi sento come un genitore bugiardo che dice al figlio *Sì, caro, il topolino ti porterà il soldino, ma solo se ci crederai veramente.* «Per tornare ai soldi. Quanto dobbiamo dare a Josh?»

«Duemila» dice Allie. «Come anticipo.»

«E dobbiamo milleduecento dollari a mio padre.» Chiude gli occhi come se visualizzasse ogni dollaro. «Ah... e voi due mi dovete duecentocinquanta dollari per il microonde.»

«Di cosa stai parlando?» chiedo.

Spalanca gli occhi. «Mio padre ha pagato la pulizia dell'appartamento, sai? Per questo possiamo starcene qui sedute a chiacchierare.»

Bene. Anche se penso che il padre nella sua magione di Rosedale potrebbe aspettare qualche mese per riavere i milleduecento dollari. Ma il microonde in edizione speciale? «Pensi che divideremo la spesa del microonde con te?»

«Lo useremo tutte e tre» sottolinea Allie.

«Ma chi se lo terrà, dopo?»

«Ci preoccuperemo *dopo* del dopo» dice Emma. «Josh ha detto quanto ci vorrà?» chiede a Allie.

Ma cos'ha in testa? Perché continua a saltare di palo in frasca?

«Non può ordinare il materiale se non gli versiamo almeno l'anticipo di duemila dollari. Perciò dipende da quanto ci mettiamo noi a tirare fuori i soldi.»

«Dovremo anche fare un'assicurazione» dico. «Ci vorrà qualche centinaio di dollari almeno.»

Emma scuote la testa. «Soldi buttati via. Che probabilità ci sono che si verifichi un altro incendio? Possiamo usare i soldi...»

La metto a tacere con un'occhiata glaciale. «Faremo l'assicurazione. Fine della storia.»

«Va bene, grande capo, quanti soldi hai da parte tu?» mi chiede.

I miei risparmi? Non penso proprio. «Ho quanto basta per pagare l'affitto per un anno. Tutto qui. E voi due?»

«Scordatelo.» Allie scuote la testa. «Riesco a mala pena a coprire le spese vive.»

«Neanch'io ho più niente» dichiara Emma.

Allora com'è che la settimana scorsa è venuta a casa con due borse piene di vestiti nuovi? «E tuo padre?» le chiedo.

«E il tuo?»

Mio padre? Per favore. Suo padre vive in un palazzo a Rosedale, e i miei genitori non hanno ancora finito di pagare il mutuo. «Non ho intenzione di chiedere soldi ai miei genitori. È un problema nostro.»

«E io non ho intenzione di chiederne a mio padre» dice Emma. «Allie?»

«I miei genitori? Non se ne parla. Non gli dirò nemmeno dell'incendio. Arriverebbero domani e mi riporterebbero a casa con loro.»

«Allora che facciamo?» chiedo.

Silenzio. Emma chiude di nuovo gli occhi. Mi fa impazzire.

«Cerchiamo un modo di far soldi?» Allie ci guarda in attesa di una conferma.

Emma annuisce. «Cosa proponi?»

«Vendiamo biscotti?» suggerisce. Seriamente. Ecco cosa dice.

Mi strofino gli occhi, disperata. «Ottima idea, Al. A cinquanta centesimi al pezzo, dobbiamo vendere solo ventiquattromila biscotti.»

Allie arrossisce. «Scherzavo. Capito? Non abbiamo la cucina.»

Una battuta. Allie fa battute. «Scusa.»

«Comunque.» Si infila il pollice in bocca. «Che ne dite di un mercatino dell'usato?»

Non posso guardarla mangiarsi le unghie proprio adesso. Non posso. È troppo schifoso. Stringe con i denti una pellicina e la strappa. No, non posso guardare. Mi viene la nausea. «Potresti non farlo?»

«Non fare cosa?»

«Mangiarti le pellicine. Mutilarti. È rivoltante.»

Emma sbuffa e apre gli occhi. «Cosa te ne frega?»

Scuoto la testa. «Mi nausea. Non posso farci niente.»

Allie arrossisce ancora e si mette entrambe le mani dietro la schiena. «Smetto. Comunque vorrei riuscire a smettere. Non me ne accorgo neanche.»

«Come fai a non accorgertene?» chiedo. «Io non riesco a concentrarmi su nient'altro.» Mi passo una mano sugli occhi, come per cancellare l'immagine di Allie che si mangia le dita.

«Va bene, va bene.»

«Penso che dovresti farti un piercing alla lingua» dice Emma.

Allie sembra disgustata.

«Così giocherellerai con quello e lascerai stare le unghie» spiega.

«Ma cosa c'entra?» dico. «Un piercing alla lingua sarebbe balordo su di lei. Niente in Allie fa pensare a un piercing.»

Emma annuisce. «È questo che lo rende intrigante. Sembra così innocente, ma quando apre la bocca... ti fa subito pensare a dei gran bocchini.»

Allie pare un po' meno disgustata. «Fa male?» chiede.

È assurdo. Con il piercing alla lingua sarebbe ridicola. «Potremmo discutere delle mutilazioni alle estremità di Allie in un altro momento, per favore?»

Emma chiude di nuovo gli occhi e inspira profondamente. «Penso che la tua idea del mercatino non sia così male.»

«Non è neanche tanto buona. Non abbiamo tanta roba da dare via.» Prendo carta e penna. «Va bene, facciamo una lista. Mercatino dell'usato. Cosa possiamo vendere?»

«Io ho dei libri» propone Allie, portandosi di nuovo il dito alla bocca. Le si legge in faccia che se ne rende conto, lo tira fuori prima di fare ulteriori danni e si passa la mano sugli occhi. «Oh, oh.»

Che c'è adesso? «Cosa?» chiedo.

«Ho paura di aver spostato una lente a contatto» dice, ficcandosi l'indice nell'occhio. «Non ci vedo con l'occhio destro. Odio quando succede.»

«Dov'è finita?» chiede Emma, cercando tra i cuscini porpora intonati al divano.

«Nel mio occhio.» Allie sbatte le palpebre con la faccia rivolta verso di me. «La vedi?»

«Dove devo guardare? Dove devo cercare?» Le metto una mano sulla guancia e una sul naso.

«Nell'angolo interno, penso. La sento. La vedi?» Si tiene aperta la palpebra con l'indice e il pollice e guarda in basso. Vedo solo il bulbo oculare bianco. È rivoltante.

«Non vedo niente, Al. Non so neanche cosa sto cercando. Perché non la lasci in pace per qualche minuto? Vedrai che ritorna a posto da sola.»

«Dici?»

«Che ne so io delle lenti a contatto? Ci vedo benissimo.»

«Verrà fuori da sola» dice Emma con autorevolezza. «Una volta mi è rimasto dentro un preservativo. Giuro che pensavo si fosse disintegrato, ma il giorno dopo, *plop*, eccolo lì, sulla coscia.»

«Pensi che sia la stessa cosa?» chiede Allie.

«Potrei vendere i miei abiti vecchi» dice Emma, riportandoci alla questione più urgente. «Vestiti che non porto più. E tu, Jodine?»

Io non ho vestiti in più. Non posso mettermi a dar via la roba così. Magari i miei genitori hanno qualcosa che gli avanza. Alzo le spalle. «Possiamo vendere Pesce. Non lo so. Devo andare a vedere a casa dei miei.»

Suona il citofono.

«Pizza!» Allie salta in piedi, con la mano destra sull'occhio. E se dovesse mettersi una benda? Gli uomini la troverebbero sexy? Di sicuro renderebbe il suo sguardo meno innocente. Starebbe bene con il piercing alla lingua. «Dieci dollari per uno, per favore.»

Una pizza da trenta dollari? È farcita con il caviale? Diamo denaro in cambio di cibo e posiamo la pizza sul microonde.

Cerco inutilmente dei tovaglioli di carta. Vado in bagno e torno con la carta igienica. Prendo una fetta di pizza liscia e la tampono.

«Cosa fai?» mi chiede Emma.

«È troppo unta.» Tamponarla non basta. Tolgo il formaggio e lo appoggio sulla carta igienica.

«Davvero? Secondo me è deliziosa» dice Allie.

Almeno mangia qualcosa che non siano le sue dita.

«Altre idee?» chiedo, cercando di non lasciare impronte di unto sulla carta. «Avanti. Uniamo le nostre teste. Nessuna idea è una cattiva idea» dico, facendo il verso al professor Polanski, il mio insegnante di Inglese alle medie; portava magliette blu scuro sotto la camicia bianca, il che era sicuramente una cattiva idea.

«Potremmo offrire un servizio di consegne a domicilio» dice Allie, ancora indaffarata con il suo occhio.

«Abbiamo solo una macchina, non faremmo grandi affari» faccio notare.

Tiro fuori dalla sacca della pizza una zucca di cioccolato e mi viene un'idea. «Potremmo vendere zucche per Halloween.» La lancio a Emma. «Sei un'artista, potresti disegnarle tu.»

«Sono allergica alle zucche» dice. «Alle zucche e al freddo.»

Alle zucche e al freddo? Come si fa a essere allergici alle zucche e al freddo? Non può essere allergica al freddo. Viviamo in Canada. Cosa significa? Non esce di casa da novembre a marzo? Anzi, da ottobre a maggio? «A proposito, si muore di caldo qua dentro» dico. «Non possiamo aprire la finestra? Così magari mandiamo via un po' di odore di fumo.»

Allie salta in piedi e apre la finestra. «E se ci offrissimo per portare in giro i bambini a fare *Scherzetto o dolcetto*? Una specie di servizio di baby-sitter per Halloween.»

«E se diventassimo ragazze squillo? Potremmo trasformare il nostro appartamento in un bordello» dice Emma.

Allie e io non parliamo. La guardiamo a bocca aperta.

«Rilassatevi, stavo scherzando.»

Non ne sono sicura.

«Anche se potremmo chiedere trecento dollari a botta. Che ne dite della lap-dance?»

«No» dico.

«Lavaggio auto in bikini?»

«Prossima idea?»

«Pensavo che nessuna idea fosse una cattiva idea.»

«Le tue idee sono cattive idee. Qualcos'altro per Halloween?»

«Lo so io!» dice Allie, agitando la mano sinistra, mentre con la destra continua a rovistare nell'occhio. «Una festa per Halloween!»

«Stupendo» squittisce Emma.

Non è una cattiva idea. A tutti piacciono le belle feste. Scrivo *Halloween party* e lo sottolineo in rosso. «Dove? Qui?»

«Qui? No, pensa in grande o scordati la cucina» dice Emma.

Allie ride.

«Quanto potremmo fare? Mettiamo di riuscire a far venire duecento persone e a fargli pagare cinque dollari ciascuno... raccoglieremmo mille dollari.»

«Allora faremo pagare sette dollari e faremo venire quattrocento persone.»

«Guadagneremmo comunque meno di tremila dollari, ce ne servono come minimo dodicimila.»

Emma comincia a sovreccitarsi. «Allora faremo quattro feste. Una per Halloween, una a Natale, una a Capodanno e una per San Valentino. E magari una festa del Pesce d'aprile. Potremmo usare i soldi per andare in Grecia o altro.»

«Non sono sicura che il primo aprile sia festa nazionale» commento.

Allie batte le mani. «Chi se ne importa! Pensate alle decorazioni folli. Potremmo appendere tutto sottosopra.»

«Chi pensate che pagherà per venire alle nostre feste?» chiedo.

Allie prende un'altra fetta di pizza. Ne ha mangiata più di me ed Emma messe insieme. «I nostri amici» dice, mostrando un bolo di formaggio masticato.

«Quali amici? Farai pagare a Clint cento dollari trentatré volte?» chiedo con una certa cattiveria. Mi sento in colpa per l'espressione afflitta che le compare sul viso.

«Ho anche altri amici» risponde Allie. Guarda Emma e alza gli occhi al cielo.

Alzano gli occhi al cielo per causa mia? Le sto esasperando?

«Non fare la stronza» mi dice Emma.

Mi si irrigidiscono i muscoli del collo. Ho bisogno di un massaggio. Dov'è Manny quando ho bisogno di lui? «Va bene, mi riferivo solo a me stessa. Io non penso di avere centotrentatré amici da invitare.»

Emma mi guarda di traverso. «Quanta gente c'è alla facoltà di Legge?»

Capisco dove vuole arrivare, e non mi piace affatto. Mi costringeranno a invitare a questo party i miei compagni di studi. «Non lo so.»

«Più di quattrocento?»

«Immagino di sì. Penso che saranno circa quattrocentocinquanta.»

«Allora non devi fare altro che convincere un terzo degli studenti a venire. E se ognuno di loro porta un amico, abbiamo quasi raggiunto la meta.»

Allie prende un'altra fetta di pizza e applaude senza posarla.

«Va bene, domani dobbiamo trovare un bar per le feste. Chi viene con me?» chiede Emma.

Allie salta sulla sedia. «Io! Io! A che ora?»

«Direi che l'ora migliore sono le sette di sera. Il direttore del posto che ho in mente dovrebbe esserci, non ci saranno troppi clienti e potrà parlare con noi.»

Il disappunto vela il viso di Allie. «Domani lavoro, non possiamo andarci stasera?»

«Non me la sento di andare stasera» dice Emma.

Scuoto la testa, incredula. «Pensi di riuscire a convincere il direttore a lasciarci tutti i coperti liberi per quel giorno?»

«Sono molto brava a presentare i miei progetti. Ieri sono riuscita a convincere i redattori a stampare una foto su due pagine di un paio di stivali al ginocchio.»

«Era questa la tua presentazione?» chiede Allie, sbattendo le palpebre freneticamente. «Come è andata?»

«Benissimo, è ovvio.»

«È ovvio» dico. Ma ho visto le tecniche di persuasione di Emma e sono sempre al confine col meretricio. «Sarà meglio che venga con te.»

Allie continua a martoriarsi l'angolo dell'occhio. «Penso che diventerò cieca.»

«Non diventerai cieca» le dico. «Se per stasera basta, aggiorniamoci a domani. Voglio finire gli esercizi.»

«Io esco un po'» dice Emma. «Vi va di venire?»

«Verrei io» dice Allie, corrugando la fronte. «Ma non mi posso mettere un'altra lente a contatto prima di aver tolto questa, e i miei occhiali sono orrendi.»

«Va bene. Ci vediamo più tardi, allora.» Emma rotola giù dal divano.

«Aspettate, ehi?» piagnucola Allie. «Siete sicure che non ci sbatteranno fuori da qui, vero?»

«Smettila di rompere, Allie» dice Emma, la bacia in fronte e sparisce in camera sua.

Decido anch'io di ignorarla. «Si muore di freddo, qua dentro» dico. «Allie, puoi chiudere la finestra?»

«Perché non accendi il microonde? Ci scalderemmo.»

Un elettrodomestico che fa i pop-corn e contemporaneamente scalda la stanza? Mi sembra il minimo per duecentocinquanta dollari.

Capitolo 14

Allie perde la testa

Allie

Sono le undici e mezzo e sono in piedi davanti allo specchio del bagno da più di due ore, il collo proteso verso la mia immagine riflessa, il sedere indietro, a cercare di afferrare quella stupida lente. La sento nell'angolo sinistro, è spessa, mi graffia. E se non riuscissi mai più a tirarla fuori, se dovessi sentire questo orribile fastidio per sempre e non potessi mai mettere un'altra lente? Ho l'occhio tutto rosso a furia di pungolarlo. Lo strizzo... lo strizzo e... è lei? L'ho presa? Mi sembra di vedere qualcosa. No. È andata. L'ho persa. Voglio andare a dormire. E se chiudendo l'occhio la spingessi vicino al cervello? E se perforasse un'importante vena e il sangue cominciasse a colare, accecandomi, dandomi la sensazione di indossare una di quelle mascherine che si mettono sugli aerei per dormire? Solo che io non sono su un aereo, sono nel mio letto, cieca, e non potrò mai più guardare la televisione, e potrò leggere solo libri scritti in braille. Perché mi sono strofinata l'occhio, non lo sapevo che avevo la lente a contatto? Perché, perché, perché? È lei? La sento. Penso di sentirla. Ho sentito una specie di protuberanza nell'angolo sinistro. Si è mossa. È emigrata, è lei! Non è lei!

Mi fa male il collo, mi fanno male le braccia, mi fa male la schiena e mi fa male la testa, riesco a vedere solo con un occhio. Mi sento le vertigini. Non potrebbe una delle mie coinquiline darmi una mano? O almeno venire ad accertarsi che non sia caduta, che non abbia battuto la testa sul lavandino e che non stia morendo dissanguata? Finirà mai questa storia? Diventerò pazza? Perché non la trovo? Voglio dormire. Odio questa situazione. Dov'è?

È lei? Penso che sia lei. Piano... non voglio spaventarla. La tocco. L'ho presa. La sposto verso sinistra. Delicatamente. Piano. Eccola lì, un pezzettino di plastica sottile tutto accartocciato. La tiro fuori tenendola tra il pollice e l'indice e la lascio cadere nell'altra mano. Riprende forma appena ci verso sopra la soluzione salina.

Butto la pericolosa lente nello scatolino.

Grazie a Dio Clint non mi vedrà con gli occhiali. Anche se quando sono andata da lui a cena ieri sera portava gli occhiali, i pantaloni da ginnastica e una vecchia maglietta logora. Era carino comunque. Sembrava pronto per farsi coccolare. Ma il suo coinquilino ci è rimasto appiccicato per tutta la sera, perciò non ci sono state coccole. Scommetto che aveva in mente di passare la serata da solo con me, poi inaspettatamente è comparso il suo coinquilino e ha rovinato la festa. Sarà per la prossima volta.

È ora di andare a letto.

Vado in camera mia in punta di piedi, Jodine dorme già e si incazza molto quando la sveglio e... Cos'è quello?

Un batuffolino grigio zampetta per il corridoio e si infila in cucina.

È possibile che il mio occhio sia danneggiato e la vista ora mi giochi brutti scherzi?

Il batuffolino grigio squittisce.

Ahhhhhhhhhhh!

Capitolo 15

Emma contratta

Emma

«Lo sai cos'è un punto cieco?» mi chiede la signora *so tutto io*, dopo che una BMW blu mi suona perché le ho tagliato la strada

Sto per uccidere Jodine. Cazzo. Ho paura di cedere alla tentazione di andare a sbattere contro un muro solo per schiacciare l'auto dal lato del passeggero. Vorrei avere la macchina di James Bond, così potrei sbalzarla fuori. Non ha fatto che dire *Non penso che quel segnale di stop fosse un semplice suggerimento* o *Lo sai che esistono i limiti di velocità?* Bla, bla, bla.

«Sì, lo so cos'è un punto cieco» dico.

«Lo sai che dovresti girarti e controllare che non ci siano altre macchine?»

«Avremmo dovuto prendere la metropolitana» le dico.

Stringe le labbra, sembra sul punto di dire qualcosa, ma cambia idea.

Ottima scelta. È la prima cosa intelligente che fa oggi.

Cinque minuti di bellissimo, pacifico, piacevolissimo silenzio... ma le cose belle non durano. «Hai ragione. Avremmo dovuto prendere la metropolitana. Ora dovremo pagare il parcheggio.»

«Dovremmo.»

«È impossibile trovare parcheggio nella zona di

Jergen Street. Gireremo in tondo per ore.»

Bla, bla, bla. Non c'è niente di più fastidioso di una persona che piagnucola per il parcheggio e non ha nemmeno la patente. È peggio di un abitante di Toronto che dice che Montreal è diventata un mortorio, quando da due anni non ci mette piede.

Svolto in Queen Street e, due isolati dopo, mi infilo in un parcheggio vuoto.

«Fortuna» borbotta Jodine.

Sbuffo. «Pronta? Lascerai parlare me, d'accordo?»

«Se lo dici tu. Ma io ho studiato Legge, lo sai.»

Non potrei tollerare di vederla saltare su con un'obiezione rovinando tutto.

Il vento soffia e mi si infila tra le pieghe della giacca mentre camminiamo verso il bar. È quasi ora di comprare un cappotto nuovo. Penso a qualcosa in pelle marrone.

Il bar si chiama *411*, perché si trova al 411 di Queen Street. I miei amici e io di solito ci incontriamo qui il giovedì sera. Apro la pesante porta di metallo e Jodine mi segue all'interno.

«Ciao, c'è Steve?» chiedo alla schiena della ragazza con i capelli rossi rasati, i pantaloni di pelle nera e la maglietta aderente argentata. È in piedi dietro il guardaroba, mette ordine tra le giacche dimenticate.

Si volta verso di noi. «Sì, è dentro.» Sparisce dietro i cappotti e ricompare con Steve, un uomo alto con la barbetta da capra e la testa pelata.

«Sì?» I suoi occhi scandagliano la mia scollatura. «Posso esservi utile?»

«Speriamo di sì» dico. «Si ricorda di me? Vengo spesso qui.»

Il suo sguardo si sposta lentamente, molto lentamente, dalla scollatura alla faccia. «Ehi! Come diavolo stai? Dove ti eri nascosta?»

Sento che Jodine sussulta.

Ah, non pensava che mi avrebbe riconosciuto!
«Sai com'è. Sono stata molto presa. Ho una proposta d'affari per te.»
«Che tipo di affari hai in mente?» sorride, mostrando la fessura tra gli incisivi.
«Vorrei organizzare una festa per il sabato sera prima di Halloween. Questa è la mia amica e socia, Jodine.» La indico.
«Ciao» dice lei, un po' goffamente.
Steve annuisce. Sarebbe stato meglio se Jodine avesse messo la maglietta aderente che le avevo suggerito.
«Il sabato di Halloween? È una serata di pienone» commenta, muovendo la testa da una parte all'altra.
«Sarà una festa molto affollata» dico, cercando di apparire convincente.
«Quante persone potete portare?»
«Minimo quattrocento.»
Jodine sussulta di nuovo. Meno male che Steve non la sta guardando.
Si gratta la testa pelata con il palmo della mano. «Come farete? C'è qualche associazione di mezzo?»
«Sì, siamo della Pi Alfa Pi, una delle associazioni studentesche femminili dell'Università dell'Ontario.»
«Un'associazione studentesca femminile, eh?» Ride. «Quattrocento ragazze in camicia da notte che si prendono a cuscinate?»
Ah, ah. Esilarante. «Se ci procuri abbastanza alcol, penso che finirà proprio così.»
Sorride, pare che l'idea gli piaccia. Pervertito. «Cosa volete, una parte dell'ingresso?»
«Sì. Il sabato fai pagare cinque dollari, giusto? Quanta gente viene, normalmente?»
«Circa duecento, ma trattandosi del weekend di Halloween, direi un centinaio di più.»
È pieno di merda fino al collo. Sono stata qui diversi sabati, e so che l'unica speranza che ha di tirare su

duecento persone è che tutti i cessi della città, tranne quello del suo bar, siano fuori servizio proprio quando a qualcuno è venuto in mente di mettere il *Guttalax* nei Margaritas.

«La nostra proposta è che noi ci occupiamo della promozione e facciamo pagare l'ingresso dieci dollari. L'incasso va a noi, e tu ci guadagni col bar.»

Ride. «Sarebbe un bel rischio. E se non riuscite a far venire nessuno? Perché dovremmo accollarci le perdite? Forse, sottolineo forse, potremmo prendere in considerazione di lasciarvi aggiungere cinque dollari ai nostri cinque. E ci terremmo comunque l'incasso del bar.»

Ah. È interessato! Gli occhi di Jodine si spalancano in un'espressione tipo *Non posso credere che ci stia offrendo questa merda.* Io accetterei subito, ma se l'ha proposto lui, vuol dire che non può essere vantaggioso per noi. Scuoto la testa. «Non penso che varrebbe la pena. Senti questo: il biglietto a dieci, noi teniamo sette, tu tre, e il bar è tuo.»

Jodine curva la schiena.

Steve riflette. «E se i nostri clienti abituali non volessero mischiarsi con i vostri ospiti?»

«Non succederà, è la festa di un'associazione femminile.» Sottolineo la parola *femminile* con un movimento della lingua che gli crei nella mente una visione di studentesse tette al vento che si accalcano per succhiare il limone della tequila direttamente dal suo petto nudo. «Ma se pure dovesse succedere, noi comunque ti porteremmo duecento persone in più del solito, e anche se i tuoi affezionati clienti per qualche improbabile ragione decidessero di disertare il bar, incasserai milleduecento dollari, duecento in più di quanto fai abitualmente. Senza contare le bevande. Questo sempre che non venga *nessuno* dei tuoi clienti. Ma tu hai fiducia nella loro fedeltà, vero, Steve?»

Incrocia le braccia. «Forse.»

«È una cosa buona per entrambi. Sarà una bomba, per te.»

Annuisce. «Siamo un bar anni Ottanta, voglio solo musica anni Ottanta.»

«Prepara i CD di Michael Jackson.»

Sorride e indica il bar. «Bevete qualcosa, ragazze?»

«Non posso credere che tu abbia tirato fuori quella storia!» esclama Jodine, scuotendo la testa. «Dovremo metterci la divisa di qualche associazione?»

«Forse.» Iniziamo tutte e due a ridacchiare. «Sono stata abbastanza brava, non è vero?» Be', lo sono stata.

«Eccezionale!» Un complimento dalla signorina intelligentona, me lo devo essere proprio meritato.

«Hai mai pensato di iscriverti a Legge?» dice. «Saresti eccezionale nel contenzioso. Perché non vieni a lezione con me, un giorno? Magari ti piacerebbe.»

Sapete cosa vuol dire *noioso*? Mi addormenterei dopo quattro secondi e mezzo. «No, grazie, non penso sia il mio genere.»

Jodine si sistema sul sedile del passeggero, si toglie l'elastico dai capelli e se li lega subito un'altra volta. «Lo sai, i tuoi calcoli non erano nemmeno precisi. Steve diceva di poter avere trecento persone per il sabato di Halloween, e non le solite duecento. Perciò, se non dovesse presentarsi nessuno dei suoi trecento, andrebbe sotto di trecento dollari.»

Bla, bla, bla. Guardo nello specchietto retrovisore, controllo il punto cieco, così Jodine è contenta, e mi immetto sulla strada. «Non è colpa mia se non si ricorda le stronzate che racconta, no?»

Prendiamo da mangiare da McDonald's. Jodine ordina un panino con il pollo alla griglia, senza maionese, senza formaggio, senza salse, e una Diet Coke; Allie ci ha chiesto un Big Mac, patatine grandi e un milk shake al cioccolato (non è l'ideale per il suo problema coi fianchi, ma chi sono io per dirle cosa mangiare?); per me prendiamo un hamburger, patatine medie e acqua minerale. Prima di arrivare a casa abbiamo già finito le patatine e le bibite. Sapete come vanno queste cose, vi dite che prenderete solo una patata, un sorso di Coca, e prima che ve ne accorgiate, è tutto finito.

«Grazie, amiche!» dice Allie dal divano quando le lancio il sacchetto e le porgo il milk shake. «Sono arrivata a casa due secondi fa.» Beve un lungo sorso, come se fosse accampata nel deserto e le fosse finalmente arrivata l'acqua.

Non è acqua, ma almeno sta facendo progressi, si sta disintossicando dal succo d'arancia.

Anche Jodine e io ci sediamo sul divano. «Va bene?»

«Favoloso. Grazie.» Allie beve un altro lungo sorso, le guance le rientrano. «Penso di aver visto un topo, ieri.»

Jodine e io alziamo i piedi da terra. «Sei sicura?» chiedo.

«No.» Sembra confusa. «Penso.»

Jodine socchiude gli occhi e si mette le mani sui fianchi. «Sì o no? Non ci sono vie di mezzo in questo caso. Tu non capisci. Io odio i topi. Li *odio*. Li disprezzo. Li aborro. Non mi piacciono gli animali domestici, immaginatevi cosa penso di quelli selvatici.»

«Non lo so, ho visto un batuffolo grigio.»

Gli occhi di Jodine scandagliano l'appartamento. «Avevi su le lenti a contatto?»

«No, ero appena riuscita a toglierle. Mi ci è voluta una vita. Sono stata alzata fin dopo le undici e...»

Jodine mi guarda e scuote la testa. «Forse ha avuto un'allucinazione.»

«Pensi?» chiedo incerta. Non voglio mettere giù i piedi se non sono sicura.

«Lo spero.» Alza le spalle.

Allie beve un altro sorso di milk shake. «Se pensate che me lo sia immaginato, allora probabilmente è vero.»

Appoggiamo con prudenza i piedi a terra.
Allie batte le mani. «Com'è andata?»
Jodine alza le braccia al cielo ed esulta. «Non puoi crederci. Emma è una superstar.»
Mi inchino. «Ci lascia prendere sette dollari all'ingresso.»
«Davvero? È proprio quello che avevi detto che avremmo ottenuto.»
«Io non dico bugie, tesoro.» Okay, solo qualche volta. «Siamo in ballo.»
«Favoloso. Oh, dimenticavo, ha chiamato Nick.»
Certo che ha chiamato. Chiama tutti i giorni. «Cosa voleva?»
Jodine mette il suo panino nel microonde. «I vostri sono freddi? Io irradio il mio.»
Dico di no con la testa.
Allie dà un morso al suo hamburger. «Il mio è a posto.» La salsa speciale le cola dall'angolo delle labbra. Si ficca in bocca una manciata di patatine intinte nel ketchup. «Non mi ha creduto quando gli ho detto che non eri in casa» dice, facendo bella mostra delle patate masticate.
Masticare, ingoiare, parlare. Masticare, ingoiare, parlare. Forse dovrei comprare quelle letterine magnetiche, comporre le parole e attaccarle al frigorifero. Ops, noi non abbiamo il frigorifero. «È uno sfigato» dico.
Jodine imposta il timer su trenta secondi.
«Pensi di richiamarlo?» chiede Allie.
Il ronzio del microonde mi distrae. Metterlo davanti al televisore non è stata una brillante idea. Ogni volta che lo accendiamo, delle piccole linee orizzontali tremolano sullo schermo. Alzo la voce per farmi sentire. «Dovrei?»
«Forse. Mi sento male. Continua a chiamare e a mandare roba.»
«Non chiamarlo» si intromette Jodine. «È finita.»

Allie quasi si strozza con l'hamburger. «Da che pulpito» dice. «Sostenevi che con Manny era finita. Era finita?»

Jodine ride. «Un punto a tuo favore.»

«Be', com'è andata, poi?» chiedo rivolta a Jodine.

Guarda distrattamente il microonde. Quando manca un secondo, preme *cancella* sulla tastiera.

Le punto addosso un dito accusatore. «Allora sei tu la colpevole!»

«Tua madre non ti ha insegnato che è maleducazione indicare? E di cosa poi sarei colpevole?» Dà un morso al panino, mastica e ingoia. Prendi appunti, Allie. Studia la sequenza.

«Sei tu che spegni il microonde prima che abbia terminato» spiego. «Ogni volta che andavo in cucina, trovavo il timer su dieci secondi, cinque secondi, un secondo... Non capivo cosa stesse succedendo.»

«Lo ammetto, sono colpevole. Non pensavo che monitoraste la mia impazienza.»

«Devi lavorare sulla pazienza» le dico. «È come abituarsi a mangiare il sushi.»

Scuote la testa. «Non c'è tempo per la pazienza.»

«Manny non ti piace neanche, ma gli permetti di portarsi via una tonnellata del tuo tempo.»

Alza le spalle. «Ma non è che mi porta via tempo. Lui c'è e basta.»

Rido e finisco l'hamburger. «C'è e basta. Un'ottima ragione per una relazione. C'è e basta con il suo aspetto e il suo carisma? Cosa vuol dire *c'è e basta*?»

«C'è sempre. Sarebbe un problema non starci insieme.»

«È la peggiore motivazione per una storia che abbia mai sentito» commenta Allie.

Jodine sbuffa. «Da quand'è che sei diventata un'esperta di rapporti di coppia? Hai mai avuto una storia, almeno?»

Allie arrossisce e si ficca una manciata di patatine in bocca. «È ovvio che ho avuto delle storie. E delle volte ho dato un taglio perché stavamo insieme per la ragione sbagliata. E dire che lui c'è e basta è decisamente una ragione sbagliata.»

«Ma che male c'è? È solo per qualche mese. L'estate prossima tornerò a New York.»

«Qualche mese?» chiedo. «Quasi un anno.»

Allie sospira e beve l'ultimo sorso di milk shake. «Non incontrerai mai l'uomo giusto se resti inchiodata a una storia senza futuro.»

«L'uomo giusto?» Jodine alza gli occhi al cielo. «Non esistono cose come *l'uomo giusto.*»

«Esistono, invece» controbatte Allie. «Non pensi che sia destino incontrare l'anima gemella?»

«Spero un giorno di incontrare qualcuno e di innamorarmi... ma l'anima gemella? Qualcuno cui sono destinata? Il coperchio della mia pentola? È una cosa idiota.»

«Allora io sono idiota?» chiede Allie.

Non penso che questa conversazione possa portare nulla di buono. Deve finire immediatamente.

«Non ho detto che sei un'idiota, ho detto che il concetto è idiota.»

«Allora io sono idiota.»

«Se credi all'anima gemella, probabilmente sì.»

«Ci credo.»

«E presumo che secondo te Clint è la tua anima gemella.»

Allie diventa porpora. «Potrebbe esserlo.»

«Come fai a saperlo?» chiedo.

«Perché sì... vi ho detto che è anche lui di Belleville? Eravamo insieme all'asilo nido. Le nostre madri ci accompagnavano, poi andavano al lavoro con la stessa macchina. Nella foto di classe, siamo seduti di fianco e ci teniamo la mano. Lui quel giorno aveva un paio di jeans così carini. Una volta io piangevo disperata, e mia madre per cercare di farmi smettere mi chiese se volevo il gelato, e io dissi no; se volevo guardare la TV, e io dissi no; alla fine mi chiese se volevo giocare con Clinton, e io dissi sì. Mi accompagnarono da lui, e smisi di piangere immediatamente. Quando imparai a scrivere, sul mio diario segnai *Clint, ti amo.* Un giorno a mio fratello e ai suoi amici venne la fissa di girare dei video; iniziarono con il filmino del nostro matrimonio. Indossai un abito lungo e Clint un completo da uomo, mio fratello recitò la parte del prete, e i ragazzi del vicinato parteciparono come invitati. Avevo anche un bouquet fatto con la carta rossa. Non è carino? Poi quell'estate suo padre cambiò lavoro e dovettero trasferirsi a Toronto. Piansi per diverso tempo, quando partì, ma lo dimenticai. Non pensai più a lui fino al primo giorno di college. Andai a lezione di Fisica e me lo trovai seduto di fianco. Andiamo: su milleduecento persone che seguivano quella lezione, quante possibilità c'erano che non solo Clint si iscrivesse allo stesso corso, ma che addirittura si sedesse accanto a me?»

Annuisco. «Sembrerebbe quantomeno improbabile» commento. Non posso credere che abbia rifiutato il gelato.

«Non ci riconoscemmo subito, ma durante una parte di lezione noiosa, cominciammo a chiacchierare, e lui mi disse che era di Belleville e bla, bla, bla...»

Non sono io a dire *bla, bla, bla*? Sta imitando il mio modo di parlare?

«... non potevo crederci... Di fianco, nella stessa classe. Di fianco, nella stessa classe. Di fianco nella stessa classe!»

Di fianco nella stessa classe. L'hai già detto due o tre volte, abbiamo capito.

«E diventammo amici. Cominciammo a vederci continuamente. Allora lui aveva una ragazza, e dopo un po' anch'io incontrai un ragazzo. A volte io ero single, ma lui aveva una ragazza, a volte il contrario. Ma ora siamo tutti e due single da più di un anno. E io so che succederà. Me lo sento. Siamo come Harry e Sally, come Ross e...»

«Sì, Allie.» Jodine alza gli occhi al cielo. «In tutti i telefilm ci sono due vecchi amici destinati a finire insieme.»

«Vi ho detto che lui è toro e io sono pesci? Sono due segni che stanno insieme perfettamente.»

«Sembra proprio che sia la tua anima gemella» dico.

«Allora anche tu credi nell'anima gemella?» mi chiede Allie.

È troppo tardi per sottrarsi a questa conversazione? «Non lo so. Mi piacerebbe crederci. Non penso che sia una cosa così assurda. Aspetto un uomo che mi idolatri, che pensi che io sia la persona migliore al mondo, che sono bellissima, intelligente, simpatica, straordinaria. Ci deve pur essere qualcuno là fuori capace di riconoscere che sono fantastica. Ma l'anima gemella? Non so nemmeno se ho un'anima. Cos'è l'anima? Non lo so. Certo, probabilmente no... No... Va bene... Forse... Sì.»

Allie ridacchia, soddisfatta. «Allora, vivi con due idiote?»

Jodine scuote la testa. «Dimmi una cosa, Allie. Che succede se una persona è perfetta per un'altra, ma questa vive in un secolo diverso? E se avevi un'anima gemella, ma è morta in un incidente d'auto a dodici anni? E se gli sei passata accanto, hai preso l'ascensore con lui, ma non sapevi che fosse lui, e ora la tua anima gemella è sposata con qualcun'altra?»

Allie sbatte le palpebre.

E se uscivi con la tua anima gemella ma l'hai piantata pensando che non lo fosse, poi ti rendi conto che lo era? «Questa conversazione è stupida» dico. «Non sapremo mai la verità, a cosa serve parlarne? Vogliamo metterci a discutere anche sull'esistenza di Dio? O di cosa ci sarà dopo la morte?»

Jodine alza le spalle. «Dio non esiste, e dopo la morte marciremo.»

Allie sembra sul punto di piangere.

«Oh, Dio/non Dio, cazzo. Mi state facendo venire il mal di testa. Penso che Allie potrebbe aver ragione, ma non per questo rimango ad aspettare. Cosa fai se quando incontri finalmente la tua anima gemella scopri che ha l'uccello piccolo? Io non voglio sprecare nessuna occasione. Chiamerò Nick.»

Ah, Nick. Com'è possibile che un ragazzo che mi fa raggiungere l'orgasmo multiplo tutte le sere non sia la mia anima gemella? Cosa voglio di più? Fiori? Fa anche quello!

Vado in camera mia, chiudo la porta, mi sdraio sul letto, prendo il telefono e compongo il suo numero.

C'è la segreteria telefonica.

Perché lo chiamo? E dove diavolo è? È martedì sera. Perché non risponde al telefono? Bastardo. Butto giù. Dimenticami. Non si merita nemmeno un messaggio. Sarà in giro a far lo scemo con gli amici, o con qualche puttanella. Se soffre tanto per me, e se è veramente la mia anima gemella, deve stare a casa ad aspettare che gli telefoni.

Devo uscire e continuare la stupida discussione sulle anime gemelle o restare in camera a guardare la TV?

Sento la voce lamentosa di Allie che dice: «Jay, ti prometto che non te lo chiedo più, ma non ci sbatteranno fuori, vero?».

Una conversazione ancora più fastidiosa. Me ne resto in camera a guardare la TV. Con una sigaretta. Apro la finestra e mi godo la brezza notturna mista al fumo.

Chi cazzo ha bisogno di un'anima gemella?

Che cazzo è quella roba grigia sul pavimento?

Un calzino. È solo un calzino.

Capitolo 16

Allie e le affissioni

Allie

«Vieni qui spesso?» sussurro, scivolando in un posto libero di fronte a Jay.

Jay alza lo sguardo e torna a fissare il suo libro. «Ciao. Aspetta un minuto, mi manca una pagina.»

Cosa dovrei fare mentre aspetto? Non c'è niente da fare nella biblioteca della facoltà di Legge. La giurisprudenza è addirittura più noiosa della filosofia.

La, la, la. Cosa posso fare? Cosa posso fare? Non mi devo mangiare le unghie. Non mi mangerò le unghie. Non mi metterò le dita in bocca. Le unghie mi stanno finalmente ricrescendo, ho delle dita quasi umane.

Mi annoio.

Non quanto si deve annoiare Josh. Dato che sono l'unica a stare a casa quando viene da noi a lavorare, è mio preciso dovere intrattenerlo. Potete immaginare che noia lavorare tutto il giorno da soli in una cucina distrutta da un incendio? Io andrei fuori di testa. Inizierei a sentire le voci delle piastrelle o cose del genere. Arriverei a parlare con il pesce rosso. Per evitare che Josh impazzisca, ho portato in cucina il mio lettore CD. Non condivide i miei gusti musicali, non ha voluto nemmeno ascoltare la colonna sonora di *La bella e la bestia*, allora abbiamo preso in prestito da Emma l'ultimo di Lanny Kravitz. E ora, quando pensa che io non lo senta, Josh canta con la sua voce bassa e stonata. È un tipo carino e, devo ammetterlo, mi fa piacere avere qualcuno in casa durante il giorno. Ha quasi finito il pavimento.

Emma gli ha fatto un disegno della cucina prima dell'incendio, in modo che possa riprodurla al meglio. Grazie a Dio, Jay ci ha prestato i soldi per l'anticipo. Di malavoglia, ma non poteva fare altrimenti, visto che era l'unica ad avere qualcosa in banca. La ripagheremo subito dopo la prima festa. Ce lo ricorda di continuo.

«Mi annoio.»

«Due secondi, Allie.»

«Va bene.» Non aveva detto un secondo? Giurerei che aveva detto un secondo.

Uno... due. «Finito?»

«Ti ucciderò.»

«Dov'è Manny?»

«In bagno. Ovviamente. Va in bagno ogni momento.»

Manny torna al tavolo. «Ciao, Allie, come va?»

«Bene, grazie, e tu?»

«Bene. Al lavoro, come sempre.»

Sbircio il libro di Jay e scuoto la testa. «Sono sicura che mi addormenterei a leggere questa roba.»

Manny spalanca la bocca, attonito. «Ti addormenteresti? Ma se è così avvincente.»

Jay alza gli occhi al cielo. «Oh, stai zitto. Tu ami questa roba.»

Manny arrossisce. Che cosa carina. «Non puoi trovarla noiosa» gli dico. «Ho sentito che sei tu la mente del vostro gruppo di studio.»

Passa una mano tra i capelli di Jay. «È questo che dici di me quando non ci sono?»

«Solo se ti comporti come si deve» dice Jay, dimenandosi, come se avesse le mutande troppo strette. Non so se sia più a disagio perché lui le tocca i capelli o perché lo fa in pubblico.

«Vieni ad attaccare i manifesti con noi?» gli chiedo.

«Avete intenzione di attaccare quelle assurde locandine che avete preparato per la festa di Halloween?»

Ieri sera abbiamo bevuto un sacco di vino, e ci siamo proprio divertite a progettare le locandine per la festa con il computer di Jay. A dire il vero, Emma e io eravamo spaparanzate sul divano, mentre Jay era appollaiata sulla sdraio con il portatile sulle ginocchia.

Abbiamo usato l'approccio di Jay: *nessuna idea è una cattiva idea*, il che apparentemente si traduce con *nessuna idea è una cattiva idea, a meno che non la suggerisca io.*

Jay spegne il computer e chiude bruscamente il libro. «Tu non devi venire.»

Manny continua a giocare con i capelli di Jay, e lei continua a dimenarsi. «Dove andate?»

Sfoglio i manifesti. «A Legge, Economia, Medicina, Arte, e all'Associazione greca.»

Si illumina. «All'Associazione greca? L'associazione studentesca femminile?» chiede. «Volete veramente che venga con voi?»

Jay finge di sorridere. Almeno, penso che finga. È difficile distinguere il sorriso finto di Jay da quello vero. Se fosse vero, sorriderebbe anche con gli occhi, no? «Certo, vieni» dice. «Sono sicura che proprio in questo momento sono tutte nude a prendersi a cuscinate.»

«Dai, vieni con noi» dico. «Sarà divertente. Non ci metteremo più di mezz'ora, e hai bisogno di una pausa. Oh... andrò a casa, e quando avrete finito di studiare vi farò trovare la cena pronta.»

«Cucini tu?» chiede Jay. Si volta verso Manny e scuote la testa. «Le ore passate al telefono le hanno fatto dimenticare l'attuale stato della nostra cucina.»

«Guardate cos'ho comprato.» Prendo da un sacchetto i miei acquisti.

«Non aprirlo» sussurra Jay. «Siamo in biblioteca.»

I tostapane a piastra fanno rumore?

Lo rimetto nella borsa. «Rebecca, la mia ex coinquilina, ne aveva uno. Ci facevamo dei panini-pizza straordinari.»

«Cosa sono i panini-pizza?» chiede Manny.

«Lo scoprirai se ci aiuti con i manifesti e poi vieni a cena. Dovrai fermarti comunque, devi mangiare, no? E dopo cena voi due potrete tornare in biblioteca a studiare da bravi sfigati.»

«Sfigati, eh?» chiede, ridendo. «Ma sono arrivato da solo un'ora.»

«Gli occhi ti si stanno già chiudendo. Hai bisogno di una pausa.»

«Se a Jodine non dispiace.»

«Perché a Jodine dovrebbe dispiacere? È ovvio che voglia che il suo ragazzo le dia una mano. Giusto, Jay?» Be', io vorrei che il mio ragazzo mi aiutasse, ma gli occhi di Jay si sono trasformati in due fessure e ho il sospetto che lei non la pensi come me.

«Certo, se ne hai voglia» dice.

«Solo se tu vuoi veramente che io venga» risponde lui.

Perché è così femminile? Non c'è da meravigliarsi che Jay si sia stufata di lui. Avanti, Manny, sii uomo! Di' che vuoi venire ad affiggere le locandine.

Jay alza le braccia al cielo, esasperata. «Non capisco dove sia il problema. Dobbiamo semplicemente appendere qualche stupida locandina. Se vuoi venire, vieni.»

Manny sorride come se la maestra delle elementari gli avesse appena dato il premio speciale per il banco più pulito della classe. «Va bene...»

Ci siamo, Manny, ora una bella affermazione.

«... se lo vuoi anche tu.»

Oh, per l'amor di Dio.

Capitolo 17

Poster mania

Stai cercando un lavoro estivo?

Il verdetto è...

HALLOWEEN
la festa delle feste

Organizzata dall'associazione
newyorchese degli studi professionali

Dove: Jergen 411

Quando: Sabato 27 ottobre

Dalle 21.00 a mezzanotte

Ingresso: 10$

Regole: Niente obiezioni... venite e basta.

IL BOTTO DI HALLOWEEN

ORGANIZZATO DALLA

ASSOCIAZIONE BANCARIA

PUNTI DI FORZA • BAR DI CLASSE • GENTE INTERESSANTE • STRAORDINARI DRINK • PREZZI BASSI: SOLO 10$	**DEBOLEZZE** • SUCCEDE UNA VOLTA SOLA
OPPORTUNITA' • FARE AFFARI • TROVARE UN LAVORO ESTIVO • INCONTRARE UNA MAREA DI DONNE ATTRAENTI SCARSAMENTE VESTITE • DIVERTIRSI UN MONDO	**RISCHI** • SE NON VIENI QUALCUN ALTRO ORGANIZZERA' UNA PARTITA DI GOLF CON IL PRESIDENTE DELLA NIKE • SE NON VIENI DOVRAI CHIEDERE A MCDONALD'S DI ASSUMERTI ANCHE L'ESTATE PROSSIMA • SE NON VIENI IL POTENZIALE AMORE DELLA TUA VITA SI INNAMORERA' DI UN BABBEO

LOCATION:

JERGEN 411

DATA:

SABATO 27 OTTOBRE

ORA:

DALLE 21.00 ALLE 2.00

iagnostica mangia dormi studia lavora diagnostic
angia dormi studia lavora diagnostica mangia dorm
tudia lavora diagnostica mangia dormi studia lavor
iagnostica mangia dormi studia lavora diagnostic
angia dormi studia lavora diagnostica mangia dorm
tudia lavora diagnostica mangia dormi studia lavor
iagnostica mangia dormi studia lavora diagnostic
angia dormi studia lavora diagnostica mangia dorm
tudia lavora diagnostica mangia dormi studia lavor
iagnostica mangia dormi studia lavora diagnostic
angia dormi studia lavora diagnostica mangia dorm

HAI BISOGNO DI UN PO' DI DIVERTIMENTO?

Festeggia con noi la notte di Halloween

Dove? A Jergen 411

Quando? Sabato 27 ottobre

dalle 21 fino a che il tuo cerca persone non ti trascinerà ovunque tu debba salvare la vita a qualcuno

angia dormi studia lavora diagnostica mangia dorm
tudia lavora diagnostica mangia dormi studia lavor
iagnostica mangia dormi studia lavora diagnostic
angia dormi studia lavora diagnostica mangia dorm
tudia lavora diagnostica mangia dormi studia lavor
iagnostica mangia dormi studia lavora diagnostic
angia dormi studia lavora diagnostica mangia dorm
tudia lavora diagnostica mangia dormi studia lavora d

cos'hanno in comune la poesia,
la guerra civile e il pensiero astratto?

contribuiscono al degrado dei costumi

producete qualcosa di meglio
e mostratecelo alla nostra
festa di halloween

Festa folle

Un mare di BIRRA
E di LESBICHE

Chi vuole provare

Jergen 411
Sabato 27 ottobre
Dalle 9.00
al momento in cui ti sveglierai con i postumi della sbronza e una donna nuda nel letto

solo un deca per l'ingresso

lesbiche associate

Capitolo 18

Allie! Sei un'idiota! Gli piaci!

Allie

«È il miglior panino-pizza che abbia mai mangiato» dice Manny, infilandosi l'ultimo boccone in bocca.

«E anche il primo» commenta Jay, dandogli una pacca sul ginocchio.

Che succede? È posseduta? Lo tocca in pubblico, loro due sul divano e io a un metro sulla sdraio. Un alieno si deve essere impossessato del corpo di Jay.

Manny si lecca le dita della mano sinistra, mentre con la destra abbraccia Jay. «Sì» dice, e schiocca le labbra. «Ma è il migliore.»

«Cosa ti ho detto sullo schioccare le labbra?» dice Jay, dandogli un pizzicotto sul fianco.

Io odio quando mi danno i pizzicotti sui fianchi. Mio fratello alla mattina sgattaiolava in camera mia e mi svegliava dandomi un pizzicotto sul fianco. Mi faceva impazzire. L'altra cosa che mi faceva altrettanto arrabbiare era quando mi prendeva per i piedi e mi portava in giro a testa in giù per la casa. Non capisco perché non mi credesse quando gli dicevo che non mi piaceva.

Manny fa il solletico a Jay.

Non è strano, il solletico? Credo sia l'unica cosa al mondo che ti fa ridere e allo stesso tempo sentire malissimo. Un sacco di cose piacevoli ti fanno stare male un secondo dopo – i drink a stomaco vuoto, i fast food, il cioccolato fondente – ma niente come il solletico ti dà le due sensazioni simultaneamente.

«Che ti ho detto del solletico?» dice Jay. «Smettila.»

Manny si piega in avanti e le mette le dita sotto le ascelle.

«Basta» urla lei, ridendo e contorcendosi. «Stiamo mangiando, è un comportamento non appropriato a tavola. E mi stai facendo sudare.»

«Mi piaci sudata.»

Stanno flirtando? Jay è capace di flirtare? Immagino che non sia fredda come Pesce, in fondo.

Manny le afferra le mani, la immobilizza e la costringe a sdraiarsi sul divano. Si siede sopra di lei, continuando a schioccare le labbra.

Giocano?

Penso di sì!

Come vorrei qualcuno con cui giocare. Io ho Emma, penso. Guardiamo insieme le repliche dei *Simpson* dopo mezzanotte mentre mangiamo patatine e altre schifezze assolutamente vietate. E quando nei weekend si sveglia al pomeriggio, si fa le unghie mentre io sfoglio le sue vecchie copie di *Stiletto.*

È più divertente giocare con un ragazzo. Certo, non è molto trendy quello che ho appena detto. Single è bello, lo so, e io sono felice, ma penso che se avessi un ragazzo sarebbe tutto più... interessante, ecco. Perché Clint non si rende conto di cosa si sta perdendo? La mia vita è come un foglio scarabocchiato, pieno di macchie colorate e disegni a pastello, ma senza nessun contorno nero che mi aiuti a capire da che parte andare. Questo triangolo dovrebbe essere verde, questo ottagono marrone, questo... che altre forme esistono? Cerchi, quadrati, rettangoli, ovali... devono essercene altre. Come si chiama la figura geometrica a cinque lati? E quella a sei? E a sette? Esa... che?

Non sono mai stata molto brava in geometria. E neanche in matematica. Perciò non mi sono iscritta a Economia. Anche se, se l'avessi fatto, adesso forse avrei un vero lavoro e non vagherei in questo stato senza alcun indizio sulla direzione da seguire. Magari diventerò uno chef. Perché no? Sarei pagata per cucinare tutto il giorno, e io amo cucinare. Salto giù dalla sdraio e prendo il piatto di Manny. «Vuoi un altro panino-pizza?» chiedo.

Il finale del gioco è un lungo bacio sulle labbra di Jay. «Sarebbe grandioso. Ti scoccia?»

«È un piacere. Ne faccio un altro anche per me. E tu, Jay? Vuoi che ti prepari qualcos'altro?»

«Sono a posto, grazie.»

Come fa a essere a posto? Ha dato soltanto un morso al panino. Se io mangiassi solo un boccone per cena, si sentirebbe il mio stomaco brontolare fino in California. «Se vuoi te ne faccio uno senza formaggio» le dico. «Mi dispiace, mi ero dimenticata che a te non piace il formaggio... il pane... la carne...» Mi ero scordata che non le piace... ehm... mangiare.

«Be'... va bene.»

Le sorprese finiranno mai? Prima manifesta dei sentimenti *in pubblico*, e ora vuole addirittura *mangiare*. Oh, sembra esitante. Perché esita?

«Non potresti fare la mia pizza senza formaggio e senza... pane? Solo vegetariana?»

Come si fa un panino senza pane? Manny deve essere sorpreso quanto me, scuote la testa. «Cioè?» dice. «Vuoi della verdura? Finirai con lo scomparire. Lo sai che mi piace la carne.»

Jay si dà un colpetto sulla pancia. «Sì, ma a me no.»

E nemmeno a me piace essere in carne. Se lo fossi ancora di più, potrei aprire una macelleria.

Forse oggi, prima di andare a lavorare, avrei dovuto evitare quelle favolose patatine.

Oppure la favolosa barretta di cioccolato che ho mangiato andando in biblioteca.

O forse il favoloso... lasciamo perdere. Non dovrei farmi ossessionare dal cibo, né da quello che mangio io né da quello che non mangiano gli altri. «Farò tutto ciò che vuoi» dico.

Jay appoggia la testa sulla coscia di Manny e mi guarda. «Grazie.» Manny la bacia in fronte e lei chiude gli occhi.

«Siete adorabili! Davvero, la coppia più bella di tutti i tempi» dico. «Siete così carini da vedere. Sono felice per voi.» Chi sono queste persone sul nostro divano?

Manny ride.

«È sempre così» dice Jay.

Taglio il formaggio per la pizza di Manny. Amo la mozzarella. È il mio formaggio preferito. Un pezzo per la pizza. Un pezzo per me. Forse è il mio secondo formaggio preferito. Adoro il buon vecchio Cheddar. Forse è il mio preferito. Ma mi piace anche l'Havarti, non lo lascerei mai fuori dalla lista. E cosa ne dite del formaggio di capra? Ops, a momenti mi affettavo un dito. Nessuno, a parte forse *Hannibal the Cannibal*, vorrebbe un dito nella pizza. Le mie dita sono quasi guarite; non vorrei imbruttirle con uno squarcio. Non sono perfettamente guarite; sono solo poche settimane, ma sembrano meno malridotte. Un pezzo di mozzarella per la pizza e un pezzo per me. Mmmh. Avrei dovuto comprare il formaggio di capra per la pizza. Perché non ci ho pensato? Domani vado a prendere il formaggio di capra. Una fetta di mozzarella per la pizza, una fetta per me. Quest'ultima era un po' sottile, perciò, due per me.

Odio quando tagli il formaggio e finisci con l'andare storto. La parte superiore rimane molto più corta di quella inferiore, com'è possibile? Taglio un bel pezzo per pareggiare il blocco. Così dovrebbe andare. Buono!

Mi fa pensare a quando tentai di tagliarmi da sola la frangia. Prima la parte sinistra, poi la destra. Dopo la sinistra per bilanciare la destra. E la destra per bilanciare la sinistra. Poi... *A chi piace la frangia*? I capelli a spazzola sono sempre di moda, no?

Forse non dovrei diventare chef. Mi trasformerei in una palla. Essere rotondi è molto peggio che avere i capelli rasati. Almeno i capelli ricrescono facilmente, e la testa si può sempre coprire con una sciarpa o un cappello. Ma è difficile trovare un vestito per una palla. «Abbiamo della pellicola per cibi?» chiedo.

Dal mio punto di osservazione vedo Jay alzare le spalle. «L'hai comprata?»

«No.» Ho fatto una stupidaggine, ora dove lo metto il formaggio?

«Riavvolgilo nella sua confezione e mettilo in frigo.» Il nostro minifrigorifero a noleggio è arrivato oggi e lo abbiamo infilato sotto il tavolo.

Temo che non ci sarà più posto in frigo se continueremo a riempirlo di avanzi, simmetrici o meno. Penso che dovrei compiere il mio dovere civico di coinquilina e mangiare quello che resta della mozzarella. Non voglio essere accusata di intasare il frigorifero.

Favoloso. La porzione di cielo che vedo dietro le imposte è del colore dello yogurt al ribes, il sole irradia pennellate di limone sulle pareti della stanza e sulle lenzuola.

Che fame!

Buongiorno, mondo.

Ci sono giorni in cui ci si sveglia sorridendo senza una ragione. Non avete ricevuto a tarda notte una telefonata dal ragazzo che amate; non avete scoperto che dopo settecento pagine a tergiversare i due protagonisti del romanzo che state leggendo finalmente si sono confessati il loro amore reciproco; non avete in frigorifero panini dolci e crema di cioccolato per la colazione, ma vi sentite straordinariamente bene. Inalate la lieta brezza del mattino e siete eccitate all'idea di alzarvi, di uscire dal letto, di esistere.

È così che mi sento in questo momento. Non c'è alcuna ragione per essere così felice, ma perché essere infelice? Ho due coinquiline favolose e stiamo organizzando una festa. Va bene, non abbiamo la cucina e rischiamo di essere buttate fuori di casa da un momento all'altro, ma Jay ed Emma continuano a giurarmi che non succederà.

Okay, vi confesso la vera ragione del mio buonumore: ieri sera ho chiamato Clint e gli ho detto della festa, e verrà. Non lo vedo da più di una settimana, e non ha ancora conosciuto le mie amiche, non è pazzesco?

Clint viene alla festa.

Dovrei invitare anche Josh. Potrebbe avere degli amici carpentieri che i nostri manifesti non hanno potuto raggiungere. Gli ho dato le chiavi di casa, così non mi devo svegliare tutte le mattine per farlo entrare.

Lo sento già che si aggira in cucina. Mi metto un maglione extralarge, i pantaloncini da ginnastica e le pantofole, e lo raggiungo. «'giorno!»

È in ginocchio con il metro in mano, misura la distanza tra il vano in cui un tempo c'erano i fornelli e quel punto tra le sue gambe che io non sto affatto fissando. Mi guarda e sorride. «Buongiorno, bella addormentata.»

Ah, se solo venisse il mio principe a svegliarmi con un bacio. «Non è così tardi. Che ore sono?»

«Le dieci e mezzo.»

«Le dieci e mezzo? Non penso che questo faccia di me una bella addormentata.»

Sbadiglio e mi copro la bocca con la mano, in modo che non gli arrivi una ventata del mio alito mattutino.

«Di solito ti alzi alle dieci.»

Da quand'è che ha iniziato a studiare le mie abitudini? Vuol dire qualcosa? Deve voler dire qualcosa. «Ti sentivi solo?» chiedo. È così facile flirtare quando non fai sul serio. È un buon esercizio, da usare con Clint.

«Il mio lavoro è molto più divertente con te in giro. Ti ho portato la colazione.»

«Davvero? Che dolce.»

Mi mostra un cartone di uova e del formaggio. «Possiamo fare le omelette sulla piastra.»

«Non vedo l'ora di mettere in bocca qualcosa.» Oddio, l'ho detto davvero? La mia frase potrebbe essere interpretata in molti modi. Devo rimediare, cercare di non sembrare una sfacciata sgualdrina. «Ieri ho fatto la pizza, e ora tu mi dici che con la piastra si possono fare anche le omelette» borbotto, cercando di avere un'aria naturale. «La vita può essere più bella di così?»

Adesso vedo dal suo sguardo che pensa che io sia folle. Se si deve scegliere tra sembrare una sfacciata sgualdrina o una folle, forse è meglio la prima opzione. Forse.

Cambio discorso. «Visto? Ora abbiamo un frigorifero.»

«Ho visto. Se tutto va bene, entro poche settimane ne avrete uno di dimensioni umane.»

«Per conservarci gli uomini?» dico, strizzando l'occhio. Sto diventando brava a flirtare.

«Ti dà fastidio una lente?» Si alza e, lo giuro, si avvicina a meno di cinque centimetri da me, sbirciandomi nell'occhio. «No, non c'è niente.»

«Quanto ti devo?» chiedo.

«Per il frigo più grande o per la visita oculistica?»

«Per tutte e due le cose. Ho appena sottoscritto la nuova carta di credito. Versione platino, va bene?» La mia miseria è diventata la fonte di ispirazione trincipale per i nostri scherzi. «No, stupido, per le uova.»

«Offro io.»

«Oh, dai, mi porti qualcosa ogni mattina e non mi lasci mai pagare.»

«Quando la cucina sarà finita mi inviterai a cena.»

«Va bene, ma almeno lascia che sia io a preparare le omelette.»

«No, le faccio io. C'è una tecnica speciale che bisogna conoscere prima di lanciarsi a friggere le uova sulla piastra.»

Meno male che lo paghiamo a forfait e non a ore. «Cosa posso fare per aiutarti?»

«Basta che ti ricordi di staccare la spina del tostapane, così non manderai a fuoco anche il resto della casa.»

Ah, ah. «Va bene, ma aspetta che mi faccia la doccia prima di preparare.»

Vado in bagno, come al solito Jay non ha tirato l'acqua. Lascia sempre la pipì nel water.

Mi guardo allo specchio... che capelli. Non posso credere di aver appena parlato con un ragazzo con gli occhi da sonno, i capelli aggrovigliati in una matassa e un calzino solo. Com'è che succedono queste cose quando si dorme? Come ho fatto a perdere un calzino? Mi è venuto caldo a un solo piede?

Dopo la doccia vado in camera a vestirmi, in modo che Josh non pensi che voglia sedurlo presentandomi avvolta in un asciugamano.

«Eccomi qui» dico, tornando da lui.

«Ciao» dice, sorridendo. Quando sorride gli viene una fossetta sulla guancia sinistra. Anche io ho solo una fossetta. A destra. (È proprio perché ho un viso asimmetrico che sono ossessionata dalla simmetria dei cibi.) Non è curioso che sia io che Josh soffriamo di monofossetta? Che carino, insieme formeremmo un viso regolare.

A proposito della mia asimmetria, ho il piede destro mezzo numero più grande del sinistro, il che rende alquanto fastidioso comprare le scarpe.

L'ultima volta che Emma e io siamo state ai grandi magazzini, lei mi ha infilato nella scatola due numeri diversi, ma io mi sentivo troppo in colpa a ingannare così il negozio.

Emma ha usato un trucchetto simile in un negozio di costumi da bagno. Ha comprato la media di reggiseno e la small di mutandine. Si è giustificata dicendo, anche se non ha avuto il coraggio di dirlo guardandomi negli occhi, che ci sono molte donne in giro per la città che hanno bisogno del reggiseno della small e delle mutandine taglia media, perciò stava facendo un favore a qualcuno. Che altruista!

Sentite che odore favoloso. Josh sta appoggiando dei pezzi di formaggio sul grill. Gliene prendo uno dalle mani. «Ha un profumo...» gli dico.

«Ehi... fammi vedere le unghie! Hai smesso di mangiartele.»

Annuisco soddisfatta.

«Sono bellissime.»

«Grazie.» La mia meta è di avere le mani perfette per la festa. Ho già invitato Josh? «Ti ho detto della nostra festa?»

«No.»

«Devi venire!»

«Devo? Perché?»

«Così potrai dare un contributo al nostro fondo per la ristrutturazione della cucina.»

«Non sto già contribuendo?»

«Sì, ma devi venire lo stesso. Abbiamo bisogno del tuo spirito oltre che dei tuoi muscoli.» E dei tuoi soldi. «E devi portare i tuoi amici.» E i soldi dei tuoi amici.

«Quand'è?»

«Sabato prossimo. È una festa in costume, dovrai mascherarti.»

«Va bene. Questo significa che tra poco avrete i soldi

per ordinare altri pezzi per la cucina? Ora ci vorrebbe il piano cottura.»

«Speriamo di riuscire a raccogliere parecchi soldi e a ordinare un bel po' di pezzi. Perciò devi venire.»

«Com'è che ci sono tutte queste cose che devo fare?»

«Perché sei molto importante.»

«Ruffiana. Tu come ti vesti?»

Rubo un pezzo di formaggio dal piatto e me lo ficco in bocca. «Ancora non lo so. Em e io domani andiamo a fare shopping.»

«Ci vai con quel Clint, alla festa?»

Quel Clint? Come fa a sapere di Clint? Ha chiamato mentre ero fuori e ha lasciato un messaggio a Josh? Non va bene. No, aspetta, può tornarmi utile. Clint sarà geloso.

Clint è geloso!

Josh prende due piatti di plastica e li sistema sul tavolo. «Sei arrossita. Allora, com'è la storia? C'è qualcosa?»

C'è qualcosa? Dal punto di vista emotivo... sì. Mentale... sì. Fisico... no.

«È solo un...» No, non dirò che è solo un amico. Posso dirgli la verità? Perché no? Magari potrebbe darmi qualche consiglio. Spiegarmi il punto di vista maschile. «Diciamo che è il mio Harry.»

«Il tuo chi?»

«Come in *Harry, ti presento Sally*.»

«Ah.» Apre il tostapane e gira la frittata. «Allora il bel Clint è il tuo migliore amico e la tua anima gemella?»

«Una specie. Anche se lui non se ne è accorto. Siamo al punto del film in cui passano un sacco di tempo insieme, ma non sono ancora andati a letto e lui non è uscito di testa.»

«Lo sa cosa provi per lui?»

«No... non proprio. Forse. Credo di no. Ho accennato una volta al discorso... ma ho lasciato perdere. Siamo buoni amici, e ho paura a parlargli, non vorrei rovinare quello che c'è tra noi.»

Josh mi fissa. «Diglielo.»

«Davvero?»

Sorride. «Come potrebbe non essere interessato a te? Probabilmente pensa che tu non abbia mai nemmeno considerato l'idea di metterti con lui. Gli uomini non sono bravi a leggere i segnali delle donne. Devi flirtare con lui. Cosa fa? Ti tocca spesso?»

«Ma... poco.» Mi ha toccato la mano quando abbiamo diviso il conto l'altra sera al ristorante. «Devo essere più spudorata? Pensavo di esserlo fin troppo.»

Si gratta la testa. «Uh-oh.»

Uh-oh non promette niente di buono. Quante volte avete sentito dire *Uh-oh, ho appena vinto alla lotteria* o *Uh-oh, il professore ha deciso di rendere facoltativo l'esame finale*?

«Cosa intendi con *uh-oh*?»

«Potrebbe sapere che sei interessata a lui, ma non fa niente perché non ti ricambia... anche se è davvero assurdo.» Josh spalanca gli occhi mentre dice *assurdo*.

«Perché è *assurdo*?» Se posso scegliere, preferisco approfondire *assurdo* che *uh-oh*.

Josh non risponde. Avrà paura di ferire i miei sentimenti. Forse Clint ha chiamato, lui ha risposto, e si sono fatti insieme una grassa risata alle mie spalle. Magari Clint scuote la testa divertito e impietosito ogni volta che esce da casa mia, anche se ultimamente non esce spesso da casa mia, visto che non ci viene mai.

Uh-oh.

«Non ci sono uomini che si preoccupano di salvaguardare un'amicizia se vogliono qualcos'altro.»

Clint sa. Sa, ma non mi corrisponde. Sa e pensa che io sia un'idiota. Sa, mi trova fisicamente repellente, non gli piaccio e pensa che io sia un'idiota.

Josh mi guarda e si ferma a metà nel gesto di mettere il cibo sul piatto. «O magari mi sbaglio. Potrei anche sbagliarmi. Non prendertela. Forse non ha capito. Potrebbe non avere idea. Probabilmente sono anni che si strugge per te, pensando di non avere chance. *Io che le piaccio? Impossibile! Mai, nemmeno in un milione di anni!* Scommetto che è ciò che pensa. So che lo pensa.»

Mi costringo ad abbozzare un sorriso. Clint non pensa questo. Josh ha visto il mio sguardo terrorizzato e cerca solo di farmi stare meglio. Gli faccio pena. Oddio, *gli faccio pena.*

O forse no, forse c'è un fondo di verità in quello che dice. «Ti è mai successa una cosa simile?» chiedo.

Arrossisce. «Una specie.»

«E tu cosa le hai detto?»

Gratta la griglia con una forchetta di plastica. «La situazione era rovesciata. Ero io a essere interessato.»

È successo a lui! Se è successo a lui, potrebbe succedere anche a Clint! Magari Clint è troppo spaventato per dirmi che gli piaccio. «Allora perché non le hai detto niente?»

Giocherella con la maniglia del tostapane. «A volte manca l'occasione.»

«Aveva un altro ragazzo?»

«Non proprio.»

«Si stava riprendendo da una rottura?»

«No.»

«È successo quando viaggiavi? Hai dovuto lasciarla in un altro Paese? Era una storia d'amore condannata in partenza? Le hai detto addio alla stazione? Hai corso accanto alla sua carrozza mentre lei ti salutava con la mano e ti lanciava baci?»

«Non proprio.» Josh mi guarda e sorride tristemente. «Lavoro da lei e non la voglio mettere in imbarazzo, visto che la vedo tutti i giorni.»

Uh-oh.

Apro la bocca per dire qualcosa, poi la richiudo.

Apro, chiudo. Apro, chiudo.

Ride dolcemente e scuote la testa.

«Ma non voglio dirle niente, perché lei mi sembra interessata a un altro ragazzo. E non voglio mettere in pericolo la nostra amicizia che è ancora all'inizio. O il mio lavoro. Ma spero che l'altro tizio si renda conto di quanto è fortunato.»

Apro la bocca... la chiudo. «Grazie» dico. Non so cos'altro aggiungere. Qual è il protocollo quando il tuo carpentiere ti dice che gli piaci? E non alla maniera *Ehi, bambina, inauguriamo il nuovo bancone di formica.* «Gli uomini mi confondono ogni giorno di più.»

«Le donne mi confondono.»

Mi viene la pelle d'oca ogni volta che un uomo usa la parola *donna* riferita a me. Non è strano? Sono così abituata a essere definita *ragazza*, che trovo molto sexy essere chiamata *donna*.

Josh è sexy? Sono attratta da lui?

Sembra che aspetti che dica qualcosa, ma sono lì in piedi a contemplare la possibilità di teletrasportarmi in un'altra stanza sbattendo le palpebre. Nella mia stanza a Belleville. Deve essere possibile, no? Rimango zitta e lui scuote la testa. Forse mi dirà che oggi deve andare via presto. Subito. O forse mi chiederà di andare in bagno. O forse...

«Ecco cosa dovreste fare per tirare su un po' di quattrini: organizzare un corso per capire le donne.»

Non male come idea. «Sai, penso che potremmo farci un sacco di soldi.» Se ne accorgerà se comincio a sgattaiolare verso la mia stanza.

Ride. «Ci insegnerai anche tu?»

«Io? No, che ne so io? Emma, forse.» Un passettino indietro... due.

«Devi insegnarci anche tu, altrimenti non verrò.» Mi sorride. Sorrido anch'io.

Tre... quattro. «Va bene, va bene, ci insegnerò anch'io.

Se alle ragazze piacerà l'idea, lo faremo. Vado subito a scrivere un'e-mail.»

«Subito? Sei sicura che non ti metto in imbarazzo? Ho l'impressione che stia prendendo al volo l'occasione per dartela a gambe. E la colazione? Non hai fame?»

Lo stomaco brontola. «Sì, ho fame.» Posso comportarmi normalmente. Che c'è di male se ha una cotta per me? Mi siedo sul divano. «E non sono affatto a disagio. Visto?» Tiro su i piedi e mi sdraio. «Mi metterei così comoda se fossi a disagio?» Non sono a disagio. A dire il vero sto piuttosto bene. Mi sento come se mi stessi infilando sotto le lenzuola appena cambiate. Gli piaccio. Anch'io posso piacere agli uomini.

«Bene. Preparati, c'è una squisitezza per te.»

«Vieni lo stesso alla festa?»

«Al cento per cento.»

Apro la posta elettronica e trovo sette nuovi messaggi.

Il primo, riguardante la festa di Halloween, viene da jodine579@ontariouniversity.ca. Clicco e aspetto. Aspetto. Aspetto. Perché ci mette così tanto? È peggio che aspettare che si asciughi la pittura. Non che io abbia mai guardato la pittura che si asciuga. O che abbia mai dipinto.

Eccolo!

Stiamo organizzando una favolosa festa di Halloween.
E tu sei invitato.
Dove?
Al 411 *di Jergen.*
Quando?
Sabato, 27 ottobre, dalle 21 alle 2.
Ingresso 10$ (i proventi andranno in beneficenza).

Beneficenza? Ci sono altre dieci persone nell'elenco

dei destinatari. Chi è tutta questa gente? Noah, Cindy, Jeremiah, Natalie, Mohammed, Manny... Manny! Conosco Manny, manny495@ontariouniversity.ca deve essere l'indirizzo del Manny che conosco anch'io.

Ehi, un momento, e io dove sono? Non c'è nemmeno Emma. Perché non ci siamo? Dobbiamo essere negli indirizzi in copia nascosta. Perché siamo in copia nascosta? Jay dice in giro che vive sola?

Dovrei inoltrare l'invito a tutti i miei amici. Non serve a niente visto che vivono in un'altra città e non potrebbero mai venire, vero?

Inoltra a... Clint. Che importa se ha già detto che verrà. Non ha ancora ricevuto un invito ufficiale. Alla gente piace vedere le cose nero su bianco. Ci sono anche i miei colleghi. Jill e Raf. Due. Chi altro? Non posso mandare un invito per posta elettronica con solo tre nomi. È patetico.

Potrei mettere degli indirizzi inventati. E se poi Clint usasse la mia rubrica per inviare gli inviti alle presentazioni delle scarpe *Cobra*? I messaggi gli tornerebbero indietro e scoprirebbe la frode. Potrei usare tutti i miei amici che abitano fuori città. Penserebbe che sono tanto sicura di me da credere che si metterebbero in viaggio per venire alla festa. Si chiederà perché l'ho incluso nella lista degli amici fuori città, e questo aggiungerà un po' di mistero alla nostra relazione.

O forse penserà semplicemente che sono un po' stramba.

Trovato. Metto il mio indirizzo sotto CC, e gli altri tre in copia nascosta sotto CCN. Perfetto. Geniale. Così non saprà mai quanta gente ho invitato. Ora penserà che sia un tipo misterioso.

Il messaggio numero due ha come oggetto *Fortuna*, e mi è stato inoltrato dalla mia ex coinquilina Rebecca. È una poesia!

Manda questa e-mail a dieci persone e sarai fortunata,
altrimenti la tua vita sarà una solenne cagata.
Inoltrala subito e non chiedere perché,
altrimenti la morte si poserà su di te.

Dieci persone? A chi potrei mandarla?

Una nuova e-mail! Oh, è il mio invito. Da me a me. Bene.

A chi posso inoltrare la catena? Lo so che non morirò veramente se non la mando, ma se ci fosse uno zero virgola zero, zero, zero, zero, zero, uno per cento che succeda?

Da bambina adoravo le catene di Sant'Antonio. Ero felice di aprire la cassetta della posta e trovare le buste rosa con l'indirizzo in bella calligrafia. Mi piaceva corrispondere, avevo scritto a tutte le riviste per ragazzini chiedendo di essere inserita nell'elenco per trovare un *amico di penna*.

Un giorno, stavo per partire con la mia famiglia per un viaggio a Toronto, e mentre chiudevamo la casa, arrivò una lettera. Una busta rosa, il mittente era un indirizzo di Filadelfia. Era per me, per me, per me! Nella busta trovai un foglio di carta da lettere con dei palloncini stampati in alto a sinistra. La mia nuova *amica di penna* si chiamava Dana. Scriveva di avere trovato il mio nome su *Pop*. Le piaceva molto leggere, soprattutto le riviste per ragazzi. I suoi programmi televisivi preferiti erano i reality show e *Casa Keaton*; la sua materia preferita a scuola era inglese; il colore, il rosa. Mi tremavano le mani leggendo la lettera, perché quella ragazza era esattamente come me. Esattamente!

Andai in cartoleria e comprai delle buste rosa, carta da lettere e adesivi per adornare i fogli. Durante il viaggio scrissi una lettera di dodici pagine, e non mi venne nemmeno da vomitare, nonostante di solito mi venga la nausea quando in macchina scrivo o leggo.

Dopo una settimana tornammo a casa e aprii la cassetta della posta con il cuore in gola, convinta di trovare centinaia di altre lettere di ragazzine che avevano visto il mio indirizzo su *Pop*.

C'erano solo due comunicazioni della carta di credito per mio padre.

Per tutto il mese successivo, ogni giorno mi precipitavo a casa da scuola e ispezionavo la cassetta della posta. Dana non mi rispose mai più.

Qualche anno dopo, raccontai la storia ad alcune amiche, e Jennifer, la mia migliore amica delle elementari, con cui ci sentiamo ancora, mi disse che aveva scritto lei la lettera di Dana, per farmi uno scherzo.

Che ridere!

La mia lettera a Dana non tornò mai indietro, mi chiedo se qualcuno l'abbia letta. Probabilmente è finita da qualche parte insieme a tutte quelle che ho scritto al *Signor Babbo Natale, Polo Nord, Canada.*

Le altre cinque e-mail provengono da gente che ho conosciuto in Rete. Adoro chattare. Ci sono un sacco di siti fighi che hanno delle community e che ti permettono di incontrare persone di tutto il mondo. Non è come sentire una lettera tra le mani, ma è comunque abbastanza piacevole. Ho due corrispondenti in Australia, due in Scozia, uno a Miami e uno a New York. Avrei dovuto metterli nell'elenco degli invitati. Clint ne sarebbe stato molto colpito.

Ormai è tardi. A chi posso inoltrare la catena? A quattro dei miei corrispondenti stranieri, a Jay... a Manny! A Manny farebbe bene un po' di fortuna.

E ora, scriviamo il messaggio per cui ho aperto la posta.

Ciao, Jay. Cosa ne dici di organizzare seminari per uomini disorientati su come si conquistano le donne?
Potremmo chiedere venti dollari l'ora.
Baci, Allie.

Peccato che non ci sia un gruppo di uomini che avendo dato fuoco al proprio appartamento offra lo stesso servizio al contrario. *Corso propedeutico: come far innamorare un uomo. Corso progredito: come sedurre il tuo miglior amico.*

«Allie?» La voce di Josh interrompe i miei pensieri.

«Sì?» grido.

Si sporge nella stanza e mi sorride. «Per oggi ho finito.»

Josh lavora qui solo di mattina. Al pomeriggio va all'università. «Bene. Ci vediamo domani. Grazie per la colazione.»

«A presto.»

Che fare per il resto del giorno? Navigare in Internet? Guardare la televisione? Leggere? In realtà avrei bisogno di sistemare la mia vita. Dovrei trovarmi un altro lavoro. O almeno scoprire cosa voglio fare. Non mi interessa cosa faccio adesso, sto bene così per ora, ma non sarebbe meglio se avessi un ufficio, uno stipendio, i contributi e le ferie pagate, se lavorassi dalle nove alle cinque invece di starmene in un *open space*, pagata a ore durante la prima serata televisiva?

Guarderò la TV.

Si può trovare lavoro guardando la TV?

Un tempo avrei voluto diventare cantante. Poi una volta ho cantato una canzone di Celine Dion a un concorso per voci nuove a scuola. Ero sicura di arrivare a quella nota, potevo farcela... e invece... Fu come tuffarsi dal trampolino e andare a sbattere con la testa sul bordo della piscina. Lasciai la canzone a metà, scoppiai a piangere e scappai dal palco. Non mi iscrissi mai più a una competizione canora.

Ooh! C'è Clint in linea.

Clint scrive: *Devo mettermi in maschera?*

Deve mettersi in maschera? Vuol dire che verrà? Certo che verrà. Perché non dovrebbe venire? Mi ha già

detto che verrà. Sta pensando di non venire?
Allie scrive: *Sì. Da cosa ti vestirai?*
Non è una risposta molto seducente. Com'è che riesco a flirtare con Josh e non con Clint?
Clint scrive: *Tu, chi sarai?*
E non si riferisce al mio dilemma professionale.
Allie scrive: *Tu, chi vorresti che fossi?*
Ho davvero scritto questo.
Clint scrive: *Ci dovrei pensare.*
Allie scrive: *Non si dovrebbe mai pensare troppo alle cose.*
Mi riferisco a noi due. Capito? Capito?
Clint scrive: *Un angelo?*
Allie scrive: *Preferisco l'inferno.*
Clint scrive: *Un diavolo?*
Allie scrive: *Tu questo non puoi saperlo.*
Cosa ho scritto? Cosa ho scritto?
Clint scrive: *Saresti carina vestita da scolaretta.*
Cosa ha scritto? Cosa ha scritto?
Oh, incredibile. Sta flirtando con me! Mi andrà ancora il grembiule delle elementari?
Allie scrive: *Vuoi essere il mio maestro?*
Nell'arte dell'amore.
Clint scrive: *Come dovrei vestirmi per fare il maestro?*
Allie scrive: *Stavo scherzando. Il costume da maestro non è adatto per un ragazzo. Potresti essere uno scolaretto e io la tua maestrina.*
C'è qualcosa che mi piacerebbe mostrarti.
Clint scrive: *Solo se prometti di dirmi quanto sono stato cattivo.*
Oh, mio Dio.
Allie scrive: *Mi porterò la bacchetta.*
Dio esiste, visto? Visto?
Dopo tutti questi anni finalmente succederà! Se il mio sorriso fosse un millimetro più largo, sembrerei il personaggio di un fumetto.

Clint scrive: *Sai cosa? Mi vestirò da Troy Cobrint. Un'ottima promozione per le scarpe* Cobra. *Devo andare.*

Pfffffffffffffff. La mia bolla di felicità si sta sgonfiando rapidamente e svolazza a zigzag in una danza impazzita.

Mi sento come quella volta del concorso canoro. Sbatto ancora la testa sul bordo della piscina.

Ahi!

Oh, guarda. Un'altra e-mail. Che lenta! Leeeeeeeenta... È di Manny.

Ciao, Allie. Grazie ancora per la cena di ieri sera. Non vedo l'ora di venire alla vostra festa. Speriamo che la fortuna che ti hanno mandato per e-mail faccia andare tutto bene. Allora l'incasso andrà in beneficenza? Siete schizofreniche. Abbi cura di te, Manny.

Che dolce! È molto carino un ragazzo che fa il carino con la coinquilina della sua ragazza. Jay non dovrebbe rovinare tutto.

Che strano sarebbe se Manny e io diventassimo amici. Tutti i giorni potrebbero essere come ieri sera, noi tre insieme sul divano.

Ciao, Manny, la cena è stata un piacere! Cucinerò per voi ogni volta che ne avrete voglia. Buona caccia al costume. Allie.

Due nuove e-mail, entrambe da parte di Jay. La prima ha come oggetto: *Re: Idea per far soldi.* E dice: *Allie, l'idea dei seminari ha ottime potenzialità. Ne parleremo più tardi. Jodine.*

L'oggetto della seconda è: *Re: Re: Fortuna.* Dice: *Per favore, non inoltrarmi catene di Sant'Antonio. Le trovo straordinariamente fastidiose. Grazie.*

Non poteva mettere insieme le due e-mail e scriverne una sola? È già ora di pranzo?

Sì. Un panino-pizza?

Capitolo 19

Emma fa la figura della stupida

Emma

«Sono sicura che saremmo state delle Pink Lady fantastiche» dice Allie, giocherellando con la mia autoradio. «Avremmo potuto mettere i giubbotti rosa e tu avresti potuto indossare i pantaloni di pelle ed essere Rizzo.»

«Non andrò mai a una festa organizzata da me vestita da Pink Lady. È una cosa stucchevole.»

«Non riesco a capire perché le Pink Lady siano stucchevoli e le Charlie's Angels trendy.»

«Le Pink Lady erano trendy nel 1985.»

«Ma tu hai detto che il bar mette musica anni Ottanta. Le Charlie's Angels sono degli anni Settanta! Perché dovrebbero essere trendy?»

«Lo sono e basta. Quando Cameron Diaz reciterà la parte di Sandy, allora ci potremo vestire da Pink Lady.» Perché la canzone alla radio sembra musica da ascensore al rallentatore? «Cosa stiamo ascoltando?»

«*Radio Ottanta love songs.*»

«Non potresti mettere una stazione che non mi provochi il coma?»

Abbiamo appena finito di fare shopping in centro. Avevamo bisogno di nuovi orecchini e di altri accessori da Charlie's Angels.

Quando ho suggerito di vestirci così, Jodine ha acconsentito, principalmente perché le ho promesso che avremmo speso poco e non saremmo sembrate delle puttane.

Ho cercato di convincere le ragazze che avevamo bisogno tutte e tre di un paio di pantaloni di pelle per completare il look, ma si sono rifiutate. Peccato, perché ne avevo visti un paio favolosi color cioccolato. Secondo me dovremmo anche portare delle pistole ad acqua in un fodero stretto attorno alla coscia, e dei top aderenti. Così saremmo più sexy. Jodine ha detto che non potevamo buttare centinaia di dollari per comprare i pantaloni o altri accessori sexy, quando avremmo potuto spendere quei soldi in oggetti per la cucina.

Non so come, Allie è riuscita a trovare un remix di *Grease* alla radio e canta allegramente. «Dove andiamo, ora?» mi chiede. «A casa? A prepararci? Sono solo le due. Non dobbiamo arrivare al bar prima delle otto, vero? Ti fai la doccia adesso? E se non venisse nessuno? Sembreremo stupide? Dovremo pagare il bar? Perché andiamo da questa parte?»

Avrei dovuto lasciare che ascoltasse la musica da ascensore e farla addormentare sul sedile. Parcheggio. «Ho una sorpresa per te.»

Allie sembra confusa. «Tu? Cosa?»

Dovrei ricevere la nomination per la miglior coinquilina dell'anno per la frase che sto per dire. «Ho notato che sei stata davvero brava, che hai smesso di mangiarti le unghie. Sono orgogliosa di te.» Allie apre le mani e si guarda le dita quasi guarite. «Perciò voglio regalare a tutte e due una seduta di manicure da *Suave.*» *Suave* è il mio salone di bellezza preferito.

Allie salta sul sedile e batte le mani. «Oh, mio Dio! È così carino! Non posso credere che stai facendo questo.»

Visto quant'è facile fare una cosa carina per qualcuno? Volevo andare a farmi le unghie, ma odio farlo da sola, così ho pensato di portarmi Allie. «È un piacere.»

«Siamo un po' in anticipo» dico, mentre camminiamo

verso il salone di bellezza. Apro la porta e Allie entra. «Salve» dico a una delle signorine all'entrata. Cambiano continuamente il colore dei capelli. La settimana scorsa erano tutte e due bionde, e oggi una è bruna con delle striature castane e l'altra ha i capelli rosso ciliegia.

«Ciao, come va?» chiede la brunetta. I suoi capelli assomigliano al barattolo di burro di arachidi e cioccolato che Allie mangia a cucchiaiate mentre guarda la TV.

«Bene. C'è qualche speranza di sistemarci un po' prima, ragazze?»

«Vediamo cosa posso fare, tesoro.» Consulta la lista di nomi nel quaderno delle prenotazioni. «Va bene, ho un buco per la tua amica.» Indica a Allie una cabina. «Puoi entrare subito, dolcezza.» Allie mi lancia un'occhiata terrorizzata come a dire *E adesso cosa mi succede, mi strapperanno tutte le unghie?* Entra. «Ora vediamo chi può prendere te» dice la brunetta, sfogliando le pagine.

Gesù Cristo. Che cazzo ci fa lui qui? Nick è da *Suave.*

Perché cazzo Nick è qui? Aspetta una sgualdrina venuta a farsi i colpi di sole? Aspetta una puttanella venuta a farsi la ceretta all'inguine? È questo che fa qui? Spero che la ceretta le faccia un male pazzesco e che le lasci tanti di quei segni rossi da far sembrare che abbia l'acne pubica e da impedirle da qui all'eternità di portare il tanga.

«Ehi» dice. Si dondola su una sedia di metallo, le braccia incrociate sul petto, le gambe divaricate. Sorride. Perché è così maledettamente sexy?

«Ciao» dico, cercando di essere glaciale. Mi sento rivoltare lo stomaco. «Cosa fai qui?»

«Aspetto il mio turno.» Questo spiega i capelli bagnati e il grembiule nero. Non ci sono dubbi, devo fare più attenzione ai particolari. «È bello vederti» dice.

«Certo.»

«Ho sentito che dai una festa, stasera.»

«Già.»

«Sono invitato?»

Sospiro ad alta voce. «Vuoi venire alla mia festa di Halloween?»

«Forse.»

Perché mi sono messa in questa situazione? Perché è qui? È colpa mia. Sono stata io a convincerlo a venire la prima volta, e ora il posto gli piace.

«Ti farà Harriette» dice la brunetta, indicando una donna con i capelli mossi e un lungo camice nero.

«Me la farei anch'io» dice Nick, e ride come un deficiente.

Ah, ah. Gli lancio un'occhiata raggelante e seguo Harriette.

«Lo conoscevi quel tizio?» mi chiede la manicure mentre mi siedo di fronte a lei. Alla mia destra Allie è già sotto i ferri.

«È il mio ex» dico, e mi tolgo gli anelli.

«Capisco. E lo hai incontrato per caso?»

«Sfortunatamente.» Rilasso le dita dentro la bacinella di acqua calda e sapone.

Allie si sporge a destra e a sinistra, tentando di vederlo. «È qui?»

Pensa di poter vedere attraverso le porte chiuse? «È all'ingresso.»

«È qui per farsi le unghie anche lui?»

«Si fa i capelli.»

«Quand'è che vi siete lasciati?» mi chiede Harriette.

«Alla fine di agosto.»

«Perché?»

«È un rompicoglioni.»

«Puoi farmi la manicure alla francese?» chiede Allie alla donna asiatica che le lima le unghie.

La donna scuote la testa. «Sono troppo corte. La prossima volta. Le vuoi tonde o squadrate?»

«Tonde?» chiede Allie, guardandomi.

«Squadrate» dico.

«Perché è un rompicoglioni?» mi chiede la manicure.

Inspiro profondamente. «Perché è troppo appiccicoso per me, troppo possessivo.»

«Ha mandato almeno un centinaio di rose a casa nostra» interviene Allie. «Lo so perché viviamo insieme.»

«Quante possibilità avevate di incontrarvi lo stesso giorno allo stesso salone di bellezza?»

«Poche.» Troppo poche. Che pezzo di merda. L'ha fatto apposta. Avrebbe potuto venire in qualsiasi altro giorno negli ultimi tre mesi. Il lavoro lo impegna decisamente poco. Invece ha preso appuntamento per questo sabato. Deve aver chiamato per sapere a che ora sarei venuta. È evidente. Ed è sua la Mustang davanti alla finestra? «Scommetto che è tutta una messinscena per incontrarmi, per chiedermi di prendere un drink e roba simile. È così prevedibile. Rimarrà qua in giro finché non avremo finito, vedrai.»

Allie annuisce. «Sei straordinaria a capire le persone. Hai mai pensato di fare la psicologa?»

Come se volessi stare a sentire i problemi della gente tutto il giorno. Come se i miei non fossero sufficienti. «Neanche per sogno.»

«Em... che colore dovrei mettere?» chiede Allie.

«Rosso.»

«Davvero? Non rosa?»

Che problema ha con il rosa? «Fai quello che ti pare.»

«No, mi piace il rosso... Rosso, grazie.»

Venti minuti dopo, mentre Allie piazza le dita smaltate sotto l'asciugatrice e Harriette inizia a colorare le mie, Allie chiede: «È quello che sta salendo in macchina, Nick?».

La manicure si gira ed entrambe guardiamo Nick, pettinato di fresco, che apre lo sportello della macchina con una sigaretta in bocca. Sale e se ne va.

È tutto un piano per farmi sentire un'idiota.

Bastardo.

Capitolo 20

Jodine si prepara

Jodine

Non capisco perché Allie non riesca a ricordarsi di cambiare il getto dell'acqua della doccia da diffuso a concentrato. Davvero. Non ha senso. È ovvio che si rende conto di modificare l'impostazione – lo fa ogni volta che fa la doccia – allora perché non può rimetterlo come l'ha trovato? Non ho tempo per usare l'acqua diffusa, poi non toglie bene lo shampoo.

Allie bussa alla porta. La sento ridacchiare dall'altra parte.

Cosa c'è di tanto divertente? Cosa vuole? Posso avere dieci minuti di privacy? Dieci minuti. È tutto quello che chiedo. Dieci miseri minuti.

Bussa ancora. Insiste. Posso ignorarla?

Continua a bussare. Ora mi chiama ogni volta che batte sulla porta. «Jay!» Colpo. «Jay!» Colpo. «Jay!» Colpo.

«Cosa?» urlo. «Cosa, cosa, cosa?»

Apre una fessura e scivola dentro. «Scusa, volevo solo prendere la spazzola.»

È terribile. Ora canticchia. Perché è ancora qui? Deve spazzolarsi per forza in bagno?

«A che punto sei?» chiede. «Dobbiamo uscire tra poco.»

«Sono solo le sette. Abbiamo ancora un'ora.»

«Ma avevi detto che saresti tornata alle sei.»

«Sarò pronta in tempo. Dobbiamo uscire alle otto.»

«Va bene, ma sbrigati!» Va in corridoio, lasciando la porta aperta.

Perché l'ha fatto? Devo uscire dalla doccia calda nella stanza fredda, senza vapore?

«Allie!» urlo. «Allie!»

Infila la testa in bagno. «Sì?»

«Puoi chiudere la porta per favore?»

«Scusa.» La sbatte.

Un quarto d'ora dopo esco dal bagno avvolta nell'accappatoio. Dalla stanza di Emma arriva la voce di Madonna. Le mie coinquiline stanno entrando nello spirito della festa.

Mi chiudo la porta alle spalle e osservo i vestiti sparsi sul letto. Emma ha insistito perché mettessi i suoi pantaloni di seta neri. Perché no? È Halloween. Mi ha prestato anche un top a tubino rosso.

Lei metterà quello argentato e Allie quello nero.

Cosa se ne fa una ragazza di tanti top a tubino?

Suona il telefono, vedo dal display che è Manny. Perché mi chiama adesso? Non lo sa che mi sto preparando? Gli ho parlato alle cinque e gli ho detto che ci saremmo visti più tardi. Lo lascio squillare. Risponderà la segreteria.

«Ciao, Manny» sento dire a Allie. Perché, perché, perché? Perché non si è fermata un secondo a considerare che potesse esserci un buon motivo per cui io non avevo risposto? Ora dovrò mentire e fingere di non aver sentito il telefono. Che seccatura.

Com'è che Allie non mi ha ancora chiamato? È passato più di un minuto.

La situazione sta diventando ridicola. Davvero. Sono passati cinque minuti e ancora blaterano. Di cosa parleranno? Si conoscono a mala pena.

Non starò qui ad aspettare i loro comodi. Ora mi

vesto, parlino quanto gli pare. Se vogliono diventare amici, facciano pure. Allie ha questa fissazione degli amici maschi. Il miglior amico di una donna non dovrebbe mai essere un maschio. L'unica vera amica di una donna è lei stessa.

«Jay! C'è Manny al telefono.»

Non scherzo, hanno chiacchierato per dodici minuti. Di cosa possono aver discusso per dodici minuti? Hanno parlato di me? Che altri argomenti potrebbero avere in comune?

Forse non prenderò il telefono. Lo farò aspettare. Lui mi ha fatto aspettare e io faccio aspettare lui.

Lo farei, ma mi rendo conto che non è colpa sua. Non ha chiamato per parlare con Allie, semplicemente lei non è stata zitta un secondo per dodici minuti.

«Pronto» dico con freddezza.

«Ciao.»

«A presto, Manny!» dice Allie.

«Ho chiamato solo per sentire se eri pronta per stasera.»

«Cosa avevate da dirvi?»

«Con chi?»

«Mi chiedevo di cosa avete potuto parlare tu e Allie per dodici minuti.»

Manny ride. «Sei gelosa?»

Non penso proprio. «Non riesco a immaginare di cosa abbiate potuto parlare.»

«La prendevo in giro per la catena di Sant'Antonio che mi ha inoltrato.»

«Anche a te?»

«Già, non mi hai visto sulla lista?»

Non guardo mai le liste. Quando ricevo le catene le cancello senza leggerle. «Le hai risposto?»

«Certo.»

Sta succedendo qualcosa qui? Allie fa il filo al mio ragazzo? Questo essere dolce e naïve è solo una facciata?

Mi stanno raggirando? Hanno una relazione? «Perché le hai risposto? Quando si riceve una catena, o si cancella o si inoltra. Cosa vuol dire *rispondere*?»

«L'ho fatto perché lei è la tua coinquilina. E io ti voglio bene, e voglio sentirmi a casa quando sono da te.»

Interessante. «Ma perché ti scrive? Le piaci?»

«Non in quel senso. È la tua coinquilina e vuole fare parte della tua vita.»

«Sa essere così invadente.»

«Non è invadente, è premurosa. Dalle una chance.»

È terribile. Uno dei vantaggi di avere un fidanzato, o un amico speciale o qualunque cosa sia Manny per me, è che puoi lamentarti con lui delle tue coinquiline; e il bello di avere delle coinquiline è che puoi sfogarti con loro quando il tuo ragazzo, o amico speciale eccetera, ti fa incavolare. Se il mio ragazzo e la mia coinquilina diventano amici, le loro rispettive funzioni si annullano reciprocamente, giusto?

E cosa succederà quando mi trasferirò a New York e non sentirò mai più nessuno dei due? Usciranno a bere un caffè e discuteranno di quanto *sono cambiata*? Lo odio. Sapete cosa vuol dire quando gli ex fidanzati e le ex amiche vi dicono quanto siete cambiate? Di solito significa che non avete più tempo da dedicargli, e il fatto che siate cresciute e non vi interessino più ha distrutto il loro fragile ego.

«Non vedo perché dovreste diventare amici. Puoi evitare di incoraggiare questa cosa?»

«Va bene» dice sospirando. «Se è questo che vuoi.»

Gli dico che ci vediamo alla festa e continuo a prepararmi.

«Jay!» grida Allie dal corridoio.

«Cosa?» Cosa? Cosa vuole adesso? Sono solo le sette e mezzo. Non può già mettermi fretta.

«Te ne sei dimenticata di nuovo!» strilla.

«Cosa mi sono dimenticata?» strillo a mia volta.

Cosa va blaterando?

Bussa.

«Avanti.»

Apre la porta e si siede sul mio letto. È già perfettamente agghindata da Charlie's Angel. Indossa il top a tubino e i pantaloni neri aderenti. «Ciao» sorride timida. «Scusa, ma non ti ricordi mai di tirare l'acqua in bagno.» Mi passa una sciarpa di seta blu. «Me la leghi attorno al collo?»

Ridicolo. Prima cerca di rubarmi il fidanzato, poi critica la mia igiene, e ora vuole che l'aiuti a prepararsi? Le lego la sciarpa attorno al collo, resistendo alla tentazione di stringere... stringere... «Ecco fatto. E io tiro sempre l'acqua.»

«Vieni a vedere, se vuoi» ridacchia. «Sono appena andata in bagno. C'è ancora la tua pipì nel water.»

Che balordaggine. La seguo in bagno. Allie alza il coperchio della tazza e... c'è dell'urina.

Oh. «Sai cos'è successo?» dico. «Ho aperto l'acqua della doccia per farla scaldare e mentre aspettavo ho fatto pipì. Non ho tirato lo sciacquone, perché se no l'acqua della doccia diventa fredda.» Mi sento la faccia bollente.

«Cerca di ricordartene, almeno alla mattina. A me non importa molto, ma spesso Josh viene presto e a volte va in bagno prima di me.»

Che situazione imbarazzante. Il nostro carpentiere pensa che io sia un maiale.

«Cercherò di ricordarmene.»

«Vuoi che mettiamo un cartello?»

«E cosa ci scriveresti, Allie? *Si prega di tirare lo sciacquone*? Sarebbe meno imbarazzante?»

«No, intendo un segnale nascosto per ricordarti di farlo. Magari qualcosa di giallo, come una candela alla banana o roba del genere.»

«Possiamo parlarne in un altro momento?»

«Va bene. Ti lisci i capelli?»

«Perché?»

«Emma dice che dovresti tenerli mossi e vaporosi come Farrah Fawcett.»

«Se lo dice Emma, allora dovrò farlo. È lei il capo, no?»

«Bene.»

Il mio sarcasmo la attraversa senza sfiorarla.

«Allora sbrigati! Non rimane molto tempo.»

Non la sopporto più. Devo dirle qualcosa. Ci sarebbe una miriade di argomenti, ma scelgo la questione Manny. «Allie, devo parlarti.»

«Sì, dimmi.»

«Non mi va che tu scriva a Manny.»

Sembra confusa. Più del solito. «Davvero? Perché?»

«È solo che non capisco perché tu lo faccia.»

«Perché... perché voglio essere sua amica.»

«Perché? Perché vuoi un altro amico uomo? Non hai già Clint? Sai, per me Manny non è tanto importante, e allora perché iniziare una relazione con lui? Hai in mente di stargli dietro quando me ne andrò a New York?»

Allie sembra inorridita. «Cosa dici? Ovviamente no. Come puoi crederlo? Che razza di coinquilina sarei? Ho solo pensato che sarebbe stato carino essere amici. Tutto qui.»

«Non mi va.»

«Ti sbagli» dice, scuotendo la testa. «Ma non gli scriverò più se ti dà fastidio. Non incavolarti.»

Non mi sto incavolando. «Grazie.»

«Ora preparati. Siamo in ritardo.»

La sento bussare alla porta di Emma. «Em, sei pronta? Mi fai vedere come si mette la pistola ad acqua? Mi trucchi?»

C'è qualcosa che quella ragazza sa fare da sola?

A dire la verità avevo in mente di tenere i capelli sciolti e vaporosi, ma ora non posso più farlo, se no sembrerà che lo faccia per compiacere Emma.

Finisco di prepararmi e raggiungo le mie compagne. Allie è seduta davanti allo specchio ed Emma le sta mettendo il fondotinta con una spugnetta triangolare. Sta facendo un ottimo lavoro, la pelle è splendente e gli occhi sembrano larghi il doppio, grazie all'eyeliner e all'ombretto. Le labbra e le unghie sono rosso fuoco. Le unghie?

«Allie, le tue unghie sono favolose.» Le afferro la mano per vedere meglio. «Ma perché hai scelto il rosso? Avresti dovuto usare un colore che non metta in risalto che ti mangi ancora le pellicine.»

«È tata Emma a tegliere. Non è tata fantattica?»

Sono gelosa. Perché non l'ho pensato io? È merito mio se Allie ha smesso di mangiarsi le unghie.

«Vi siete strappate le sopracciglia?» chiedo.

«Certo» dice Emma. «Era un po' troppo cespugliosa.»

«Tembro torpreta? Tono troppo inarcate? Ti piacciono?»

Cos'ha in bocca? «Perché parli così?»

Allie alza le spalle. «Cotì come?»

«Le esse?»

Alza di nuovo le spalle. «Pento che tia per colpa del rottetto.»

Sospiro di sollievo. Per un attimo ho creduto che Emma l'avesse convinta a farsi il piercing alla lingua. Un pensiero ridicolo, visto che fino a un momento fa Allie parlava normalmente. «Non capisco. Perché il rossetto ti impedisce di pronunciare la esse? Se sei allergica, toglitelo.»

«No, è tolo che ho paura di porcarmi i denti.»

«Perché dovresti sporcarti i denti? Le donne in tutto il mondo si mettono il rossetto e non si sporcano i denti.»

Scuote la testa. «Io mi porco tempre i denti.» Non posso passare la serata con una che parla come una bambina scema.

Emma posa il rossetto e alza l'indice destro. «Devi usare il trucco del dito. Mettiti il dito in bocca... no, Allie, il dito deve essere asciutto... Non asciugarlo sui pantaloni... usa un fazzoletto... no, non così, appoggialo sui denti e strofina... ora tiralo fuori lentamente... fai finta di mostrare a Clint cosa sai fare.»

Allie tira fuori il dito lentamente.

«Niente male, se fossi in lui ti permetterei di farmi un pompino.»

Allie si guarda il dito sporco di rosso.

«Ora tutto quello che avrebbe potuto finire sui tuoi denti è sul tuo dito. Lavati le mani e sei pronta.»

Allie si volta verso lo specchio e sorride. Bocca chiusa. Sorriso. Bocca chiusa. Sorriso. «Grazie Emma, sei la migliore.»

Sei la migliore. Sei fantastica. Bla, bla, bla.

Allie mi fa i complimenti. «I tuoi capelli sono favolosi. E Manny non potrà staccarti gli occhi dal sedere con quei pantaloni.» Sorride sognante. «Pensate che Clint mi troverà sexy?»

Emma e io ci scambiamo un'occhiata. «Sì, Allie, Clint ti troverà sexy.»

Emma si mette con cura l'ombretto blu anni Settanta e fa una posa da modella davanti allo specchio. «Ehi, angeli, siete pronte?» chiede. «Tu non ti trucchi?» Ovviamente quest'ultima domanda è rivolta a me.

«Non sono una fan del make-up» dico.

«È Halloween. Non truccarsi a Halloween e come non dire *Ti amo* a San Valentino.»

«Non penso di aver mai detto *Ti amo* a qualcuno il giorno di San Valentino.»

«Sai, è permesso dirlo anche a un'amica, non deve essere per forza un uomo.» Emma ride. «Vedrai che l'anno prossimo lo dirai a me. Vieni qua, che ti trucco.»

Io non sono la persona che dice *Ti amo* alle amiche. Firmo i bigliettini di compleanno con *Affettuosamente tua* o *Con i migliori auguri*, e metto sempre anche il cognome, anche quando scrivo ai parenti, il che, non so per quale ragione, diverte molto i miei genitori.

«Non c'è tempo per truccare anche me» dico. «Siamo già in ritardo.»

«No, ti sbagli» mi contesta Emma. «Stanotte si cambia l'ora, dobbiamo spostare l'orologio indietro.»

«L'ora si cambia alle due di notte» dico.

«Tutti quelli che conosco lo fanno a mezzanotte. Noi non possiamo farlo subito? Più tardi potremmo dimenticarcene» interviene Allie.

Sospiro. «Bene. Facciamolo subito. Ma penso che dovremmo arrivare al bar con un'ora d'anticipo, nel caso in cui il resto del mondo non fosse a conoscenza delle nuove regole.»

«Almeno l'orologio del videoregistratore adesso sarà giusto» dice Allie.

«È una cosa così stupida» dice Emma. «Forse dovremmo protestare, rifiutarci di cambiare l'ora. Non ha senso... farà buio alle cinque. Perché deve essere buio alle cinque? Perché i contadini del Nebraska o di non so dove possano avere un'ora in più di luce alle sei di mattina? Nessun altro al mondo si alza alle sei di mattina.»

Allie la guarda, senza capire.

«Veramente, Emma» dico, «l'ora in più di luce non ha niente a che vedere con i contadini del Nebraska. I contadini odiano cambiare l'ora. L'ora legale è stata introdotta durante la guerra mondiale per risparmiare sui costi dell'energia elettrica.»

«Rimane una cosa stupida» dice Emma, applicando il mascara. «Boicottiamola.»

«Cambio io tutti gli orologi della casa mentre tu trucchi Jay, per evitare di dimenticarcene dopo» dice Allie. «Una cosa è certa, dormiremo un'ora in più.» Sorride ed esce dalla stanza.

Ha due macchie rosse sugli incisivi.

Capitolo 21

L'onnisciente narratrice cerca di fornire
un oggettivo resoconto della festa

Sono le otto e mezzo. Emma sta parcheggiando. Jodine le ha detto che sarebbe stato meglio lasciare a casa l'auto, che avrebbero dovuto prendere un taxi. Ma Emma non va da nessuna parte senza la macchina, perciò promette che non berrà troppo. Promessa che ovviamente non manterrà.

Non preoccupatevi, non diventerà la storia di una ragazza ubriaca che va a sbattere contro un albero uccidendo le sue coinquiline. Emma non sarà costretta a convivere con l'opprimente peso della colpa per il resto dei suoi anni.

Niente incidenti in questa storia.

Bene.

Venite avanti, venite avanti, che vi faccio vedere il bar.

La prima cosa che si vede arrivando al *411* è il buttafuori. Non parla molto. È alto un metro e ottantacinque e pesa centoventicinque chili. Ha un giubbotto militare, pantaloni neri e uno sguardo che dice *Non tentate di fottermi.* Non è in maschera. Guastafeste.

Dietro di lui c'è una pesante porta di metallo. Dietro la porta si incontra una donna vestita da gatto (coda di pelliccia, calzamaglia gialla, naso nero e baffetti). È appollaiata su un tavolo di legno, in attesa di raccogliere i soldi dei partecipanti alla festa. Alle sue spalle una geisha (viso dipinto di bianco, capelli fissati con le bacchette, abito stretto in stile asiatico) si occupa del guardaroba. Sulla destra, un corridoio conduce in un'ampia stanza quadrata. Ci sono due bar su due dei lati della stanza. Quello di destra è il principale, quello di sinistra il secondario. Cheryl e Tiffany si occupano del bar principale. Al momento stanno ballando sulle note di una canzone di George Michael mentre preparano l'occorrente per la serata. Steve passeggia avanti e indietro nella stanza. Litiga al cellulare con sua moglie.

Altri due barman si occupano del secondo bar, ma non ve li descriverò, perché, a essere sinceri, solo due dei personaggi di questa storia vi si serviranno, ma saranno così occupati a palparsi che non faranno nemmeno caso ai barman, e allora perché bombardarvi con troppi dettagli?

I bagni si trovano a sinistra. Scusate, avrebbe dovuto essere la prima informazione, in caso di emergenza.

In fondo c'è la pista da ballo. Non è una grande pista, e la gente di solito finisce per ballare nell'area dei bar. Dietro la pista c'è una piccola scala che conduce al secondo piano. Di sopra ci sono delle nicchie appartate scavate nel muro e un altro bar.

E un altro barman.

Non è un barman qualunque. È Tom Cruise, Brad Pitt, Kirk Cameron, John Travolta quando faceva Vinnie Barbarino, mescolati insieme e trasformati in un unico, straordinario dio del sesso.

È sesso allo stato puro. Sesso in pantaloni di pelle. Indossa anche una maglietta nera aderente che fa risaltare i muscoli delle braccia e i pettorali. E non è solo un corpo... guardate quella faccia! Ha la mascella squadrata e occhi blu penetranti, occhi capaci di incenerire qualsiasi scrupolo che potreste farvi riguardo all'andare a letto con un uomo che conoscete da mezzo secondo.

Stasera porta un mantello e dei guanti bianchi

perché è vestito da Dracula. Dubito che esista una sola donna al mondo che si lamenterebbe se lui le succhiasse il collo.

Canticchia *I Want Your Sex* mentre sistema i bicchieri.

Ora sapete che in qualche modo avrà a che fare con le nostre eroine.

Ed eccole, finalmente. Sono già le otto e quaranta. Sarebbero dovute arrivare dieci minuti fa, ma il trucco di Jodine ha portato via più tempo del previsto. Ha costretto Emma a rifarlo tre volte.

Si presentano di nuovo a Steve e si rendono conto che hanno parecchie cose da fare. Lasciano le giacche al guardaroba e vanno al bar.

Emma si siede su uno sgabello e prende una sigaretta. Gliene restano solo cinque e si pente di non aver comprato un altro pacchetto.

Anche Jodine si siede, e osserva il corpo scultoreo di Cheryl. Cheryl indossa un bustino rigido nero che le lascia scoperto l'ombelico e dei pantaloni elasticizzati neri. Le sue braccia sono scolpite. Che esercizio fa per ottenere quel risultato? Jodine si domanda se sia opportuno chiedere a una barista che attrezzi usa in palestra. Ma perché non è in costume? È Halloween. Se Jodine si è messa in costume, sicuramente anche la barista avrebbe potuto trovare qualcosa nell'armadio per mascherarsi.

Allie guarda di continuo l'orologio e si agita. «Perché non c'è ancora nettuno?» chiede, dopo che Jodine le ha fatto notare che ha i denti macchiati di rosso.

Sì, Allie è nervosa. Vedete, è quel tipo di ragazza che se riceve un invito risponde entro cinque minuti. Dato che le espressioni *alla moda* e *in ritardo* le sono totalmente estranee, se associate in un discorso le suonano come giapponese. E lei non parla il giapponese. Non sareste sconvolti se a questo punto scopriste che parla il giapponese? E il polacco? E il portoghese? Il vostro punto di vista su di lei non cambierebbe drasticamente? E se scopriste che di notte sgattaiola fuori di casa perché è una spia del governo canadese? Non rileggereste tutto il romanzo per vedere cosa vi siete persi?

Non preoccupatevi. Niente sorprese. Parla solo inglese e un po' di latino maccheronico. E ha troppo bisogno di sonno per poter fare la spia. E il governo canadese ha spie?

«Allie» dice Emma. «Devi rilassarti. Vuoi fumare?» In cuor suo, Emma spera che Allie rifiuti, perché altrimenti le resterebbero solo tre sigarette.

«No. Forse. Non vorrei rovinare il rossetto. E se non venisse nessuno? E se fossimo solo noi tre? Che faremmo?»

«Mi stai stressando» dice Jodine.

«Abbiamo bisogno di bere qualcosa» dice Emma.

«Buona idea» dice Jodine.

Emma si sporge sul bancone. «Scusa, ci fai nove Kamikaze?»

Jodine spalanca la bocca. «Nove?»

«Nove è il minimo.» Emma tira fuori la carta di credito dalla borsetta. «Voglio aprire un credito» dice alla barista.

«Cos'è un Kamikaze?» chiede Allie. «Mi piacerà? È alla frutta?»

Emma appoggia l'indice sulle labbra di Allie. «Zitta e bevi.»

«È gasato?»

Jodine distoglie lo sguardo dai bicipiti della barista. «Allie, siediti, ci stai facendo impazzire.»

Il viso di Allie diventa del colore delle sue unghie.

Cheryl versa il mix in nove bicchierini allineati sul bancone.

«Pronte?» chiede Emma.

«Pronte» risponde Allie.

Le tre ragazze sollevano i bicchieri.

«Alla montagna di soldi che tireremo su stasera» dice Emma.

Fanno cin cin e buttano giù.

«Mmmh, buono» dice Allie.

Emma alza un altro bicchierino. «Al giorno, in un non lontano futuro, in cui torneremo in una cucina come si deve.»

Fanno cin cin e buttano giù.

Allie prende l'ultimo bicchiere. «Alle mie fantastiche coinquiline, alla felicità e all'amore eterno.» Ridacchia.

Fanno cin cin e buttano giù.

Le ragazze si sentono la testa un po' più leggera, la musica sembra un po' più alta e la luce un po' più stroboscopica.

«Una di noi dovrà sempre stare alla porta. Non mi fido della gattina» dice Emma. «Vado io per prima.»

Jodine scuote la testa. «Non se ne parla. Perché tu dovresti prenderti le prime due ore, quando nessuno si diverte ancora, e io e Allie dovremmo rimanere inchiodate alla porta quando la festa è a pieno regime?»

«La mia è una proposta equa. Le prime due ore sono le più impegnative.»

Jodine incrocia le braccia. «No, dovremmo ruotare ogni mezz'ora, in questo modo ci divertiremo tutte e tre e nessuna tenterà il suicidio.»

Emma cede. «Va bene, ma comincio io.»

«Va bene» dice Jodine.

«Il mio turno quand'è?» chiede Allie. Ha già le guance rosse.

Forse farsi tre drink prima ancora che inizi la festa non è stata una grande idea, Allie cara.

«Tra mezz'ora» dice Jodine.

Indovinate chi è il primo ad arrivare? Manny. A dire il vero si sente male perché è arrivato così tardi. Avrebbe voluto arrivare alla otto e mezzo insieme a Jodine, ma inavvertitamente ha chiuso l'uncino nello sportello della macchina ed è dovuto tornare a casa a prendere dell'altra carta stagnola per restaurarlo. Oltre all'uncino che gli sbuca dalla manica, ha una benda sull'occhio sinistro, un cappello con la piuma, pantaloni neri, una maglietta porpora e un gilet nero. Paga dieci dollari a Emma ed entra nel bar.

«Ragazze, siete bellissime» dice a Jodine e Allie.

Allie non sa se deve ignorarlo o meno, perciò fa un mezzo sorriso e giocherella con il top.

«Grazie» risponde Jodine. «Chi siamo?»

«Jennifer Lopez?»

«Andiamo! Perché avremmo dovuto vestirci tutte da Jennifer Lopez? Siamo le Charlie's Angels» dice Jodine.

«Per questo avete una pistola ad acqua legata alla coscia?»

«Uh-uh.»

Allie tiene la bocca chiusa. Non vuole sentirsi dire che si sta comportando da ladra di fidanzati.

«Tu sei un pirata?» chiede Jodine.

«Un pirata o la vittima di un incidente sul lavoro» dice.

Allie ridacchia. Non riesce a trattenersi.

Manny mette un biglietto da venti sul bancone. «Ragazze, volete un drink?»

Emma prende due biglietti da dieci da due ragazze tutte allegre vestite da coniglietté di *Playboy*. Sta pensando di indire un concorso per *Il modo più originale di comunicare che sei una puttana.*

I prossimi della fila sono tre ragazzi con le lettere dell'alfabeto greco stampate sulla maglietta. Alfa dice a Beta, indicando le coniglietté: «Pensi che quelle due siano lesbiche?», e Gamma ridacchia.

Emma sorride. Sì, tesorini, sono sicura che quelle due lesbiche hanno deciso di vestirsi da fantasia sessuale maschile per attrarre altre donne. *E questi da cosa sono vestiti?* si chiede. Sono la parodia di se stessi?

Decide di fargli pagare venti dollari a testa e si intasca la differenza.

Alle undici, la festa è a pieno ritmo. Allie sta facendo il suo secondo turno alla porta. Jodine è sempre seduta sullo stesso sgabello, ma ora in piedi accanto a lei ci sono Manny e Monique, un'altra studentessa di Giurisprudenza.

A Jodine piace Monique, ma la trova un po' strana. Si veste sempre come se dovesse sfilare in passerella. Avete mai guardato una sfilata e pensato *Oh, come mi piacerebbe avere quel capo*? No, giusto? Molta della roba che si vede alle sfilate è inadeguata per il mondo reale. Gli abiti sembrano drappeggiati addosso a delle ragazzine anoressiche con le ossa pelviche sporgenti. Tra l'altro, Monique non ha un fisico da top model. È alta, va bene, ma ha i fianchi larghi, le cosce robuste e una quarta di seno. Non solo si veste in quel modo quando esce, ma anche quando va a scuola. È possibile che una ragazza indossi una giacca con il collo di pelliccia, pantaloni di pelle beige e stivali neri con sette centimetri di tacco alla lezione delle nove del lunedì mattina?

Questa sera Monique ha messo le calze a rete, scarpe rosse coi tacchi a spillo, pantaloncini rosa e reggiseno argentato.

«Cosa sei esattamente?» chiede Jodine.

«Una ragazza squillo.» Monique ride. «Molto costosa.»

Non lascia tanto all'immaginazione, no? Jodine si chiede dove sia finita l'arte del sottinteso.

Monique beve il suo drink. «Allora, come stai, Jo? Hai passato una bella estate?»

È da prima dell'estate che non parla con Monique? Jodine non se n'era resa conto. È un peccato. È divertente studiare con Monique. Dovrebbero chiederle di unirsi a loro in biblioteca uno di questi giorni.

A Monique Jodine non piace. Pensa che sia una stronza che tratta Manny di merda. È sicura che lui starebbe meglio con una ragazza più gentile, più sensibile, una come... come lei, sostanzialmente.

Dopo aver rotto con il suo ex, Monique aveva cominciato a guardare Manny con occhi diversi.

Al secondo anno frequentavano gli stessi corsi, il che significava che stavano insieme tutto il giorno. Monique pensava che le cose si stessero mettendo per il verso giusto: ridevano e si parlavano nell'orecchio a lezione, si raccontavano barzellette, studiavano insieme in biblioteca fino all'orario di chiusura.

Finché un giorno di ottobre Monique notò che Manny, invece di cercare di compiacere i professori, come aveva sempre fatto, cercava di compiacere Jodine. La ragazza tutta seria che arrivava a lezione sempre con cinque minuti di ritardo e prendeva dalla cartella due penne e tre evidenziatori di diverso colore. All'inizio di novembre, Manny e Jodine avevano iniziato a vedersi.

Monique decise che avrebbero potuto essere semplicemente amici, e cominciarono a studiare tutti e tre insieme.

Poi Jodine partì per New York, e chi pensate che Manny chiamasse tutte le sere per piagnucolare perché si sentiva solo e depresso? Giusto. Monique! Era lei che doveva portarlo al cinema, coccolarlo davanti a un bicchiere di vino mentre lui cercava di capire perché Jodine non lo chiamasse mai, perché Jodine non lo amasse, perché Jodine non volesse impegnarsi con lui. C'era di che far impazzire una ragazza normale.

Ma Monique aveva un piano! Immaginava di riuscire a far rinsavire Manny e infine a farlo innamorare. E il piano stava funzionando. La prima settimana di settembre il nome di Jodine cominciò a essere pronunciato solo una volta a sera, invece che una al secondo. Monique pensò di aspettare ancora un po', di attendere che Manny fosse completamente guarito, prima di fare la propria mossa. Non voleva essere respinta.

Ma la stronza era tornata, ed erano andati di nuovo a letto insieme. E Monique cosa avrebbe dovuto fare? Decise di lasciar perdere, di restare fuori da questa storia.

Perciò stasera non è qui per Manny e Jodine, ma perché tutti quelli che conosce verranno alla festa e lei vuole beccare.

Jodine è all'oscuro di tutto. In realtà sono molte le cose che non comprende. Per esempio, pensa ancora che Allie abbia voglia di un uomo, non capisce che in realtà l'unico uomo che Allie desidera è Clint.

Jodine sente un bacio umido sulla guancia.

Emma le sorride. «Merda, ti ho sporcata di rossetto.» La pulisce con la mano. «Allie mi ha appena dato il cambio.»

«Come stiamo andando?»

«Stiamo facendo una fortuna, cazzo. Avrei dovuto offrirmi volontaria per stare alla porta tutta la sera. Da lì si possono selezionare i maschi. Ti assicuro, è entrato un tizio davvero scopabile.»

Gli occhi di Monique ispezionano la pista in cerca di questo tizio *scopabile.* Sono tredici mesi che non fa sesso e ha deciso che l'astinenza deve finire stasera.

«Monique, lei è la mia coinquilina, Emma. Emma, Monique.»

Emma guarda il costume da puttana. «È così che avremmo dovuto fare anche noi» dice, approvando con la testa. «Abbiamo sbagliato con questa cosa delle Charlie's Angels. Non lo capisce nessuno. Qualcuno mi ha anche chiesto se ero Lara Croft.»

Emma bacia Manny sulle guance. «Ti diverti?»

Manny beve un sorso di birra. «È una bella festa.»

«Emma, guarda alla tua sinistra. Penso che quello sia

Nick.» Jodine non ha mai incontrato Nick, ma ha visto alcune foto prima che Emma le distruggesse.

Emma socchiude gli occhi. «Non ho bisogno di guardare. Lo so che c'è Nick lo stronzo qua in giro.»

«L'hai già visto?» chiede Jodine, cercando ancora di cancellare il rossetto dalla guancia. Perché Emma l'ha baciata con il rossetto? Ha senso fare una cosa del genere?

«È venuto dritto da me e mi ha porto dieci dollari. Ho quasi detto al buttafuori di cacciarlo via, dopo quello che mi ha fatto oggi pomeriggio. Ma non volevo che pensasse che me ne fregasse qualcosa.»

Nick non sapeva che avrebbe incontrato Emma al salone quel pomeriggio. È stato contento di vederla, sì, ma comincia anche lui ad averne le tasche piene di tutta quella faccenda.

Decide comunque di concedere a Emma un'ultima chance. Si avvicina. «Posso parlarti un secondo, Em?»

Emma serra le labbra. È ancora incazzata con lui perché le ha fatto fare la figura della cogliona con la manicure. «Non è il momento.»

«Quando sarà il momento?»

«Oggi pomeriggio avrebbe potuto esserlo, quando non sei nemmeno riuscito a venire a dirmi *ciao*.» La voce di Emma cresce di volume fino a coprire le note di *I'm Walking on Sunshine*. «Perché dovremmo parlare ora, Nick? Perché ne hai voglia tu? Il mondo intero gira intorno a Nick? Nick, Nick, Nick?»

Jodine, Monique e Manny fissano il pavimento.

A Jodine secca che Emma faccia una scenata alla loro festa. Monique si chiede perché la coinquilina di Jodine urli con un simile stallone. Manny pensa *Grazie a Dio non sono al posto di quello lì.*

Nick appoggia le mani sulle spalle nude di Emma. «Puoi smettere di dar fuori di matto per due secondi, così possiamo discutere da persone adulte?»

Emma gli prende le mani e gliele butta giù. «Ho da fare» dice, e se ne va.

Jodine pensa: *Perfetto, ora siamo qui Manny, Monique, Nick e io.*

Nessuno parla per un paio di minuti. Alla fine Jodine si rende conto che tocca a lei comportarsi da persona adulta. «Ciao, Nick, io sono Jodine, la coinquilina di Emma.»

«Jo?»

«No, Jodine. Lui è il mio amico Manny» dice, indicandolo.

Monique vorrebbe darle un pugno perché non lo presenta come il suo fidanzato. Da un certo punto di vista è contenta, magari Manny vedrà la luce e lascerà la stronza, ma d'altra parte odia vedere il suo tesoro trattato in quel modo. Manny non si accorge di niente.

«E tu... sei l'altra coinquilina di Emma?» chiede, apprezzando il costume di Monique.

«No, io sono Monique, è la prima volta che la incontro.» Butta indietro i capelli e sorride.

Nick risponde al sorriso.

Manny prende Jodine per la vita.

Nick scuote la testa. «Emma è sempre stata pazza.»

Monique sorride. «È la tua ragazza?»

«Ex ragazza.» Si fissano negli occhi.

«Non è pazza» commenta Jodine, sentendo improvvisamente il bisogno di difendere Emma. «È solo molto espressiva.»

«Qualcuno vuole un drink?» chiede Nick.

Jodine scuote la testa.

«No, grazie» dice Manny.

Monique sorride e prende Nick sottobraccio. «Io lo berrei volentieri.»

Uh-oh.

Jodine sente che le ascelle le si inumidiscono. Forse non avrebbe dovuto far incontrare l'ex ragazzo della sua coinquilina con una donna vestita da prostituta.

Emma sta ballando sul bancone del bar di sinistra quando vede il ragazzo scopabile che aveva fatto entrare prima.

Eccolo qui, ancora solo, disponibile sul mercato. Non ha intenzione di farselo sfuggire, non gliene frega niente che Nick lo stronzo assista alla scena...

Il tizio è vestito da giocatore di baseball, con un berretto blu e il guantone. Emma si piega verso di lui e si fa aiutare a scendere dal bancone. «Ti stavo cercando» gli dice.

«Davvero? È questo che facevi lassù, mi cercavi?»

«Ero in una posizione ideale per ballare e cacciare. Bel costume, cosa sei, un giocatore di baseball?»

Il ragazzo ride, mostrando dei bellissimi denti bianchi. Riempie la divisa nei punti giusti, ed Emma freme leggermente.

«No, da lottatore» dice, e sorride.

«Devi toglierti qualche strato, se vuoi sembrare un lottatore.»

Lui prende un sorso di birra. «È un invito?»

«Offrimi da bere e vedremo.»

«Cosa vuoi?» chiede, esaminandola con lo sguardo.

Clint non sa chi sia questa donna in pantaloni di pelle aderenti, ma immagina che sarà lei a dirgli quando sarà pronta ad andar via insieme. E ha la sensazione che la serata sarà piacevole.

Uh-oh.

«Josh! Sei venuto!» esclama Allie, abbracciandolo. Ha un cappello da cowboy, jeans e una vecchia maglietta bianca. Sembra un giovane Marlboro Man.

«Certo che sono venuto» dice, accarezzandola sulla schiena. «Lasciati guardare.» Si allontana da lei e fischia. «Sei molto sexy.»

«Davvero?»

«Una bomba. Ho portato due amici. Allie, ti presento Danny e Jordan. Lei è Allie, di gran lunga la donna più sexy della festa.»

Allie arrossisce. «Scommetto che lo dice a tutte le Charlie's Angels.»

Danny guarda Jordan. «Veramente no.»

Pagano i loro trenta dollari e vanno al guardaroba. Qualche minuto dopo, Josh torna da Allie. «Ho pensato di farti compagnia.» Si siede accanto a lei al tavolo.

«Sto bene, non preoccuparti per me. Vai a bere qualcosa con i tuoi amici. Sono sicura che non vorrai stare seduto vicino alla porta per tutta la sera.»

«Starò seduto dove mi pare, a meno che non ti disturbi. Dov'è Clint?»

Allie si guarda intorno ansiosa. «Non lo so. Non l'ho ancora visto. Non so se è già qui.»

È uno stupido, pensa Josh. «State facendo un sacco di soldi per me?»

«Tonnellate.» Allie dà un colpetto alla montagna di soldi nella scatola di metallo davanti a lei.

«Ti tengo compagnia finché non arriva lui.»

Allie sorride. «Grazie, sei molto gentile.»

«Torno tra due secondi» dice Manny. Le toglie la mano da sotto la camicia. «Devo fare un salto in bagno.»

Se Jodine fosse sobria, penserebbe *Di nuovo? È la quarta volta in due ore.* Ma dato che è completamente sbronza, pensa *Quand'è che ce ne andiamo a casa? Voglio fare sesso.* Vi ricordate che effetto le fa l'alcol? È come una bibliotecaria in un film porno. Un attimo prima ha i capelli legati e gli occhialini da professoressa, un attimo dopo i suoi capelli sono sparpagliati lascivamente su un cuscino e gli occhiali chissà sotto quale divano.

Manny entra in bagno e dopo tre secondi Jodine si

dimentica che dovrebbe aspettare il suo ritorno.

Si infila sgomitando tra le coppie che ballano. Tra loro ci sono Emma e Clint, ma lei non li vede.

«Scusate, scusate...» dice, tentando di farsi sentire sopra la musica. Sale in cima alle scale e cerca di contare quanta gente c'è. Uno, due, tre... smettetela di muovervi! Come fa a contarli se continuano a muoversi? Si sente un po' come una regina che supervisiona il suo regno. Chi è tutta questa gente? Guarda! Ci sono Sonny e Cher! E lì c'è un albero! C'è una ragazza con i baffi bianchi e un cartello con scritto *Ho appena bevuto il latte*. Chi sono queste persone così creative? Salute, o popolo! Salute! Agita le mani. Decide di andare a prendere un altro drink... e così *lo* vede.

Il barman più sexy del mondo.

Non è un uomo, pensa. *È Zeus*.

Trova uno sgabello libero e si siede al bar.

Com'è possibile, si chiede, *che la massa di donne single si sia fatta sfuggire questo tesoro nascosto?*

«Ciao» dice.

«Ciao» risponde Zeus. «Cosa ti faccio?»

Ti amo. È sorpresa di notare con quanta facilità le sia venuta in mente la parola *amore*, quando di solito è così restia a usarla. Ma eccola lì, tutta timida e zuccherosa. «Tu cosa mi consigli?»

«Dipende da cosa ti piace.» Le sorride, e lei precipita nei suoi occhi, precipita e precipita e precipita e precipita...

Non riesce più a parlare, non riesce più a fare altro che fissare Zeus negli occhi. Il tempo si è fermato.

Ma Zeus deve andare avanti con il lavoro. Ci sono altri clienti, e aspettano che abbia finito di servire Jodine. «Ti va un Cosmopolitan?» chiede.

Jodine annuisce, in trance. Tre minuti più tardi è ancora in trance quando lui le porge il bicchiere.

«Gran festa, vero?» dice lui.

«Già.» Decide di tentare di impressionarlo. «È la mia festa.»

«Davvero? L'hai organizzata tu?»

«Sì.»

«Impressionante. Buon per te.» Si piega in avanti e appoggia i gomiti al bancone del bar. Ha un odore di alcol e muschio. «Assaggia il Cosmopolitan, dimmi se ti piace.»

Jodine per un attimo si chiede se non abbia bevuto già abbastanza, ma sorseggia il cocktail. «Perfetto» dice.

«Bene. Offre la casa.»

«Sì? Perché?»

«Perché mi va.» Sorride, un sorriso da divinità greca, e si dirige verso un altro cliente.

Arriva Manny dietro di lei e le cinge i fianchi.

Perché la tocca davanti al Conte Zeus? Va' via! Va' via! Per questo non vuole avere un ragazzo... come può Zeus continuare a offrirle da bere se c'è uno sconosciuto che la palpeggia di fronte a tutti?

«Puoi evitare di toccarmi in pubblico, per favore?»

Manny impallidisce, o forse la luce stroboscopica lo colpisce proprio in quell'istante. Chi lo sa? «Va bene, scusa» borbotta. «Vuoi ballare?»

«Okay.» Odia ballare, ma farebbe qualsiasi cosa per evitare che Zeus la veda con un altro uomo.

È mezzanotte, ed ecco una visione panoramica della situazione.

Il locale è stipato. Nessuno sa chi sia tutta questa gente, ma ci sono centinaia di persone.

Il corpo di Emma è schiacciato contro quello di Clint. I loro movimenti sono inadeguati alla musica di *Milli Vanilli* che sta andando al momento.

Manny cerca di schiacciare il proprio corpo contro quello di Jodine. Lei indietreggia e balla da sola, sembra un incrocio tra una ballerina classica con la borsite all'alluce e un ballerino di break dance con l'artrite. Se potesse vedersi da fuori, non ballerebbe mai più.

Allie è ancora alla porta. È lì dalle undici, e si sta seccando perché nessuna delle sue coinquiline è venuta a darle il cambio. Josh è seduto accanto a lei, le tiene compagnia, ma comincia a pensare che sia il caso di andare a vedere cosa fanno i suoi amici, è stato lui a insistere che venissero alla festa. Ma non vuole lasciarla lì da sola.

Monique e Nick sono seduti in una nicchia al piano superiore e sono immersi in una conversazione.

Il barman è sempre incredibilmente sexy.

Alle dodici e mezzo, la misura è colma per Allie. Chi sono le sue due coinquiline per pensare di poterla lasciare lì alla porta per tutta la notte? «Puoi presidiare il forte mentre cerco le ragazze?» chiede a Josh. E dov'è Clint? Come può essere che non sia venuto? Me l'aveva promesso. Perché non è venuto?

Cerca in tutta la stanza. Dove sono? Si infila in pista. Vede Jodine con le mani sopra la testa, intenta a eseguire una sorta di danza della fertilità.

«Jay!» urla. Si morde le labbra e prega di non essere così terribile quando balla.

Jodine non sente.

«Jay!» urla di nuovo.

La sente Manny. «È cotta.»

«Be', è il suo turno alla porta. È un'ora che l'aspetto.»

«Mi spiace, Allie, se ne sarà dimenticata. Non puoi chiamare Emma? Jodine non è in condizione di contare i soldi.»

«Va bene. Dov'è Emma?»

«L'ho vista ballare da qualche parte laggiù» dice, indicando il bagno.

Allie si fa strada nella pista.

Uh-oh, siamo a un potenziale punto di crisi. Sta per imbattersi in Emma e Clint avvinghiati sulla pista da ballo. Inizierà a urlare o qualcosa del genere, farà una scenata, si metterà a piangere e sarà uno di quei momenti incredibilmente imbarazzanti per tutti quanti.

Allie vede Clint in piedi di fianco al bagno degli uomini. Da solo.

«Clint!» squittisce, correndogli incontro.

«Allie» dice Clint, sorridendo. «Ti stavo cercando.»

Allie è troppo emozionata... *è venuto, è venuto, è venuto*... per chiedersi come abbia fatto a non trovarla finora.

Proprio in quel momento, Emma esce dal bagno delle donne. Si guarda intorno, non vede Clint e torna verso la pista da ballo.

Allie allunga la mano e l'afferra per il braccio. «Em» dice. «Eccoti, finalmente.»

Emma si volta e per un momento sembra confusa. «Ciao» dice.

«Em» dice Allie, prendendo la mano di Clint. «Voglio presentarti Clint.»

Merda, pensa Emma. *Merda, merda, merda.*

Clint sorride a Emma. «Oh, ci siamo già...»

«Lieta di conoscerti, Clint» dice Emma, interrompendolo, e allunga la mano. «Io sono la coinquilina di Allie.»

Clint le stringe la mano. «Piacere mio.»

Capitolo 22

Emma si rompe le palle

Emma

«Come hai fatto a non capire che era lui?» mi chiede Jodine, agitando le braccia esasperata. «Quanti Clint vuoi che ci fossero alla festa? La possibilità che ce ne fosse solo uno non ti ha sfiorata minimamente?»

Mette lo schienale della sdraio orizzontale e sospira. Io faccio un tiro dalla sigaretta, seduta sul divano.

Il fatto che non mi abbia ancora detto niente per la sigaretta non promette nulla di buono. Comunque è un bene. Perché non ho nessuna intenzione di alzarmi e continuare con questa sceneggiata del fumo alla finestra. Lo sa che fumo in casa, io so che lei lo sa e lei sa che io so che lei lo sa. Poi, chi cazzo se ne frega se fumo in casa? Sono successe cose molto peggiori. Tipo scoprire che il primo tipo da cui sono veramente attratta da un milione di anni è off-limits.

«No, non ho fatto il collegamento» dico. «Non mi sarebbe mai passato per la testa che l'anima gemella di Allie potesse piacermi così. Cosa avrei dovuto fare? Mettermi un cartello con scritto *Off-limits per le anime gemelle di Allie*? E comunque, non mi è sembrato che l'anima gemella di Allie si sia fatta molti scrupoli.»

«Probabilmente perché l'anima gemella di Allie non sa di esserlo.»

Soffio fuori il fumo. «Cosa ho fatto di così grave, in

fondo? Ho pomiciato con l'anima gemella di Allie.»

Gli occhi di Jodine si fissano sulla sigaretta, sembra che muoia dalla voglia di dire qualcosa, ma che si trattenga. Ha il coraggio di rimproverami perché fumo in casa sapendo del mio tormento interiore?

Evidentemente sì. «Em, devo saperlo, tu apri la finestra quando fumi in casa, vero? So che sei sconvolta adesso, va bene, per oggi lascerò perdere, ma devo sapere. Quando non ci sono, fumi accanto alla finestra o lo fai seduta tranquilla sul divano? Non mi arrabbio, dimmi solo la verità.»

Come ho già detto, la sa già la verità. Allora perché questa farsa della confessione? Scelgo di ignorare la domanda. «Magari uscire con lui le farebbe bene. Voglio dire se *io* uscissi con lui. Potrebbe portarle un beneficio sul lungo periodo. Le risparmierei una vita di dolore.»

«E tu faresti questo sacrificio per lei. Dopotutto, a cosa servono le amiche?» Mi guarda come fossi un vibratore di due taglie più piccolo di quello che c'era scritto sulla scatola. «Scordatelo» dice con un sogghigno. «Ma potresti dirle che ci ha provato con te.»

«Non le dirò assolutamente niente se non posso uscire con lui. A che pro? Dato che comunque la cosa la farebbe soffrire, perché non posso incontrarlo?»

«Perché non puoi. Deve rendersi conto che è uno stronzo per superare la cotta. Come fa ad arrivare a questa conclusione se la persona che ammira di più al mondo ci esce? Se uscissi con lui, manderesti un messaggio al suo inconscio, le diresti che lei non è degna di lui e che tu sei perfetta. Vuoi davvero che ricominci a mangiarsi le dita? Ha bisogno del tuo sostegno. Ha bisogno che tu l'aiuti a vederlo per quello che è.»

«Ha bisogno di un taglio di capelli. Forse è per questo che non gli piace. Magari una sera mentre dorme potremmo tagliarle la treccia. Potrebbe servire.»

Jodine mi ignora. «Le serve il tuo aiuto. E con te non

si arrabbierà. Non sapevi nemmeno chi fosse, anche se non so come sia possibile.» L'ultima parte la borbotta tra sé e sé.

«Davvero non pensi che i suoi capelli siano troppo lunghi?»

«Non possiamo lasciar perdere i capelli, adesso?»

«È come per Romeo e Giulietta. Probabilmente è la mia anima gemella e io non posso scoprirlo.»

«Risparmiami le stronzate. Hai passato due ore a fare *Dirty Dancing* con lui e ora mi vieni a parlare di duplice suicidio?»

«Ma è così figo!»

Jodine scuote la testa. «Non è per niente il mio tipo. Troppo perfettino. Si fa i colpi di sole... mi ricorda il formaggio trattato.»

Lei non mangia il formaggio, nemmeno quello genuino.

Rimette lo schienale a novanta gradi. «A proposito di anime gemelle» dice, «il tuo ex se n'è andato con Monique, ieri sera.»

Monique? «Di cosa parli?»

Sul suo viso si legge chiaramente l'esclamazione *ops*.

«Nick. Sono sicura di averlo visto andar via con Monique, una mia compagna di Legge.»

Aspiro furiosa il fumo, cerco freneticamente un posacenere, non lo trovo e butto il mozzicone in un bicchiere d'acqua. «Cazzo.»

«Quel bicchiere l'ho comprato oggi, sai? Servirebbe per bere.»

«Come osa? Come osa venire alla mia festa e andarsene con la prima troia? Io lo uccido. Non torneremo mai più insieme.»

Jodine mi agita le mani davanti alla faccia, come stesse togliendo una matassa di ragnatele dai miei occhi. «Pronto? Clint? Anima gemella? Ricordi?»

Clint chi? «Che faccio, adesso?»

«Cosa vuol dire *Che faccio, adesso*? Non fai niente. Tu e Nick avete rotto, ricordi? Ti ho sentita dire che non volevi parlare con lui. Non puoi non parlare con lui e pretendere che non esca con altre donne.»

Perché no? «Non posso?»

«No!» Jodine ride.

«Magari voglio tornare con lui.»

«Devi deciderti.»

Accendo un'altra sigaretta.

«Dov'è Allie?» chiede.

«Al lavoro.» *Monique era quella vestita da prostituta.*

«Perché c'è andata così presto?»

Il turno domenicale di Allie comincia alle sei, e sono solo le cinque. «Si è dimenticata di spostare l'orologio. Volevo parlarti a quattr'occhi, perciò non gliel'ho ricordato.» *Nick è andato a casa con una prostituta.*

Jodine ride. «Non posso credere che l'hai lasciata andare al lavoro un'ora prima.»

«Dovevo parlare con te di Clint.» *È andato a casa con una schifosa puttana.*

Jodine sospira e reclina di nuovo lo schienale. «Anch'io volevo parlarti. Ho conosciuto un tizio alla festa.»

Perché parliamo di lei? Ha già un fidanzato. Non dovrebbe incontrare tizi alle feste. «Non sei fidanzata?»

«Manny non è un vero e proprio fidanzato. Ero al bar e...»

«Devo chiamarlo» interrompo Jodine, che non so per quale motivo blatera di mitologia greca. *Come osa andare a casa con un'altra ragazza? Viene alla festa della sua ex e va a casa con un'altra, una prostituta, una schifosa puttana!*

«Devi chiamare chi?»

«Devo chiamare Nick.»

«Nick? Non stavamo parlando di Nick, stavamo parlando del Conte Zeus.»

I suoi problemi non possono aspettare due secondi? I

miei non sono un po' più urgenti al momento? «Perché non gli manco?» dico ad alta voce, più a me stessa che a lei. «Non stavo bene l'altra sera? Mi ha preferito una puttana, ci credi? Cos'è, cieco? Devo chiamarlo. Devo dirgli quanto è stronzo. Devo dirgli che gli manco.» Corro in camera mia e chiudo la porta.

Faccio il suo numero. Squilla due volte.

«Pronto?» risponde.

«Nick.» Grazie a Dio c'è. «Ciao.»

«Emma?»

«Già.»

«Oh, ciao.»

Cosa vuol dire *Oh*? «Devo parlarti.»

«Parlarmi? Adesso?»

«No, ho chiamato adesso ma voglio parlare domani» dico, pentendomi immediatamente. «Sì, adesso» mi correggo, con una voce profonda e rauca che mi auguro riconosca come mia.

«Ora non è il momento.» Il suo tono è duro. Non è la reazione che speravo.

«Perché no?»

«Be'...»

«*Be'* che?»

«Non sono solo.»

Non sono solo? Oh, mio Dio. «È la squillo? È lei? C'è quella puttana a casa tua?» urlo.

«Emma, calmati.» La sua voce è accondiscendente. «Non chiamarla puttana. Si chiama Monique ed è una studentessa di Legge.»

Congratulascopazioni. «Che ci fa, lì?»

«Cazzeggiamo un po'.»

Cazzeggiano? È così che le studentesse di Legge definiscono il sesso? «Voglio parlare con lei» dico. È mio diritto parlare con lei, deve avere il coraggio di affrontarmi frontalmente, non può farmela di nascosto.

«No, non puoi parlare con lei.»

«Perché no?»

«Perché non puoi.» È la seconda volta in due minuti che mi dice che non posso fare qualcosa. «Posso andare, ora?»

Andare? Pensa che gli permetta di mettere giù il telefono e di tornare a *cazzeggiare*? Si sbaglia! «È appena arrivata?»

«Non proprio.»

Oddio. Se l'è scopata. «Te la sei scopata?» La mia voce raggiunge un'ottava da soprano leggero.

«Emma, non sono affari tuoi. Noi ci siamo lasciati da mesi. Dacci un taglio.» *Tuuuu, tuuuu, tuuuu...*

Mi ha sbattuto il telefono in faccia. Mi ha sbattuto il telefono in faccia?

Mi precipito in salotto. «Alzati, usciamo.»

Jodine salta in piedi. «Andiamo al *411*? Pensi che il Conte Zeus sia ancora lì?» chiede, illuminandosi.

Cosa va blaterando? Perché dovremmo ritornare al *411*? «Andiamo a casa di Nick, vieni.»

Jodine si siede. «Non andremo a casa di Nick. Tu sei pazza e io ho mal di testa.»

«Invece ci andiamo. Devo parlargli. Prendi un'aspirina e bevi un bicchiere d'acqua per diluire l'alcol in circolazione. Ho bisogno che venga anche tu. Non posso, non posso davvero rimanere sola, adesso. Non ti chiedo molto, soltanto, per favore, di venire con me.»

«Perché chiudi gli occhi quando parli?»

«Chiudo gli occhi?» Di cosa cazzo parla?

«Sì, solo quando sei incazzata.»

«Chi se ne frega? Andiamo.»

«Va bene» dice, senza muoversi.

«Che c'è?»

«Niente» risponde. «È solo che...»

«Cosa? Cosa?»

«I tuoi occhi» dice timorosa. «Sono lacrime quelle?»

Pronto? Sono un essere umano. Ho dei sentimenti.

Cosa che non posso dire di quel pezzo di merda che mi ha lasciata per una puttana del cazzo. Come può un uomo fare questo alla sua anima gemella?

«Emma, puoi rallentare? Mi fai paura.»

Svolto a destra sulla Ellington Avenue, quindi di colpo a sinistra, nella sua via.

«Hai mai ricevuto multe per eccesso di velocità?»

«Parecchie.»

«Non chiudere gli occhi mentre guidi.»

«Mi dispiace, ma cerco di pensare e tu continui a parlare.» Parcheggio due case prima del suo appartamento a due piani.

«Vive qui da solo? Come fa a permetterselo?»

«Paga il padre.»

Spengo il motore. Fissiamo la casa. Eccoci qui. Che faccio adesso? «Devo suonare il campanello e urlargli di tutto?» chiedo a Jodine.

Ci pensa e scuote la testa. «Faresti una figura pietosa.»

«Voglio vendetta. Potrei rigargli la macchina con la chiave.»

«Se ti scoprono poi devi pagare i danni.»

Cosa ci faccio qui? Sono impazzita? Ho bisogno di fumare. Perché non ho un po' di hashish?

Mi si accende la lampadina: un'idea geniale. «Aspettami qui.» Scendo dalla macchina e chiudo lo sportello prima che Jodine possa chiedermi cosa voglio fare. Vado all'entrata posteriore della villetta. Il lucchetto del cancello è rotto, come ricordavo.

Entro nel giardino e mi trovo davanti il suo tesoro. Ah, il dolce sapore della vendetta. È un bene che l'autunno sia stato così caldo, altrimenti l'avrebbe spostata in casa.

«Andiamo» dico, tornando in macchina.

«Dove?» mi chiede timidamente.

«Vedrai. Penso che ci sia un ferramenta aperto ventiquattr'ore su ventiquattro in fondo all'isolato.»

«Un ferramenta? E che ce ne facciamo di un ferramenta?»

Scoppio a ridere senza ritegno. «Vedrai» dico.

Parcheggio davanti al negozio. «Lascio la macchina in moto, non andare da nessuna parte.»

«Dove dovrei andare?»

Corro nel negozio. «Salve!» dico al commesso. Indossa un grembiule e un cappello da baseball.

«Posso aiutarti, bambola?»

Puoi, caro. «Un'accetta, per favore.»

«Un'accetta?» Mi guarda sorpreso. Le bambole non comprano mai accette? Alza le spalle e va a prenderne una non molto grande.

«Me la può incartare, per favore?»

Lega un sacchetto di plastica attorno al manico. Ora sembra un'accetta con una bendatura.

«Tutto qui?»

«Se vuoi la carta colorata e i nastrini vai da *Gap.*»

Sfilo il sacchetto e lo avvolgo attorno alla lama. Ora sembra un enorme lecca lecca.

Torno in macchina.

«Cosa c'è nel sacchetto?» mi chiede Jodine.

«Vedrai.» Ingrano la retromarcia e torno a casa di Nick lo stronzo. Mi fermo di nuovo a due case dalla sua villetta e spengo il motore.

«Peccato che non siamo più vestite da Charlie's Angels» dice. «Ti aspetto in macchina?»

«No, ho bisogno del tuo aiuto. Seguimi e zitta.»

«Allora, che facciamo? Gli pisciamo nel giardino? Cosa c'è nel sacchetto, carta igienica?»

Indico la pianta nascosta dietro la staccionata. «La vedi quella?»

«La pianta? La vuoi avvolgere nella carta igienica?»

«Bambina, quella pianta sta per cadere.» Sguaino

l'accetta e sogghigno. «È la vendetta ideale. Ama quella pianta.»

Jodine sussulta. «Cos'è quella? Di cosa parli? Non possiamo tagliare la pianta. Perché dovremmo farlo?»

«Non è una pianta qualsiasi» ridacchio. «È marijuana.»

Jodine spalanca la bocca, sconvolta. «Noi... lui... è...»

«Chiudi il becco. Ti comporti come se non ne avessi mai vista una, prima.»

«Non tutti abbiamo avuto una vita vivace come la tua» sibila. «Come fa a far crescere qui questa roba? E quelli del piano di sopra? Non è un problema per loro?»

«Non essere ridicola, Jodine. Hanno centottanta anni. Non hanno idea... non fumano l'erba. Ora, preparati a prenderla, inizio a farla a pezzi.»

«Prenderla? Ma... ma...»

«Zitta. Prendila e basta.»

Si accende una luce nel bagno al primo piano.

Raggelo. Vedo chiaramente la faccia di Nick lo stronzo.

«Non può vederci» sussurra Jodine. «È troppo buio, qua fuori.»

«Lo so, ma lo sai cosa sta facendo vero? Sta pisciando dopo aver fatto sesso. Non posso credere che lo abbia fatto di nuovo, soprattutto dopo aver parlato con me.»

«Scopatore.»

Nick lo stronzo si infila un dito nel naso.

«Non ridere» sussurro, ridacchiando. «Shhh!»

Spegne la luce, e io ritorno al lavoro. Ancora qualche colpo e la pianta comincerà a cadere. «Albero!»

«Ce l'ho, andiamo.» Solleva la parte anteriore, io prendo la posteriore. «Potrei essere radiata per questo» dice, aprendo il cancello con un calcio.

«Non sei ancora iscritta all'albo, non possono radiarti. E, comunque, se dovessero radiarti, potresti sempre metterti a spacciare.»

«Troppo lavoro manuale.»

«Già, ma pensa ai vantaggi.» Mi fermo e indico in fondo alla strada. «Vado a prendere la macchina. Aspettami.»

Spalanca gli occhi. «Non puoi lasciarmi qui con questo coso.»

«Ci metterò due minuti. Se arriva qualcuno, fai finta che sia un albero di Natale.»

Salto in macchina, metto in moto e corro verso di lei con lo sportello aperto.

Cerchiamo di infilare la pianta sul sedile posteriore, ma un quarto sbuca da dietro.

«Facciamola uscire dal finestrino» suggerisco.

«Sei rincoglionita? È vietato circolare con un carico sporgente. E se ci fermano?»

«Hai qualche altra idea?»

Gira la pianta, mette la parte tagliata sul sedile posteriore e appoggia la parte con le foglie sul cruscotto. «Ecco fatto!»

Perché non ci ho pensato io?

«Dov'è l'accetta?» dice.

«Non ce l'hai tu?»

«Perché dovrei averla io? È la tua accetta. Io sono solo venuta a farti compagnia.»

Comincia a rompere. «Non direi. Ormai sei mia complice.»

«Dobbiamo tornare a prenderla. Ci sono le nostre impronte.»

«Ragiona, Jodine, pensi che Nick lo stronzo chiamerà la polizia e dirà *Salve, agente, qualcuno mi ha rubato una pianta di marijuana*? Abbiamo commesso il delitto perfetto. E comunque non abbiamo tempo di tornare indietro. Dobbiamo fare un'altra sosta.»

«Che c'è ancora?»

«Dobbiamo comprare un po' di roba.»

Ci fermiamo davanti a un negozio. «Io aspetto qui.

Entra e prendi una confezione di sacchetti della spazzatura per coprire la pianta.»
«Va bene.» Apre lo sportello.
«Ancora una cosa.»
«Cosa?»
«Prendi delle cartine.»
«Cartine? Perché?»
«Per rollare, che altro?»
«Come faccio a riconoscerle?»
«Chiedile e basta.»
«Non è illegale? Non scopriranno subito perché le compro?»
«Se dovessero chiedertelo, cosa che non faranno visto che ne vendono un milione al giorno, digli che ti fai le sigarette.»
Jodine sembra sul punto di avere un attacco di cuore.
«Muoviti. Più restiamo qui a chiacchierare con una pianta di marijuana di due metri appoggiata sul cruscotto, più rischiamo di essere beccate.»
Tre minuti dopo, Jodine torna di corsa in macchina. «Non posso credere quanto sia stato facile.»
Torno in strada.
«Puoi rallentare ora, per favore?» dice Jodine. «Farsi fermare adesso per eccesso di velocità sarebbe veramente un casino.»
Incrocio le dita, sperando che l'agente sia maschio.

Capitolo 23

Allie riflette sul proprio futuro

Allie

«Certo, mi piacerebbe donare cinquanta dollari per l'acquisto di un libro per la biblioteca» dice la signora Connington.

«Magnifico!» Grandiosa! È il terzo oggi. Sono il mago del telemarketing.

«Penso che la nipote di mia nuora abbia scritto un saggio sulle balene. Posso comprare quel libro?»

Non sempre i miei interlocutori capiscono che si tratta di un acquisto virtuale. Mi sistemo le cuffie sulla testa. «Non posso garantire che la biblioteca comprerà questo volume, ma senza dubbio lo segnalerò.»

A volte le persone che chiamo sono molto gentili. È triste che ciò mi sorprenda. Penso che sia perché altri sono sgarbati. Non so perché si comportino così, io non sbatterei mai il telefono in faccia a una ragazza che mi chiama per un'intervista telefonica. Nemmeno se vendesse coltelli da carne. (A dire il vero, adesso avremmo bisogno di quei coltelli, e anche di forchette e cucchiai. Pronto? Televenditori? Chiamateci!) Anche se so dal principio che non comprerei niente, non sarei mai scortese. Qualcuno si guadagna la vita, con questo lavoro.

«Pronto, cara?» La signora Connington interrompe le mie riflessioni.

Ops. Dov'ero rimasta? Giusto. «Preferisce effettuare

la donazione con Visa o MasterCard?»

Non è una mossa intelligente? Sul computer c'è scritto *Preferisce effettuare la donazione con carta di credito o con assegno bancario?* Ma io ho imparato che di solito la gente sceglie di pagare con assegno, e la metà di quelli che offrono un assegno, quando ricevono la fattura, si tirano indietro. Con la carta di credito non ci sono scappatoie. Furba, no? Ho dimenticato di dire che abbiamo un bonus di cinque dollari per ogni donazione con carta di credito che otteniamo.

Mi chiamano la regina delle carte di credito. Di solito. Ma stasera ne ho piazzate solo due. In genere ottengo sei o sette bonus. Se a ogni turno non riuscissi a far pagare un certo numero di persone con la carta di credito, non ci arriverei con l'affitto. Per di più ho cinque turni alla settimana, ma se in un turno non procuro almeno tre donazioni, perdo il posto. In tal caso potrei scordarmi di avere una casa in affitto.

Non avrei mai pensato di finire a contare i centesimi per arrivare alla fine del mese. Credevo che subito dopo il college avrei trovato un lavoro che mi avrebbe permesso di vestire alla Allie McBeal, di avere cartelline di pelle e cassetti pieni di penne d'oro con le mie iniziali.

Il telemarketing non è un lavoro, è un passatempo. Uno spot pubblicitario nella sit-com della vita. È cominciato come un lavoretto estivo... e siamo a novembre.

Domani inizio a cercare un nuovo lavoro. Devo trovare la mia strada, o sarò costretta a tornare dai miei.

Mia madre dirige una casa di cura e mi ha offerto un lavoro. Adoro le case di cura, davvero, ma adoro anche Clint. E se dovessi tornare a Belleville, che speranze ci sarebbero che le nostre strade si incrocino di nuovo?

Non voglio correre rischi. Darò al fato ancora due mesi. Se entro dicembre non succederà niente, vorrà dire che Clint e io non eravamo destinati l'uno all'altra. Un attimo... facciamo la fine di febbraio. Devo dare a

Clint il tempo di capire e di trovare il coraggio di parlarmi. Anzi, facciamo la fine di marzo, tanto non posso fare il trasloco in pieno inverno. Il 21 marzo. Il primo giorno di primavera. O capirà per allora di amarmi, o mi avrà persa per sempre.

La signora Connington esita. Ho il terrore che abbia cambiato idea. «Visa» dice, e io butto fuori l'aria.

«Quella cos'è?»

C'è un arbusto di due metri accanto alla nostra TV. Jodine è paralizzata sulla sedia a sdraio. Fissa Emma che taglia alcune foglie.

«È una pianta di marijuana» mi spiega.

Cosa? «È troppo grande.» Enorme, addirittura. Sembra quasi che possa sfondare il soffitto.

Emma alza le spalle. «Crescono molto.»

Butto la borsa e il cappotto sul divano. «Ma cosa ci fa nel nostro salotto?»

«Abbiamo un'idea.»

«Un'idea? Che idea?» chiedo.

Jodine scuote la testa con decisione. «Non se ne parla. È il piano peggiore che abbia mai sentito. Bocciato.»

Di cosa stanno parlando? «Che piano? Perché è il peggiore? Di che parlate?»

«Ma potremmo fare una fortuna» insiste Emma.

Pronto. Prontoooooo! Indosso il mantello dell'uomo invisibile? «In che modo potremmo fare una fortuna? Qualcuno può rispondermi, per favore?»

Jodine scuote la testa, senza guardarmi. Evidentemente il mantello dell'uomo invisibile riesce anche ad attutire i suoni. Ma posso sconfiggerlo.

«QUALCUNO PUÒ DIRMI COSA STA SUCCEDENDO? PERCHÉ C'È UNA PIANTA DI MARIJUANA IN SALOTTO E DI COSA STATE PARLANDO?»

Emma e Jodine mi guardano sorprese.

Oh, così va meglio.

«Rilassati» mi dice Jodine.

Lei mi dice di rilassarmi? Va bene, mi rilasso. Incrocio le braccia. Visto? Sono rilassata. Aspetto che mi aggiornino.

Emma torna alla sua potatura. «Siamo andate nel giardino di Nick lo stronzo» dice, «e gli abbiamo fregato la pianta. E ora io propongo di vendere questa roba per ripagare la cucina.»

Jodine ricomincia a scuotere la testa. «No, non voglio diventare una spacciatrice.»

«Non diventeresti una spacciatrice. Sarebbe come un baratto. Un po' di *gangia* per una cucina nuova.»

«No» ripete Jodine.

Anche se ho deciso di reinserirmi sul mercato del lavoro, lo spaccio di droga non è proprio quello che avevo in mente. Ho fumato un paio di volte con Clint (tre volte, per la verità), ma non avevo mai visto *la pianta*. Non avevo nemmeno mai visto le foglie. Tutte e tre le volte qualcuno ha tirato fuori una canna e io ho fatto un paio di tiri perché... perché lo facevano tutti.

Si può finire in un mare di guai a vendere quella roba. E se la vendessimo solo a chi dichiara di non mandarla giù? Se Emma dice che è una buona idea...

Un momento. Rebecca qualche mese fa mi ha detto che Thomas Modcin, il ragazzo seduto dietro di noi a Geografia, è stato arrestato ed è finito in prigione perché vendeva droga. E che sua madre era così disperata che ora si veste di nero e non fa che piangere. E che suo padre era talmente affranto da non riuscire più a concentrarsi in sala operatoria (fa il chirurgo); ha ucciso un paziente durante una banale operazione, e ora è indagato per omicidio colposo.

Forse non è una grande idea. «Sono d'accordo con te, Jodine.»

«Davvero?» Jodine spalanca gli occhi per lo stupore. «Se Allie è d'accordo con me, la tua deve essere la peggiore idea mai concepita da mente umana. Lei ti dà sempre ragione» dice, rivolta a Emma.

«Non è vero» dico.

«È vero, mi dai sempre ragione.»

«Hai ragione.»

Squilla il telefono, ma nessuna di noi si muove.

«Se è Nick lo stronzo, ditegli che sono emigrata in Australia» dice Emma.

Emma e Jodine rimangono inchiodate dove sono.

Immagino di dover rispondere io. Non so perché, visto che probabilmente sarà Manny, e in tal caso Jodine mi guarderà storto perché ho detto *Pronto*.

Il display dice *Clint*. È Clint. Fantastico! «Ciao» dico.

«Oh... Allie... Ciao. Pensavo che fossi al lavoro.»

«Sono appena tornata. Che c'è?»

«Niente di che. Uhm... che fai?»

«Sono qui con Emma e Jodine.»

«Siete tutte e tre lì?»

«Sì.»

«Pensavo di fare un salto.»

Qui? «Grandioso.» Devo farmi la doccia. Devo cambiarmi. Devo pulire la stanza. «Vieni quando vuoi.»

«Okay. Grazie.»

Grazie? Mi ringrazia? «Quando pensi di venire?»

Emma smette di potare, si volta verso di me e chiede a mezza voce: «Chi è?».

«Clint» le rispondo. E alzo i pollici.

«Tra... mezz'ora?»

Solo trenta minuti? No, no! Ho bisogno di più tempo. Penso al letto disfatto, ai vestiti sparsi nella stanza. «Grandioso» dico. «Ci vediamo, allora.»

Riattacco e salto su e giù. «Viene qui! Ci credete? Finalmente ha capito che la donna dei suoi sogni vive qui, in questa casa.»

«Allie» dice Jodine scuotendo la testa. «Penso che tu abbia proprio ragione.»

Capitolo 24

L'epifania sintetica di Jodine

Jodine

«Ho il culone con questi jeans?»

Se Allie mi chiede ancora una volta come sta, la uccido. «Ti fanno un bel sedere, come le altre due paia che avevi prima.»

La verità è che il suo sedere è sempre uguale, a prescindere dai pantaloni: è un culone. Ma se si dice una cosa del genere alla propria coinquilina, si rischia di causarle gravi disordini alimentari.

«Grazie» dice, tutta allegra. «Ma con quali sto meglio?»

«Questi.» Non voglio vederla provare un altro paio.

«Em, tu che ne pensi?»

Emma alza gli occhi dalla potatura. «Decisamente questi.» Posa le cesoie. «Penso che mi farò una doccia veloce.»

Evita il mio sguardo e va in bagno.

Venti minuti dopo, arriva Clint.

Allie salta in piedi e apre la porta.

«Ciao, Al» dice, togliendosi le scarpe. I jeans e la maglietta nera attillata sono un po' troppo ricercati perché abbia fatto un salto da noi così come si trovava a casa. Sembra pronto per la disco. Cos'ha in testa? Si è messo un tubetto di gel?

«Ciao, Clint» dico. «Lieta di rivederti.» Ci siamo conosciuti alla festa, ma, a differenza di Emma, io non l'ho molestato.

Guarda la cucina. «Merda, che disastro. Quand'è che finirete di metterla a posto?»

«Abbiamo raccolto poco più di duemila dollari con la festa» dice Allie. «Siamo a un quinto di quello che ci serve.»

Si siede sul divano e si guarda attorno, immagino in cerca della terza coinquilina.

«Sei stato gentile a venire a trovarci» dico. «Che sorpresa.» Dalla mia voce si deve dedurre che sono a conoscenza della sua tresca, perché arrossisce leggermente e sghignazza.

«Be'... E tu come stai? Hai i postumi?»

«Per niente.» Chi ha detto a Don Giovanni che ieri sera ho bevuto troppo? «Ti sei divertito alla festa?» Se lui ha il diritto di provocarmi, allora io posso reagire.

«Mi sono divertito, sì.» Perlustra la stanza. «Siete solo voi due? Dov'è il terzo angelo?»

«Sono qui» dice Emma, eseguendo il suo più che collaudato ingresso da star di Hollywood. Ha i pantaloni neri aderenti, un top scollato e si è messa il rossetto.

Andiamo, Emma. Avresti potuto almeno concedere a Allie il primo colpo.

«Ciao» dice Clint, immaginandola senza i suddetti pantaloni e il suddetto top.

Allie è ancora troppo presa a saltare di gioia per notare dove si posa lo sguardo di Clint.

«Ciao, Clint» dice Emma, avanzando lentamente verso di noi.

Interessante. Dove si siederà? Sulla sdraio ci sono io, e sul divano si sta comodi in due e stretti in tre. Clint è seduto sul divano a destra. Emma avrà l'audacia di sedersi nel posto centrale?

No, prende la sedia del computer e la mette accanto a me, di fronte al divano.

Cosa succede? Concede a Allie di stare più vicina senza lottare? Che strategia è? Che abbia deciso di comportarsi da amica e lasciar perdere? Improbabile. Deve avere in mente un altro piano che non riesco a intuire.

Clint segue i movimenti di Emma e non può non accorgersi della pianta di marijuana a sinistra del televisore. «Perché tenete una pianta di marijuana in salotto?»

Allie si siede sul divano... a sinistra. Andiamo, Allie, potevi sederti nel posto in mezzo.

«Nella mia stanza non ci stava» dice Emma.

Clint la guarda, indeciso.

«È un regalo.»

Allie sembra confusa, ma rimane in silenzio.

«Questo sì che è un regalo» dice Clint. «Lo condividi con gli altri?»

«Ovviamente» dice Emma.

Parlano di fumarsi la pianta, e la cosa non mi eccita. La fumeranno qui? Ora? Il mal di testa sta finalmente cominciando a diminuire e mi rendo conto di essere stata complice in un crimine. I negozi registrano le persone che comprano le cartine? C'era una telecamera? In futuro sarò perseguita per questo reato?

Allie spalanca gli occhi. «Fumiamo adesso?»

«Perché no?» chiede Emma.

Perché è illegale. Perché Janet sentirà l'odore e chiamerà la polizia. Perché saremo sbattute in prigione e io dovrò condividere una cella con loro due per il resto dei miei giorni.

Emma prende una foglia e la studia. «Sono troppo umide. Dobbiamo farle seccare.»

«Come si fa?» chiede Clint.

«Un mio amico le metteva in forno.»

Un amico? Chi, Emma? «Peccato che noi non abbiamo il forno» dico. «Oh, be', niente droga stasera.»

Guarda il microonde. «Proviamo con quello.» Prende

un tovagliolo di carta, ci frantuma sopra un paio di foglie e mette il tutto nel microonde.

«Non posso crederci» dico. «Ma se proprio devi farlo, allora fallo bene. È una pianta ermafrodita. Usa i fiori in alto. Sono la parte femminile, lì il principio attivo è più forte.»

Emma mi guarda con più rispetto.

«Ho scritto una tesina sulla marijuana per un esame» dico.

«Tu fumi?» mi chiede Allie.

Si sono fatte di crack? «No, non fumo. Non ho mai fumato e non intendo iniziare adesso.»

Emma ride. «Bacchettona.» Il microonde suona. Emma apre lo sportello e tasta la marijuana. «Sembra buona. E ha anche un buon odore. Chi vuole rollare?»

«Faccio io» dice Clint. «Avete le cartine?»

«Le ha Jodine» dice Emma.

Clint e Allie sono increduli.

«Mi avete scoperta, sì, sono una tossica. Di giorno studio Legge, di notte mi fumo di tutto.»

«E nei weekend bevi come una spugna» aggiunge Clint.

«Perché non me l'hai mai detto?» chiede Allie.

Pronto? Terra chiama Allie. «Scherzo, Allie. E tu? Hai intenzione di fumare?» Non che le farebbe male. A volte penso che sia sempre fumata.

Allie guarda Clint ed Emma. «Certo, perché non dovrei?»

Forse se pensassi con la tua testa e non facessi sempre quello che fanno gli altri...

Dieci minuti più tardi, dopo che sono riuscita a convincerli ad andare a fumare vicino alla finestra, Allie dice: «La sento già». Ridacchia e passa la canna a Emma, che ignora la finestra e soffia il fumo nella mia direzione.

Come fa Allie a sentirla? Ha tirato mezzo secondo fa.

«L'hai bagnata tutta, Allie» la rimprovera Emma. «Non devi sbausciare.»

«Scusate. È che mi sento così rilassata. Dovresti provare, Jay.»

Perché? Perché lo dice Allie? Perché qualcuno mi dice di farlo?

«Non c'è problema» dice Emma, soffiandomi di nuovo il fumo in faccia. «Se non vuoi farlo, non ti forzeremo.»

Lo so che dice così perché pensa di convincermi a provare.

«Mi stupisce che tu non abbia mai provato» insiste, e mi soffia ancora il fumo addosso. «La gente come te di solito adora questa roba.»

«Chi sarebbe la gente come me?»

«Quelli che hanno problemi a rilassarsi, che soffrono di stress, un po' tirati.»

Tirati? Io non sono tirata. «Io non tiro» dico. Ho detto *io non tiro*? Perché l'ho detto? Cosa c'entra adesso?

Emma e Allie si sorridono.

«Non avete capito.»

«Va bene» dice Emma. «Non sei tenuta a spiegarci niente.»

«Io non tiro. Io non ti-ro. Ti-ro-ri-ti-ro-rà.» Ridacchio. Perché ridacchio? Io non ridacchio mai. «Passa quella roba.»

«Cosa vuoi?» chiede Emma. «Lo spino?»

Allie ridacchia a sua volta. «Lo spino? Che parola è *spino*? È la più divertente che abbia mai sentito. Dilla ancora.»

«Spino» dice seria Emma, e Allie ridacchia sempre di più.

«Sì» dico. «Lo spino. Perché Allie ride?»

Ora ride anche Clint.

Non mi sembra così divertente. O lo è?

Emma mi passa lo spino. «Non devi dimostrarci niente.»

«Io non voglio dimostrare niente a nessuno. È evidente che stare qui a respirare il vostro fumo mi fa andare fuori di testa, perciò tanto vale che faccia quest'esperienza.»

Abbandono il mio posto sulla sdraio e mi unisco agli altri alla finestra. Prendo lo spinello dalle dita di Allie e aspiro. «Non sento niente.» Aspiro ancora. E ancora. E ancora.

«Non essere egoista. Ora devi passarlo a Clint.»

Passarlo? Ma se l'ho appena avuto. «Ho notato che tu hai fatto tre tiri lunghi, ma chi li conta?» Non ha senso. Perché sprecare tempo a passare lo spinello? «Perché non ne facciamo quattro piccoli invece che uno solo grande da fumare insieme?»

«Perché fumare è un rito collettivo» mi spiega Emma.

Clint ride ancora ed Emma si unisce a lui.

Qualche minuto dopo mi torna lo spinello. Finalmente. Aspiro il più possibile, allo scopo di sfruttare bene il mio turno. Lo passo a Allie.

«È troppo corto, così mi brucio le labbra.»

«Qualcuno vuole la *stangata*?» chiede Clint, guardando Emma.

«Non credo» dice Allie confusa. Non ha idea di cosa sia la *stangata*.

«Io» dice Emma.

Clint si mette il mozzicone dello spinello in bocca, rovesciato. Emma avvicina le labbra a un millimetro dalle sue e aspira il fumo che Clint soffia fuori dal filtro. Cosa fanno? Hanno intenzione di pomiciare davanti a Allie?

«Ne voglio una anch'io! Ne voglio una anch'io!» urla Allie.

Clint ed Emma rimangono inchiodati in quella posizione per qualche secondo. Alla fine Emma indietreggia, Allie prende il suo posto e aspira il fumo dalle labbra di Clint.

Cos'è? Un'orgia? Ho bisogno di sedermi.
Clint crolla sul divano e Allie lo segue. «Guardiamo i *Seinfeld*» dice.
«Buona idea.» Emma accende il televisore e si siede casualmente in mezzo a Allie e Clint. «Non vedevo da dov'ero seduta prima. Da qui è molto meglio. Allie, puoi scivolare un po'?»
Inizio a ridere senza ritegno.

Due ore e due sacchetti di patatine all'aceto dopo, Clint se ne va e noi tre rimaniamo distese in stato comatoso. Io sulla sdraio, loro sul divano.
Sono un maiale.
Domani salto tutte le lezioni e passo la giornata sullo step. Ora ho bisogno di qualcosa di dolce. «Abbiamo qualcosa di dolce?»
«Ho una banana» dice Emma.
«Una banana? La banana non è una schifezza.» Ho bisogno di qualcosa di peccaminoso. E cioè di qualcosa che fa ingrassare.
«Ho io lo snack ideale» dice Allie. «Preparo i panini alla gelatina.» Prende delle gelatine di frutta e tre biscotti ripieni al cioccolato. Apre i biscotti e infila tre gelatine in ognuno. Prima di servirli li infila nel microonde.
Cosa? Solo un panino alla gelatina ciascuno?
Fissiamo in silenzio il microonde. Le gelatine si espandono.
Ancora venti secondi.
«Penso che siano pronte.»
«Quasi» dice Allie.
Ancora dieci secondi.
«Basta così» dico. «Spegni.»
«Quasi» ripete.
Le gelatine esplodono e si spiaccicano sulle pareti del forno.

«Ops» dice Allie, tirando fuori una massa zuccherosa. «Sono ancora buone.»

Ne prendo una e immergo un dito nel cioccolato fuso. È buono. Ha un retrogusto di marijuana.

«Pensavo che mi baciasse quando mi ha fatto la stangata» dice Allie.

Decido di ignorare l'argomento e di concentrarmi sul cibo che mi sto leccando dalle dita.

Emma ha un altro punto di vista. «Davvero? Cosa te l'ha fatto pensare?»

Perché le parla così? Cos'ha? Perché deve essere competitiva? Ha bisogno di un aiuto psicologico.

Allie ha lo sguardo trasognato. «Una scintilla nei suoi occhi.»

Mi trattengo dal dire che era un riflesso delle tette di Emma.

«Sei ancora sicura che sia la tua anima gemella?»

Perché deve torturare quella povera ragazza? Prova un piacere perverso a prendersi ciò che le altre vogliono?

«Sì.» Allie annuisce. «Sono sicura. È bellissimo, intelligente, carino, affettuoso...»

Farebbe meglio a tacere. Dire all'amante del tuo uomo quanto lui è favoloso di solito non dà buoni risultati.

Emma annuisce. «E sei sicura che sia quello giusto? Anche se non siete mai andati a letto insieme?»

È molto doloroso ascoltarle.

«Sì» risponde Allie, ancora nel paese delle meraviglie. «Cosa c'entra il sesso con la nostra storia?»

«Scherzi? E se fosse uno schifo a letto?»

Allie liquida l'idea con un gesto. «Certe cose si possono imparare.»

Emma scuote la testa, incredula. «È evidente che non hai mai dovuto scopare con un inetto.»

«Io...» Allie sembra sul punto di dire qualcosa. «Mai.»

Emma socchiude gli occhi. «Con quanti uomini sei andata a letto?»

«E tu?»

«Molti» risponde Emma.

«Quanti sono *molti*, per te?» chiedo. Se si arriva a due cifre si è stati a letto con molti uomini? Dieci sono molti. Fino a nove sei una ragazza carina con un buon rapporto con la tua sessualità. Ma dopo i dieci... diventi una sgualdrina.

Emma mi guarda divertita. «E qual è il tuo numero magico?»

«Te lo dico se tu mi dici il tuo.»

«Va bene.»

Mi viene una brillante idea. «Ognuna di noi scrive il numero e vediamo se le altre indovinano quale numero appartiene a chi.»

«Divertente! Allie, vai a prendere carta e penna.»

Allie, è ovvio, fa quello che le è stato detto.

«Dobbiamo scrivere solo il numero o anche i nomi?» chiedo.

«Oh, divertente!» dice Emma. «Lasciamo stare di indovinare. Scriviamo i nomi. È un gioco di memoria.» Inizia a scribacchiare.

Va bene. Vediamo, ci sono Will, Jonah e Manny. Non posso dimenticare Benjamin e Manny. Un momento, Manny l'ho già contato.

Ecco qui. Abbastanza patetico. Solo quattro? Penso che cinque sia un bel numero tondo. Ho bisogno di un altro nome. Il Conte Zeus, forse? Posso iniziare una lista di desideri?

«Posso avere un altro foglio?» dice Emma.

Cosa?

Allie le porge un altro foglio. Si tiene il suo premuto contro il petto.

«Se è stato solo una volta ed è durato meno di un minuto, vale?» chiede Emma mentre scrive.

«Penso di sì» rispondo.

«Davvero? Abbiamo usato il preservativo e non ho sentito niente. Devo davvero metterlo nella mia lista per sempre?»

«Sì» rispondiamo Allie e io in coro.

Emma scrive ancora per qualche secondo, quindi posa il foglio. «Okay. Fatto. Se non me li sono ricordati entro cinque minuti, vuol dire che non erano così memorabili e non meritano di stare nella lista. Allie, vai tu per prima.»

Allie sembra sul punto di piangere. «Vale se quando è successo eravamo in due stanze diverse?»

Non oso neanche chiederle cosa intende. «No, Allie, è una cosa che va fatta insieme.»

Alza il foglio. È completamente bianco. «Non l'ho mai... non l'ho mai fatto.»

Cosa? Non ha mai fatto sesso? Mai? Nemmeno per un secondo? È arrossita, perciò decido di fingere indifferenza. Inspiro profondamente. «Davvero?» Brava, ben fatto, un tono calmo.

Emma comincia a ridere. «Che cazzo dici? Sei vergine?»

Che tatto, Emma.

Allie diventa ancora più rossa.

«Merda» dice Emma, isterica. «È da pazzi.»

«Non è da pazzi» intervengo. «Molte donne scelgono di aspettare il matrimonio.» Il che è assurdo. Se non fai sesso prima di sposarti, quando lo fai?

«Io non sto aspettando di sposarmi» dice Allie. «È solo che non ho ancora trovato nessuno con cui farlo.»

«Dobbiamo aiutarti» dice Emma, annuendo convinta.

Potremmo cominciare togliendo gli occhi di dosso dall'unico uomo con cui al momento potrebbe farlo, Emma cara. «Quanta gente c'è sulla tua lista?» chiedo.

«Ventisette.»

«Ventisette?» urliamo Allie e io all'unisono.

«Non sono poi tanti se pensate che sono sessualmente attiva da quando avevo quindici anni. Sono dieci anni. Due ragazzi virgola sette all'anno.»

«Hai perso la verginità a quindici anni?» chiede Allie.

«Già, allora? Non ero così giovane. Tutte le mie amiche lo facevano già.»

Ventisette?

«Io a quindici anni non avevo ancora dato nemmeno il primo bacio» dice Allie.

Ventisette.

«A Montreal si cresce più in fretta. Jodine? Tu?»

«Io?» Alzo il mio foglio. «Niente di interessante. Ho perso la verginità a diciotto anni e sono stata con quattro uomini in tutto.»

Emma alza gli occhi al cielo. «Mi aspettavo qualcosa di più da te. Che noia.»

Ventisette?

«Secondo te perché sei andata a letto con così tanti uomini?» le chiedo.

«Perché? Non lo so.»

«Provavi qualcosa per tutti loro?»

«No.»

«Eri semplicemente attratta?»

Ci pensa per un momento. «No, la maggior parte di loro non mi attraeva affatto.»

Allie sembra confusa. «Non capisco. Ti piace il sesso e basta?»

«Non in modo particolare. A parte con Nick lo stronzo, con lui è... yum!»

«Sei stata a letto con ventisette uomini diversi e non ti piace nemmeno il sesso?» chiedo. «Perché l'hai fatto?»

«Non lo so. Quando ero più giovane, mi faceva paura darmi intellettualmente. Il sesso era più semplice. Non dovevi fare niente.»

«Ma così gli uomini non venivano a letto con te perché gli piacevi, solo perché girava voce che ci stavi» dico.

«Non è vero. Dopo essere stati a letto con me, arrivavano a conoscermi, si rendevano conto della mia grandezza e mi amavano per quello che sono.»

«Penso che tu abbia dei problemi di eccessiva autostima.»

«Sono d'accordo» dice Allie. Che succede? Allie comincia a pensare che Emma non sia la donna ideale? «Io penso che da quando tuo padre se ne è andato, tu abbia cercato l'attenzione degli uomini, ed è per questo che hai scelto di vivere così» dice.

Emma la guarda attonita.

Io la guardo timorosa. «È una considerazione profonda» dico. «Ha senso.»

Allie alza le spalle. «È un caso da manuale.»

Ma Emma scuote la testa. «Non è per questo che vado a letto con chi capita» dice.

Allie e io rimaniamo entrambe in silenzio.

«Non è per questo.»

Aspettiamo.

«È per questo?» chiede Emma, e comincia a ridere. «Vedete? Vi ho detto che mio padre mi ha incasinato la vita. Bastardo. Allora, dottoressa Allie, ci dica perché Jodine è messa così male con gli uomini.»

Io? «Io non sono messa male con gli uomini.»

Emma e Allie ridacchiano.

«Non sono messa male.»

«Sei una merda con Manny, e anche con noi, di solito; secondo me hai paura di sentirti troppo vicina alle persone.»

Di cosa parla? Io non ho paura delle relazioni intime.

Allie mi guarda in faccia, studiandomi. «Sei stata ferita quando eri più giovane? Qualcuno ti ha spezzato il cuore?»

Non sono mai stata lasciata, com'è possibile che qualcuno mi abbia spezzato il cuore? «Nessuno mi ha spezzato il cuore.»

«Bisogna avere un cuore per farselo spezzare» dice Emma. «Hai visto *Il mago di Oz*?»
Allie la ignora. Allie ignora Emma? «Quando eri piccola la tua migliore amica si è forse trasferita?»
«No» dico, fremendo. «Mi dispiace.» Mi dispiace, non ho mai avuto una migliore amica. Com'è possibile che non sia mai stata la migliore amica di nessuno?
«Non ti è mai successo niente di brutto?»
«Ovviamente mi sono successe cose brutte. Cosa pensi, che la mia vita sia stata perfetta?»
«Sei tu che lo dici» interviene Emma. «Io vi ho raccontato dei miei ventisette uomini, e Allie ha confessato di essere vergine. Devi darci qualche elemento per capire.»
«Nessuno ha una vita perfetta» dice Allie. «Hai voglia di parlarne?»
Perché dovrei confidarmi con loro? Voglio confidarmi con loro? Mi sento la testa leggera, annebbiata. Chiudo gli occhi.
Perché no?
«Mia madre ha avuto il cancro al seno.»
Allie sospira. Nessuno parla.
«Merda» dice Emma alla fine. «Deve essere stato spaventoso.»
«Lo è stato. Ma ora sta bene. Gliel'hanno asportato.»
«Il tumore?»
«Sì, e anche il seno.»
Allie si alza e viene a sedersi sulla sedia accanto a me. Mi accarezza il ginocchio. «Mi dispiace tanto. Quando è successo?»
«Avevo compiuto sette anni. Era in sala operatoria il giorno del mio compleanno. Mi disse che sarebbe rimasta in ospedale per qualche settimana, ma io mi ero convinta che sarebbe arrivata in tempo per la torta. Come avrebbe potuto perdersi il mio compleanno? Mi sedetti sulle scale davanti alla porta e la aspettai fino a notte fonda. Pensai che dovesse essere morta, che mio

fratello e mio padre non volessero dirmelo. Che non volessero rovinarmi il compleanno, che avrebbero aspettato un altro giorno per dirmi la verità. Perché altrimenti non sarebbe tornata a casa, si sarebbe persa la mia festa?»

«Ma alla fine è tornata» dice Allie.

«Una settimana dopo. E io ero furiosa con lei. Non è ridicolo? Ero furiosa perché mi aveva abbandonata. Ma non fu solo questo, per la prima volta capii che avrebbe potuto morire, che avrebbe potuto lasciarmi per sempre. C'era qualcosa che sfuggiva al suo controllo. Mi sentivo come se mi avesse mentito. Non le parlai per un mese. Non la guardai nemmeno. Non è orribile?»

«No, è normale» dice Allie. «Eri terrorizzata all'idea di perderla.»

«Anche io ero terrorizzata all'idea di perdere mia madre» dice Emma.

Possiamo, per un secondo, parlare solo di me, Emma? «Sono ancora terrorizzata, ho paura che il tumore torni. E ho anche il terrore che possa succedere a me. Sono un soggetto a rischio. Faccio qualsiasi cosa per cercare di ridurre le possibilità che si presenti.»

«Perciò fai tanto esercizio e controlli quello che mangi» dice Allie.

Ho la bocca asciutta. Prendo il bicchiere d'acqua che ho posato sul pavimento e bevo. Le ho lasciate entrambe senza parole? È possibile?

No. «Allora è per questo che fai la stronza con Manny» dice Emma.

«Non è stronza» dice Allie. «Ma non è neanche la donna più affettuosa del mondo. Penso che tu abbia paura di essere abbandonata, Jay. Non vuoi innamorarti.»

«O semplicemente Manny non è l'uomo giusto» ribatto.

«Forse» dice Allie, e alza le spalle. «Potrebbe non essere la tua anima gemella.» Si alza per tornare sul divano e inciampa nel mio bicchiere.

«Allie! Stai attenta.»

«Scusa. Ci penso io.» Si piega e tenta di asciugare il pavimento con la manica della camicia.

Cosa combina? «Faccio io, passami i tovaglioli di carta. Stai facendo ancora più casino.» Bene. Forse il disordine mi spaventa. Forse ho bisogno di avere tutto sotto controllo per sentirmi al sicuro. «Le persone sono sempre così introspettive quando sono fumate?»

«A volte» dice Emma. «Altre volte si finisce a mangiare tutto quello che c'è in frigo, si guarda lo stesso film per la quattrocentesima volta, ci si addormenta sul divano e ci si sveglia la mattina dopo con la bava che scivola dall'angolo della bocca e la sensazione di essere degli idioti. Ti prende sempre in uno dei due modi.»

Penso di avere ancora fame. «Un altro dolcetto?»

Capitolo 25

Le telefonate segrete di Emma

Emma

«Pronto?»
«Pronto, Emma?»
«Sì?»
«Sono Clint.»
«Lo so.»
«Lo sai?»
«Compare il numero sul display.»
«Bello. Allora perché non hai fatto rispondere Allie?»
«Hai chiamato per Allie?»
«Io... non proprio.»
«Appunto. Comunque è al lavoro.»
«Lo so.»
«Allora hai chiamato per parlare con me.»
«Sì.»
«Di cosa vuoi parlare?»
«Tu di cosa pensi che voglia parlare?»
«Scommetto che l'ultima cosa che vorresti fare con me è parlare.»
«Posso venire?»
«Sei pazzo? No, Allie tornerà tra poco.»
«Voglio vederti.»
«Perché?»
«Perché? Perché sì. Voglio riprendere da dove ci siamo interrotti la settimana scorsa.»

«Ti riferisci a quando te ne sei andato da qui?»
«No, mi riferisco alla sera della festa.»
«Ah, parli di quando abbiamo ballato.»
«Si chiama ballare, adesso?»
«No, si chiama *due persone che agganciano proprio la persona che non dovrebbero agganciare.*»
«Non capisco.»
«La mia coinquilina pensa che tu sia suo.»
«E se io non fossi d'accordo?»
«Non sei d'accordo?»
«Tu cosa pensi?»
«Penso che a Allie mancava solo di pisciarti addosso per segnare il territorio.»
«Io sono interessato a un altro tipo di fluido corporeo. E proveniente da un'altra persona.»
«A che fluido ti riferisci?»
«Perché non mi lasci venire lì a fartelo vedere?»
«Te l'ho detto. Allie tornerà a minuti.»
«Allora vieni tu da me.»
«Da te? Non posso.»
«Perché no?»
«Perché Allie andrebbe fuori di testa.»
«Non glielo diremo.»
«Non è un'idea molto carina.»
«Vieni.»
«Non stasera.»
«Un'altra sera?»
«Non ho detto questo.»
«Non c'era bisogno che lo dicessi.»
«Allora sei capace di leggere nel pensiero?»
«Non ho dovuto leggerti nel pensiero per capire cosa volevi la sera della festa. Vieni qui, Emma.»
«Prova a convincermi. Cosa faremmo?»
«Prima di tutto berremmo un po' di vino.»
«Mi piace il vino. Come sarei vestita?»
«Non saresti molto vestita.»

«Ho dei completini intimi favolosi. Vuoi che mi metta la giarrettiera nera?»

«Mi piacciono le giarrettiere nere.»

«Bene. Perché la porto proprio in questo momento, ma è sotto il vestito rosso. Ti dispiacerebbe aiutarmi a tirare giù la cerniera?»

«Posso farlo con i denti?»

«Oh, non male. La tua lingua è calda sulla mia pelle.»

«Dove vuoi che metta le mani?»

«Le voglio... aspetta. Vado a chiudere la porta.»

Capitolo 26

Il conto alla rovescia di Jodine

Jodine - Venti giorni agli esami

«Cosa stai disegnando?»

«Niente.» Sospetto che sia una di quelle cose che un fidanzato non dovrebbe vedere.

Manny fa scivolare verso di sé il mio quaderno. «Perché disegni Dracula?»

«Mi piace Dracula.»

«Davvero?» È un lampo quello che vedo nei suoi occhi? «Non lo sapevo.»

«Tu non sai niente di me.»

«Immagino di no.» Il lampo diventa più luminoso. «Magari stasera potrei mettermi il mantello e i denti finti.»

Manny sta inquinando la mia immagine del Conte Zeus. Devo tornare al bar e rinfrescarmi la memoria. Ci andrò appena finiti gli esami. Devo organizzare un'altra festa. Quando?

A Capodanno!

«Penso che organizzeremo un'altra festa per Capodanno» dico, riappropriandomi del mio quaderno.

Sul viso di Manny compare una strana espressione. Sembra afflitto. «Per Capodanno? Volevo parlarti proprio di questo.»

Non ha intenzione di propormi qualcosa di assurdo, come un weekend romantico isolati dal mondo, vero?

«Che c'è?»

«Mi chiedevo se tu... be'... se...» Avanti, sputa. «Mi chiedevo perché non vieni a casa mia.»

Mi sta chiedendo di andare a letto con lui a casa sua? È stufo che lo faccia venire sempre da me? «Come vuoi. Non mi interessa dove faremo sesso dopo la festa.»

Scuote la testa. «Non volevo dire questo. Volevo dire a *casa*. A Ottawa. Ho promesso alla mamma che sarei andato a casa per le feste. Mi piacerebbe che venissi con me, per conoscere mia madre, mio padre, mia sorella, suo marito e i loro bambini.»

Conoscere la mamma, il papà, la sorella, il cognato, i nipoti? Di già? Usciamo insieme solo da... va bene, usciamo insieme da un anno e mezzo, ma non seriamente. Perché non ci facciamo un weekend romantico isolati dal mondo? «Non posso andare via per le vacanze. I miei genitori hanno bisogno di me qui. E dobbiamo fare la festa. Per i soldi. Per pagare la cucina.» Grazie a Dio abbiamo distrutto la cucina.

«Ma devi andare per forza a tutte le feste?»

«Certo.» Perfetto, ora mi tocca andare a tutte le feste.

«Allora non faremo le vacanze insieme. Saremo in due città diverse.»

Già, esattamente come abbiamo fatto per tutte le vacanze precedenti. «Temo di sì. A meno che tu non decida di tornare per Capodanno.» Veramente preferirei che restasse qui per Natale e andasse dai suoi a Capodanno. In questo modo potrei passare la serata con il Conte Zeus.

«Non posso. Mia sorella va dai suoceri a Natale, perciò viene a casa solo a Capodanno. Ti arrabbi se non vengo alla festa?»

Passerò la notte da sola con il Conte Zeus? Sono sicura che riuscirò a non arrabbiarmi troppo. «Be', se vedere tua sorella è più importante che stare con me...»

Impallidisce. Uh-oh, perché ho detto una cosa simile?

E se cambiasse idea? Sembra così serio. Sta per parlare... cinque, quattro, tre, due, uno...

«Vorrei davvero essere qui, Jodine. Ma non posso, non posso sul serio.»

«Va bene, ti perdono.»

Buon anno!

Diciassette giorni agli esami

«Non possiamo fare una festa quando io non ci sono» piagnucola Allie, incrociando rabbiosa le braccia. «Non è giusto.»

Io alzo le spalle e tiro indietro lo schienale della sdraio. «Allora non partire.»

«Ma non vedo la mia famiglia da un secolo. Devo tornare a casa.»

«Cosa vuoi che ti dica? Non puoi avere tutto. Abbiamo bisogno della festa di Capodanno. Non possiamo rinunciare a questa opportunità solo perché tu hai deciso di vedere la tua famiglia.»

«È facile dirlo per te, Jay. La tua famiglia vive qui.» Fa il broncio. Rimane triste per mezzo secondo, poi torna a sorridere come al solito. «Ragazze, promettetemi di tenere d'occhio Clint alla festa.»

Emma annuisce. «A cosa servirebbero le amiche, altrimenti?»

Dodici giorni agli esami

Ti voglio mi dice il Conte Zeus, adagiandomi sul bancone del bar.

Mi sale sopra, il corpo forte e perfetto premuto contro il mio. Mi strappa di dosso il costume da Charlie's Angel.

Rabbrividisco mentre le sue dita percorrono la mia pelle nuda, sospiro di desiderio. Avvicina le labbra al mio collo. Bacia e lecca, lecca e bacia...

Qualcosa mi sveglia. Apro gli occhi. Il sogno si interrompe bruscamente, come fosse un film e si fosse rotto il proiettore. Se fossi veramente al cinema, mi metterei a fischiare e a tirare pop-corn contro lo schermo.

C'è qualcuno che mi fa il solletico sul collo? Mi porto una mano sotto l'orecchio e sento qualcosa di morbido e peloso.

Squittisce.

«AHHHHHHHHH» urlo, e lancio la creatura demoniaca dall'altra parte della stanza.

Oh, mio Dio, è un topo. C'è un topo nella mia stanza. Oh, mio Dio, oh, mio Dio, c'era un topo nel mio letto. C'era un topo sul mio collo.

Allie irrompe in camera mia. «Che c'è? Che succede?»

«Un topo. Sul mio collo.» Fermarsi, lasciarsi cadere e rotolare? Sbagliato!

«Per amor del cielo, è solo un topo» dice. Da quando in qua è così coraggiosa? «Dov'è?»

«Non lo so, l'ho tirato da qualche parte.» Indico verso il cesto di vimini. «Penso che sia atterrato lì dentro.»

«Non muoverti» dice, e scompare. Muovermi? Non mi muoverò mai più. Non dormirò mai più.

Sono le due di notte. Perché mi continuano a succedere cose orribili nel cuore della notte?

Allie torna nella stanza con una scopa. Mi sorprende che sapesse dove trovare la scopa, visto che non l'ha mai usata una volta da quando sono qui. Perché proprio una scopa, poi?

Si serve della scopa per spingere il cesto fuori dalla stanza, come giocasse a hockey.

Sento Emma ridacchiare in camera sua. Com'è che non è intervenuta? Ridacchia ancora. Deve essere al telefono. Con chi parla alle due di mattina?

Seguo Allie fuori dall'appartamento. Quando arriviamo all'esterno, rovescia il cesto. La mia roba sporca si riversa sul pavimento. Un topolino grigio, coperto da una maglietta rosa, si lancia impazzito in mezzo alla strada. Spero che lo investano.

«Fatto» dice Allie. «Torniamo a letto.»

«Io in camera non ci torno» dico. «E se ci fossero i suoi amici ad aspettarmi?»

«Probabilmente è lo stesso topo che ho visto io qualche mese fa.»

«Vuoi dire che si aggira nell'appartamento da allora?» Rientriamo in casa. Emma sta ancora ridacchiando. Sto bene, Emma, grazie per il tuo interessamento. Spero che al telefono non ci sia chi penso che ci sia.

«Buonanotte» dice Allie.

Mi sento le gambe come fossero dei pali di legno, il corpo freddo e viscido. Non riesco a muovermi.

Allie se ne accorge. «Stai bene?»

«No. Non ce la faccio a tornare a dormire.» Perché pago per vivere in un appartamento con i topi? Qualcuno riceverà una lettera piuttosto aggressiva in proposito. «Hai l'indirizzo di Carl, il proprietario? Ho intenzione di scrivergli una lettera di rimostranze formali.»

«Sì, domani te lo do. Ora devi dormire. Vieni nella mia stanza, puoi dormire con me.»

Devo essere davvero sconvolta, perché mi sembra un'ottima idea.

Undici giorni agli esami

«Grazie, Josh» dice Allie.

«Nessun problema.» Josh è piegato sul mio calorifero, sta tappando tutte le potenziali aperture. «Ci vorranno al massimo dieci minuti.»

«Grazie, grazie, grazie» dico, rannicchiata sul letto. Allie è seduta accanto a me, la schiena appoggiata alla parete. Senza che nemmeno glielo abbia chiesto, si è pulita le calze con un fazzoletto di carta prima di sedersi.

«Farei qualunque cosa per le mie clienti preferite» dice Josh. Anche se ha usato il plurale, non smette un secondo di fissare Allie.

«Ehi?» Sento la voce di Emma. «C'è qualcuno qui?» Che carina ad accorgersi di noi. La scorsa notte, quando gli alieni ci hanno attaccate, era troppo presa per rendersene conto. «Che succede?» chiede. Vede Josh. «Ecco come mi piacciono gli uomini. In ginocchio.»

Vorrei che un topo saltasse fuori dal calorifero e le mordesse un piede.

Josh gira la testa verso la porta. «Ciao, Emma.»

«Ciao. Cosa ci fai qui?»

«Cerco di liberarvi dai topi.»

Emma si guarda intorno e sale sul mio letto. «Ci sono topi?»

«Sono stata aggredita ieri notte» dico.

Emma scuote la testa e i suoi capelli perfettamente pettinati svolazzano da una parte all'altra. «Caspita. L'hai visto qui?»

«Sfortunatamente.»

«Meno male che era nella tua stanza e non nella mia.»

«Oh, grazie.»

«Lo sai cosa intendo.»

Veramente no.

Josh sta sistemando una trappola. «Questa dovrebbe fermarli» dice.

Emma trasale. «Uccideremo i topolini? È orribile.»

Per essere comparsa solo all'ultimo round, ha decisamente troppe opinioni. «Se preferisci puoi addomesticarli e tenerteli in camera tua» le dico.

«Il topo si avvicina, scatta la molla ed è fatta» dice Josh. «Pulito come una ghigliottina. Non sentirà niente.»

«Ci sarà del sangue?» chiedo. «Del disgustoso sangue di topo? Non c'è un altro modo per ucciderli?»

«Ho portato anche questa.» Tira fuori una strisciolina di cartone. «Non toccatela. Il topo viene attirato sul cartone e rimane incollato con le zampe. La trappola è più umana, ma con questo sistema almeno ha una chance di salvarsi. Se lo trovate ancora vivo, potete liberarlo. Potrebbe anche non fargli troppo male. Come strapparsi una benda che si è attaccata al braccio peloso. Scegliete voi cosa preferite.»

Ma con il cartone dovrei... toccarlo.

«Josh?» interviene Emma.

«Sì?» Si volta verso di noi con il cartone in mano.

Gli angoli della bocca di Emma si sollevano, sembra la versione femminile di Jack Nicholson in *Shining*. «Eri mai stato prima in una camera da letto con tre ragazze?»

Cosa sta facendo?

Josh abbassa lo sguardo. «No, direi di no... no.»

«Scommetto che è la tua più grande fantasia. Tre ragazze!»

Ci sta provando? Perché deve metterla sul piano sessuale con qualunque uomo incontri?

«Le mie fantasie non sono così esotiche. Per essere felice mi basta una sola donna speciale.» Guarda Allie e sorride. Che bella fossetta.

È appena successo quello che mi è sembrato di vedere? Quest'uomo adorabile ha scaricato Emma per la piccola Allie?

Emma esce dalla stanza come una furia.

Sei giorni agli esami

Il Conte butta per terra i bicchieri da cocktail e mi spinge sul bancone.

«Sono fidanzata» protesto, nonostante mi senta avvampare dal desiderio. «Non posso.»

«Ma lo vuoi» mi dice. Infila le mani sotto la mia camicetta e mi afferra i seni. Gemo. Mi passa i pollici sui capezzoli. Gemo ancora.

Mi afferra i polsi e con una mano me li immobilizza sopra la testa. Mi solleva la camicetta. Dolcemente prende i capezzoli tra le labbra...

«Non posso» ripeto. Gemo, gemo, gemo.

«Non puoi?»

Mi sfila le mutandine tirando l'elastico con i denti. Mi libera i polsi e io gli passo le dita tra i capelli folti, ansimando mentre lui mi bacia e mi lecca.

«Voglio scoparti» dice. «Apri le gambe!»

«Scopami!» grido.

Mi immobilizza di nuovo i polsi. È dentro di me. Spinge con forza, è potente, è grosso, pulsa...

«Ancora!» grido. «Più veloce! Scopami! Scopami!»

Pulsa dentro di me, il suo cuore batte frenetico contro i miei seni. Viene.

Oh, no!

«Devo andare in bagno» mi sussurra Manny, e mi lascia ancora eccitata nel mio letto.

Un giorno all'esame. Oh, mio Dio, mi restano solo otto ore per studiare. Non sentirò la sveglia e arriverò in ritardo. Sarò bocciata.

Sono stanca. Ho bisogno di dormire. Perché non trovo le chiavi? Dove sono le chiavi? Trovate. Devo fare ancora delle cose. Cosa devo fare?

Inserire la chiave nella toppa. Fatto.

Girare la chiave. Fatto.

Aprire la porta. Fatto.

Respirare l'odore rivoltante della stanza. Fatto.

Allie e Emma sono sedute sul divano e guardano una replica di *Sex and the City*. A quanto pare il loro naso non sente il peggiore effluvio che abbia mai ammorbato il genere umano.

«Cos'è questa puzza?»

«Che puzza?» chiede Allie.

«Non la senti?»

«Non sento niente.»

«Neanche io» dice Emma.

«C'è odore di cadavere, letame, spazzatura e alghe putrescenti. Non posso credere che non lo sentiate.»

Appendo la giacca e fiuto l'odore in giro per la casa. «Non scomodatevi. Lo troverò da sola.»

«Probabilmente è la spazzatura, non l'ho buttata, oggi.»

Se pensa che la spazzatura possa fare un odore così disgustoso, allora perché non la porta mai fuori? Oh, lasciamo che se ne occupi Jodine quando tornerà dalla biblioteca all'una di notte il giorno prima dell'esame.

Porto fuori il sacchetto e lo butto nel bidone verde giù in strada.

Non preoccuparti, Al, non ho bisogno di aiuto. Non stare ad alzarti, Em. Non avevo nient'altro da fare, stasera. State comode. Rilassatevi.

La puzza persiste.

«Dov'è la marijuana?» chiedo, sospettosa. Non è più accanto al televisore. L'hanno nascosta chissà dove, e ora sta sviluppando funghi dall'odore nauseabondo.

«Ho essiccato le foglie e le ho messe nei vasetti. Li ho spediti ai miei amici come regalo di Natale.»

Ditemi che Emma non ha mandato in giro la marijuana per posta. «Come li hai spediti?»

«È venuto a prenderli un mio amico. Non preoccuparti. Ne ho tenuta un bel po' per noi.»

Ti sembro preoccupata per questo? Come se avessi intenzione di fumare ancora. Il giorno dopo l'esperimento, in biblioteca ho riletto la stessa frase un centinaio di volte.

Per di più quella sera devo essere ingrassata almeno di cinquanta chili.

E ho parlato troppo. Ci sono alcune cose che dovrebbero rimanere private.

Da dove viene l'odore? Dal bagno? No. Sono in piedi davanti alla mia stanza. L'odore è sempre più intenso. «Viene dalla mia stanza» mormoro.

«È ora di cambiare le lenzuola» dice Emma.

Viene da dietro il calorifero. Oh, mio Dio. Viene dalla trappola per topi.

Corro in salotto. Ho una crisi isterica. «C'è un topo morto attaccato al cartone sotto il mio calorifero. C'è un topo morto in camera mia. Che faccio?»

Nessuna delle due dà segni di vita. Sono incollate al televisore, come il topo alla sua bara di cartone.

«Avete sentito cosa ho detto? C'è un topo morto in camera mia.»

«Ho sentito» dice Allie. «Aspetta un attimo, siediti. Quando c'è la pubblicità ne parliamo.»

«Se è morto» dice Emma, «dov'è il problema?»

«C'è un topo morto sotto il calorifero. Avete finto di ignorare la puzza che veniva dalla mia stanza, e ora non volete perdervi nemmeno cinque minuti di telefilm, di una puntata che tra l'altro avete già visto?» Prendo un sacchetto della spazzatura e corro in camera mia.

Inspiro profondamente, mi arrotolo le maniche della camicia e prendo il cartone. Sfioro con le mani il cadavere grigio. Terribile.

«Lavati bene le mani prima di toccare la nostra roba» mi grida Emma dal salotto.

Grazie.

Capitolo 27

L'onnisciente narratrice festeggia il nuovo anno

«Dieci! Nove! Otto! Sette! Sei! Cinque...»

Congeliamo la situazione per un attimo, possiamo? È la sera dell'ultimo dell'anno e le nostre protagoniste sono al *411*.

Le ragazze hanno deciso di ritornare lì per diverse ragioni. Uno: sono state troppo pigre per mettersi a cercare un altro posto. Due: il proprietario del *411*, Steve, era così soddisfatto della prima festa che ha accettato di far pagare venti dollari all'ingresso (tutto costa il doppio la notte dell'ultimo dell'anno) e di lasciare alle nostre eroine quindici dollari a biglietto. Tre: Jodine vuole vedere il Conte Zeus, e dato che non sa nemmeno come si chiama, il *411* è la sua unica chance.

Allie è a Belleville. Al momento è seduta sul divano dei suoi genitori e guarda *Time Square* alla televisione. Ci sono sua madre, suo padre, suo fratello, sua cognata, sua nonna e suo nonno, e gridano tutti *Urrah* quando l'orologio segna la mezzanotte. Si baciano, ridono, si amano e... è tutto quello che sentirete sul Capodanno di Allie.

Idem per Manny a Ottawa.

Nick e Monique avrebbero dovuto passare la serata alla festa di un amico di Nick, perché Monique non aveva nessuna intenzione di rischiare di incontrare quella psicopatica della ex fidanzata di Nick.

Ma ecco come sono andate invece le cose: Monique si

è messa un vestito di seta rosso trasparente, e Nick le ha urlato *Perché non ti sei messa il reggiseno sotto quella roba?* Lei gli ha risposto che non si mette il reggiseno sotto quel tipo d'abito, che dopotutto a scandalizzarlo tanto erano solo dei capezzoli; che importanza aveva se qualcuno le avesse visto i capezzoli? Lui le ha gridato che non voleva che i suoi amici le vedessero i capezzoli e ha insistito perché andasse a cambiarsi, altrimenti avrebbe passato il Capodanno da sola. Lei gli ha augurato la buonanotte e se ne è andata. Evidentemente il diavolo ci ha messo lo zampino, perché Monique, non sapendo dove altro andare, è finita al *411*, ma quando ha visto Emma con un tizio nuovo e Jodine senza Manny (l'unico che avrebbe voluto incontrare), ha deciso che sarebbe stata meglio da sola a casa sua.

Josh è in un pub. Anche se gli piacerebbe contribuire alla raccolta di fondi per la ristrutturazione della cucina, pensa che l'unica cosa da salvare della prima festa fosse la presenza di Allie, e siccome Allie ora è a Belleville, preferisce starsene con i suoi amici.

Veniamo alla festa. Per quanto riguarda la prima parte della serata, oltre a parecchia tequila, molti baci e abbracci e qualche lustrino, le scene salienti fino al conto alla rovescia dell'inizio del capitolo sono solo un paio. Eccole qui.

Scena prima

(Jodine è in bagno, si sistema il reggiseno cercando di strizzare le tette per farle sgusciare fuori dal corpetto rosso che Emma l'ha convinta a comprare la settimana scorsa. Si gira e controlla come sta il fondoschiena nei pantaloni grigi scintillanti che ha acquistato per l'occasione. Si ripassa il rossetto e si sistema i capelli con l'acqua del lavandino. Tira in dentro la pancia e si dirige verso il bar del secondo piano. Essendo le nove e mezzo c'è solo il barman, il Conte Zeus, che senza cappa e dentoni è comunque affascinante.)

Jodine: Ciao.

Conte Zeus: Ciao, cosa posso farti?

Jodine: (Stranamente poco sicura di sé) Posso avere un Kamikaze? (L'ultima volta Emma ha ordinato un Kamikaze, per cui Jodine pensa che sia un drink sexy) Anzi, due, per favore.

Conte Zeus: (Versa i drink e posa i bicchieri sul bancone davanti a lei) Certo, bambola.

Conte Zeus: (Alza il sopracciglio destro nel tentativo di sembrare affascinante. Non è sicura di essere riuscita nell'intento. Il drink comunque non è male) Uno è per te.

Conte Zeus: (Sorride) Bevili tutti e due. Berrò con te dopo mezzanotte.

Jodine: Ma il mio abito potrebbe trasformarsi in stracci, dopo mezzanotte.

Conte Zeus: Mi fanno sempre comodo gli stracci per pulire il bancone.

Jodine: (Non ha capito bene cosa volesse dire, ma se lo immagina che le strappa di dosso il vestito. Beve il secondo drink) Rilassa i nervi. (Vorrebbe che lui le chiedesse *Perché sei nervosa?* Così lei potrebbe rispondere *Perché è la mia festa.* E lui direbbe *Oh, mi ricordo di te, hai organizzato quell'incredibile party per Halloween. Non eri un angelo allora?*)

Conte Zeus: Non preoccuparti, sei molto sexy.

Jodine: (Si sporge sul bancone per mettere in mostra la scollatura. I brillantini rosa, che Emma le ha sparso sul seno, rilucono) Grazie.

Conte Zeus: Perché sei nervosa? Vuoi far colpo su qualcuno?

Jodine: Forse.

Conte Zeus: Il tuo ragazzo? (Allinea diverse bottiglie di liquore per prepararsi alla serata)

Jodine: (Cercando di apparire riservata) No.

Conte Zeus: Chi, allora? C'è qualcuno a cui dai la caccia da lontano?

Jodine: Forse. (Una coppia sale le scale e si avvicina al bar. Il *411* comincia a riempirsi. Jodine si rende conto che il Conte non potrà essere tutto suo per il resto della serata. Il Kamikaze le ha dato il coraggio necessario) Sei tu.

Conte Zeus: (La guarda in modo strano) Io?

Jodine: Sì, tu. (La coppia si siede sugli sgabelli davanti al bancone) Magari potremmo bere quel drink più tardi?

Conte Zeus: Vieni a trovarmi. Cercherò qualcuno che copra il mio turno qui al bar per un po'.

Jodine: (Sorride e scende lungo le scale alla maniera di Emma. Il Conte Zeus la guarda allontanarsi) *Così tu potrai coprire me, ragazzone. In qualsiasi momento.*

Scena seconda

(Clint ed Emma sono seduti sugli sgabelli del bar sul lato destro della stanza. Si stringono con le gambe, cercando di perforare i rispettivi pantaloni con la pressione. Fumano.)

Clint: Mi piacciono le tue ginocchia. (Le accarezza il ginocchio destro) Mi piacciono le tue cosce. (Le accarezza la coscia destra) Mi piacciono le tue tette.

Emma: Va bene, hai reso l'idea. Siamo in un locale pubblico, ricordi?

Clint: L'altra volta non ti sei lamentata.

Emma: L'altra volta non sapevo che tu fossi l'anima gemella di un'altra.

Clint: Mi piace sentire la tua voce. Che ne dici di andarcene da qualche parte?

Emma: Piano. Rallenta. Non posso andarmene, è la mia festa. Vuoi deciderti a comportarti bene o no?

Clint: (Spostando la mano verso l'interno della coscia

di Emma) Oh, sì, mi comporterò molto bene, solo non nel senso che intendi tu.

Ora torniamo al conto alla rovescia. «Quattro, tre, due... Uno! Buon anno! Buon anno!» Saltano i tappi, la gente ride, risuonano le note di *Holiday* di Madonna.

Clint ed Emma non resistono più al fascino del proibito. Le loro labbra sono irresistibilmente attratte. Le loro lingue danzano irrequiete.

Jodine, con la tequila in circolo, si è assicurata di finire dietro il bancone accanto al Conte Zeus. Beve lo champagne dalla bottiglia e la passa al Conte. Lo afferra per il colletto e senza troppe cerimonie gli infila la lingua in bocca. Lui sembra contento di festeggiare con questa ragazza il nuovo anno.

Non ha idea di chi gli è capitata tra le braccia.

Capitolo 28

Jodine ha i postumi della sbronza

Jodine

Mi sento la testa come un lavandino. Qualcuno non ha chiuso bene il rubinetto e c'è una goccia che cade regolare sul mio cervello. Non è una tortura cinese?

Che ore sono? Guardo l'orologio sul comodino e mi accorgo che ho la pelle d'oca. Sono le sette del mattino. Si gela qua dentro. Dov'è la coperta? È di fianco a me, copre qualcosa. La tiro. Non viene.

C'è qualcuno qui? C'è un uomo nel mio letto? Deve essere Manny. Chi altro potrebbe esserci nel mio letto? Che giorno è oggi? Manny non è via? Mi tornano alla memoria la tequila e le labbra del Conte Zeus. È lui? Me lo sono portato a casa? Sollevo la coperta, timorosa. Ho paura di quello che potrei scoprire. E trovo... un cuscino. Nessun uomo. Solo delle piume avvolte nel cotone. *Fiuuu!*

Sono sola con il mio mal di testa.

Dopo il bacio sono stata portata via dai compagni di università, e il Conte Zeus è tornato a servire drink. Alle due del mattino, quando i nostri ospiti hanno cominciato a tornare a casa, ho seguito Emma e Steve nella saletta posteriore per contare l'incasso. Al mio ritorno, il Conte Zeus aveva chiuso e se n'era andato.

Come ha potuto andarsene senza salutarmi? Pensava che sarei tornata a casa senza dargli la buonanotte?

Perché non ho bevuto un bicchiere d'acqua prima di coricarmi? Che mal di testa! Mi sento la bocca asciutta.

La bocca. La lingua di Zeus è stata nella mia bocca. Un sogno o è successo davvero?

Ho bisogno di acqua.

Scendo dal letto e vado verso il frigorifero. Qualcuno ha lasciato la luce accesa in corridoio. Mi acceca. Devo bere. Dove sono i bicchieri? Ne abbiamo comprati sei. Perché non li lavano mai? Bevo direttamente dal rubinetto del nuovo lavandino. Va meglio. Ancora acqua. Devo sdraiarmi di nuovo. Devo dormire. Devo tornare a letto.

Sono già sotto le lenzuola quando realizzo di aver visto un elastico per i capelli sulla maniglia della porta di Emma. Perché c'è un elastico per i capelli sulla maniglia della porta di Emma?

Terribile.

Scendo dal letto e torno sulla scena del crimine. Sì, è decisamente un elastico per i capelli. Un elastico per i capelli di velluto rosso. Vado alla porta di ingresso. Mocassini di pelle nera. Li prendo in mano. Quarantaquattro. Ho già visto queste scarpe. Perché hanno un'aria così familiare? Cos'è successo ieri sera?

Ieri sera, tornando a casa, io ero seduta dietro. Chi c'era sul sedile davanti?

«Il mio coinquilino dà una festa da noi, stasera. Vi spiace se dormo sul vostro divano?» ha chiesto.

Clint ha un coinquilino?

Sto facendo footing in casa. Ogni giro parte dal letto disfatto della camera di Allie, prosegue in corridoio, fino alla finestra della mia stanza, in bagno, davanti alla porta chiusa della camera di Emma, all'ingresso, dove c'erano le scarpe di Clint e ora non ci sono più, si inoltra in cucina e torna indietro in camera di Allie.

Perché c'è ancora l'elastico per i capelli sulla maniglia

della porta di Emma se Clint è andato via?

Sedici giri dopo, Emma mi urla: «Cosa stai facendo?».

«Corro» rispondo.

«Perché?»

«Perché sono disgustosa.»

«Perché corri in casa?»

«Perché oggi la palestra è chiusa.»

«Perché non vai fuori?»

«Se fossi uscita dal letto, sapresti che c'è una tormenta.» Corro sul posto davanti alla porta di Emma. «Sei sola, là dentro?»

«Sì.»

Apro la porta e continuo a correre nella stanza. Ha le coperte tirate fino al collo. Di fianco a lei ci sono sei bicchieri e due – no, tre – involucri di preservativi aperti. «Clint ha dormito qui?»

«Sì.»

Stabilito questo, mi chiedo se non sia il caso di riprendere a correre. Voglio rimanere impassibile di fronte a questa situazione disastrosa.

«Aspetta!» mi prega Emma. «Non vuoi che ne parliamo?»

Posso, in alternativa, farmi versare della cera bollente sulle palpebre e farmele strappare? Scuoto la testa. «No.»

Si mette a sedere, rimanendo avvolta nelle lenzuola. «Andiamo, è tuo dovere di coinquilina ascoltarmi.»

Ed è tuo dovere di coinquilina non fare sesso con la supposta anima gemella dell'altra inquilina. Nonostante il senso di disgusto, rimango nella stanza, ma continuo a correre sul posto, come se il movimento potesse farmi sembrare meno interessata alla faccenda. «Dov'è andato?» chiedo con noncuranza. Spero che abbia sbattuto la porta e se ne sia andato per sempre.

«Oggi pomeriggio va a vedere una partita di football da un amico. Torna alle quattro. Vogliamo passare il weekend insieme. Qui.» Indica il suo letto. «Puoi sederti, per favore? Non riesco a parlarti, se ti muovi così.»

Allora non parlare. «Non posso sedermi, devo essere aerobica per quarantacinque minuti.»

«Va bene, continua a correre, ma stammi ad ascoltare. È stato piuttosto bravo...»

Perfetto, ci mancavano solo i dettagli.

«Ho avuto subito un orgasmo, il che non succede proprio sempre. E non essendo tanto grosso abbiamo potuto sperimentare diverse posizioni...»

È necessario che io sia informata proprio su tutto?

«Nick era alto e magro, perciò con lui alcune posizioni meno classiche erano scomode. Clint è più basso, per cui abbiamo potuto sperimentare alcune alternative, come la pecorina...»

Perché non ho il walk-man nelle orecchie?

«Allie! Ciao!»

«Ciao, sono così contenta di averti trovata a casa!»

Emma mi fa segno di tacere portandosi un dito alle labbra. Immagino non voglia che dica a Allie che Clint è sdraiato accanto a lei sul divano, in boxer, con la mano sulla sua pancia.

«Ciao!» ripeto, perché non so cos'altro dire. Se avessi visto il suo nome sul display, non avrei mai risposto, ma non ho potuto resistere alla scritta *anonimo*. E se il Conte Zeus mi avesse individuata e mi avesse chiamata per chiedermi dove fossi scomparsa la notte scorsa? Per invitarmi a bere qualcosa?

«Buon anno!» dice, tutta allegra. «Com'è andata la festa? Vi siete divertite? È venuta tanta gente?»

Guardo Emma che accarezza Clint sulla testa. «Sì, tanta.»

«Quanto abbiamo fatto?»

«Circa quattromilacinquecento.»

«Incredibile! Non posso crederci. Devo essermi persa

il miglior party di tutti i tempi. Ci siamo quasi. Avete dato i soldi a Josh?»

«Sì. Ha già finito l'armadio, il lavandino e sta lavorando al piano cottura. Ha ordinato il frigorifero, la cucina e il forno. Ma hanno detto che ci vorranno tre settimane se le vogliamo identiche a quelle che avevamo prima.»

«È fantastico. Allora, cosa fate?»

Uhm... Emma accarezza il petto di Clint. Non possiamo andare avanti a parlare della cucina? «Ci teniamo occupate.»

«Ti manca Manny?»

Chi? Giusto, il tizio con cui andavo a letto. È stato lui il primo a chiamarmi per augurarmi buon anno. La sua voce trasudava speranza e aspettativa. Avrei dovuto dirgli del bacio. Dovrei rompere con lui. Devo farlo.

Comunque... è carino averlo in mezzo ai piedi di tanto in tanto. Specialmente a scuola. Voglio davvero rimanere da sola per un intero semestre? Ma questi pensieri non fanno di me la persona più crudele del mondo? Dai, in fondo è stato solo un bacio di buon anno. Porta sfortuna non baciare nessuno a Capodanno, no?

Forse non ho fatto niente di male.

La voce stridula di Allie interrompe i miei patetici tentativi di autoassolvermi. «Hai visto Clint, alla festa?»

Forse dovrei semplicemente dire no. «Sì.»

«L'hai visto? E... ha detto niente di me?»

«Non ha parlato molto.»

«L'ho chiamato per augurargli buon anno, ma il suo coinquilino ha detto che non era in casa. Chissà dov'è.»

Ah, allora è vero che ha un coinquilino. È un traditore e un bastardo, ma almeno non un bugiardo. «Quando torni?» chiedo, tentando disperatamente di cambiare discorso.

«Domenica, verso le nove.»

Clint ed Emma lo faranno almeno settanta volte, per

allora. «Torna presto. Vuoi parlare con Emma?»

Emma scuote la testa, enfaticamente.

Non esiste che debba essere io l'unica a sentirmi in colpa per questa storia. Le passo il telefono.

«Uhm... ciao, Allie... Sì, mi sto divertendo... Sì, c'era... No, non ho avuto molte occasioni di parlare con lui.» Clint le infila la mano sotto la camicetta e lei ridacchia. «No, non l'ho visto con un'altra ragazza.»

Be', devo darle atto, nemmeno lei è una bugiarda.

Oggi è l'ultimo giorno che posso stare a letto fino a tardi, domani inizia l'ultimo semestre alla facoltà di Legge.

Cos'è questo rumore?

Non sarà un altro disgustoso roditore? Controllo la trappola sotto il calorifero. Niente. Magari è finito in una delle trappole in salotto. Niente. Sono tutte pulite.

Questa specie di squittio viene dalla stanza di Emma.

Fanno sesso alle otto e mezzo di mattina. Chi fa sesso alle otto e mezzo di mattina? Com'è possibile che facciano sesso alle otto e mezzo di mattina? Emma non si è mai svegliata così presto. E sono rimasti chiusi in camera tutta la notte. E tutto il pomeriggio precedente. E tutto il giorno prima. Quando sono tornata dalla cena con i miei, ho trovato il reggiseno di pizzo di Emma sotto i cuscini del divano. Dal che ho dedotto che quando io non ci sono fanno sesso in giro per la casa.

La scorsa notte ho avuto un incubo. Ho sognato che lo facevano nel mio letto appena uscivo.

Probabilmente stanno tentando di spremere tutto il sesso possibile prima che Allie torni a casa, stasera. La smetteranno quando tornerà, vero?

Vero?

Ormai che sono sveglia forse dovrei lavare un po' di roba. Potrei lavare le lenzuola, non si sa mai, no?

Capitolo 29

Allie non vede

Allie

Sono a casa, finalmente. Il treno è partito con due ore di ritardo per problemi alla rete ferroviaria, e abbiamo dovuto allungare del doppio il tragitto a causa di una tempesta di neve. Alla stazione non c'erano taxi e ho dovuto aspettare in eterno. Avrei potuto prendere la metropolitana e l'autobus, ma le valigie erano pesanti ed ero in piedi dalle sei di mattina. Lo so che non avrei dovuto spendere tutti questi soldi per il taxi, ma sono davvero molto stanca.

Dovevo arrivare stamattina alle nove, e sono già le due del pomeriggio. Mi sento come se avessi buttato via la giornata. Avevo in mente di preparare la colazione a letto per le mie coinquiline, ma mi sa che dovrò farlo un'altra volta.

Mi sono mancate. È stato bello vedere la mia famiglia, ovviamente, ma a volte la gente con cui vivi diventa la tua vera famiglia.

Dove ho messo le chiavi? Eccole qua. «Ciao, c'è nessuno in casa?» dico, aprendo la porta.

Quelle sono le scarpe di Clint?

Jay sulla sdraio ed Emma sul divano. Mi guardano sorprese.

«Allie!» dice Jay. «Pensavo che saresti arrivata alle nove!»

Giurerei che sono le sue scarpe. So come sono fatte le sue scarpe. «C'è Clint qui?»

Vedo la testa di Clint sbucare da dietro il divano al rallentatore. «Ciao» esclamo. «Sei così dolce! Sei rimasto qui ad aspettare il mio ritorno dalle nove di stamattina? Mi dispiace di averti fatto aspettare. Il treno non partiva mai. Devi esserti annoiato un sacco. Grazie, davvero grazie.» Non sono pazza! Deve essere innamorato. Mi ha aspettato per ore.

«Io... sì... già.»

Lascio cadere le borse, butto il cappotto sul bracciolo del divano e mi infilo tra Emma e Clint. Gli do un grande abbraccio. Mmmh. I suoi capelli profumano di shampoo. Come fosse appena uscito dalla doccia.

Conoscete la sensazione che si prova quando avete mangiato proprio quello che desideravate? Perfettamente sazi ma non pieni? Ecco, è così che mi sento adesso. Felice. Soddisfatta. «Cosa possiamo fare, oggi?» chiedo.

Dopo due ore di televisione, Clint si alza e sbadiglia. «Devo andare, adesso.»

Emma salta giù dal divano. «Ti accompagno io in macchina» dice.

Mi alzo anch'io. «Vengo, così ti tengo compagnia.»

«Veramente, Allie, stasera dormo da mio padre. Lo lascio a casa lungo la strada.»

Dorme da suo padre? Ha dormito da lui solo la notte dell'incendio, e anche quella volta aveva pensato di andare in albergo. «Come mai?» chiedo. «Non devi andare a lavorare, domani?»

«Io... AJ e mio padre vanno a una festa, stasera, e io gli ho promesso di andare a fare la babysitter.»

Seguo Emma in camera sua e la vedo infilare i vestiti in una borsa. «Ti sei dimenticato questo» dico, raccogliendo l'elastico rosso dal pavimento. Mi viene in mente una cosa. «Perché non porti qui Barbie?» chiedo. «Potremmo stare tutte insieme. Scommetto che le piacerebbe vedere casa tua.» Mi stupisce che Emma non abbia mai invitato Barbie da noi. Se io da piccola avessi avuto una sorella maggiore che viveva da sola, avrei voluto stare da lei ventiquattr'ore su ventiquattro.

Emma prende la borsa e io la seguo in corridoio. Clint si è già infilato il giaccone e l'aiuta a mettersi il cappotto.

«Io...» dice. «AJ vuole che stia lì.»

«Va bene, ci sentiamo.» Bacio Clint sulla guancia. «Grazie della sorpresa.»

Quando i due escono, mi lascio cadere sul divano. «Cosa vuoi per cena?» chiedo a Jay. «Un panino-pizza?»

Guarda i *Simpson* e non si volta. «Va bene. Per me senza pane e senza formaggio.»

Da quand'è che Jay guarda i *Simpson*? «Certo.»

Preparo la cena e intanto guardo la TV. «Quando avremo il forno, farò dei piatti sorprendenti. Mia madre mi ha insegnato a fare il tacchino.»

«Possiamo già quasi permettercelo. Abbiamo raccolto un bel po' di soldi con la festa. Penso che con la serata di San Valentino raggiungeremo la cifra.»

Annuisco e prendo un pezzetto di mozzarella.

Jay gira la sedia e mi guarda. «Hai parlato con Josh mentre eri via?»

Ancora un pezzo di formaggio e ci siamo. «Sì.»

Jay alza un sopracciglio. Come ci riesce? Ci provo anch'io, ma non penso che funzioni.

«Che smorfie fai?»

«Niente.» Altro pezzo di mozzarella. «Mi ha detto che ha quasi finito con il bancone. Quando arriveranno fornelli, forno e frigorifero sarà pronto. Hai visto che carini, gli armadi? Mi piacciono i bicchieri che hai preso. Penso che domani dovremmo comprare piatti e posate. Dice che finirà per l'inizio di febbraio.»

Questa volta solleva il sopracciglio sinistro. «Come mai ti ha chiamato a Belleville?»

«Per farmi gli auguri di buon anno.»

«Chi gli ha dato il numero?»

«L'avrà trovato sull'elenco.»

«Gli piaci, eh?»

«Siamo amici.»

«No, gli *piaci*.»

«Vuoi dire gli piaccio gli piaccio?»

È confusa. «Ma perché non esci con lui?» Sembra improvvisamente arrabbiata.

Com'è che si preoccupa delle mie relazioni? «Non posso uscire con un ragazzo se sono innamorata di un altro.»

«Non esci con lui per Clint?»

Annuisco. «Come faccio a uscire con Josh dopo che mi sono confidata con lui riguardo a Clint? Lo sa che non lo farei con tutto il cuore. È un bravo ragazzo... non voglio farlo soffrire.»

«Non ha senso. E se tra te e Clint non succedesse mai niente? Non uscirai più con nessuno?»

Il problema con Jay è che non sa cosa significhi avere un sogno. Se la gente si arrendesse al primo ostacolo, pensate a quanti sogni non si realizzerebbero. «Io penso che Clint e io finiremo insieme. Lo sento.»

Mi guarda dubbiosa. Spero che non interrompa il flusso energetico che mi sento addosso.

Sospiro. «Ma se non sarà presto, lascerò perdere. Va bene?»

«Fissa una data» dice.

«Primo aprile.» Inspiro profondamente. «La verità è» dico, e improvvisamente tutta la storia mi sgorga dalle labbra, «che io sono rimasta a vivere a Toronto solo perché temevo che altrimenti non avrei avuto speranze con Clint. I miei genitori vorrebbero che tornassi, pensano che io qui stia sprecando la mia vita, che non posso lavorare per sempre nel telemarketing. Ma non c'è nient'altro che io possa fare. Cominciavo a pensare di non avere più speranze, non mi ha nemmeno chiamato per augurarmi buon anno, e lui viene a casa mia per farmi una sorpresa. Come devo comportarmi?»

Jay mi fissa, la bocca spalancata. «Non puoi far dipendere le tue scelte da lui. Tu cosa vuoi?»

Improvvisamente mi sento come se la stanza fosse immersa nell'acqua. Sono confusa, non so quello che voglio. La camera sembra l'acquerello che alle elementari mi era scivolato in una pozzanghera. I contorni degli oggetti sono sbavati. Cosa voglio? Cosa vogliono tutti? Voglio un lavoro che mi faccia venire voglia di alzarmi alla mattina. Voglio che la persona che amo mi ricambi.

Ops. Mi sono dimenticata le verdure nella griglia. I broccoli sono tutti bruciati.

Scuoto la testa. «Voglio una vera cucina.»

Capitolo 30

Emma prende la pillola

Emma

«Alzati, tra poco Allie torna dal lavoro. Devi uscire.»

Clint mi bacia sul collo. Odora di sudore e del ripieno dei ravioli che abbiamo mangiato a cena. «Non potremmo dirglielo?»

«Perché non rimaniamo qui così, e non aspettiamo che ci scopra lei stessa?»

«Sei una commediante.» Mi passa il pollice lungo il ventre, poi si tira fuori e si alza. «Merda» dice, in piedi accanto a me.

Merda? Non è quello che voglio sentirmi dire quando un uomo esce da me. «Cosa vuol dire *merda*?»

«Guarda.»

Alzo la testa e seguo il suo sguardo. Il preservativo penzola come una buccia di banana in fondo al suo pene moscio. Merda, merda, merda. «È rotto?»

«Esploso.» Tira un pezzo di lattice lacerato.

Merda, merda, merda. «Ma come?»

«Non lo so.»

«Ma non te ne sei accorto?»

«Se me ne fossi accorto sarei andato avanti?»

«Mi sei venuto dentro?»

Si guarda il pene avvizzito. Sembra un girasole, con i frammenti di lattice a fare da petali. «Sì.»

Sento l'isteria risalire dentro il mio corpo, insieme a

miliardi di spermatozoi. «Perché mi sei venuto dentro?»

«Ti vengo sempre dentro.»

«Non lo farai mai più. Come hai fatto a non accorgerti che stava succedendo? Rompi sempre le palle perché ti faccio usare il preservativo. Dici che non senti niente, che è come fare la doccia con l'impermeabile, poi non ti accorgi nemmeno quando non ce l'hai più addosso?»

«Penso che tu stia perdendo un po' la testa.»

Lo spingo via e mi giro su un fianco. «Che facciamo, adesso?» Non mi metterò a piangere. Non rimarrò incinta. Non rimarrò incinta. Si può imporsi di non rimanere incinta? Per qualche ragione mi viene in mente il leone codardo di *Il mago di Oz*, che continua a ripetere *Io credo ai fantasmi, io credo ai fantasmi...* come se pronunciando quelle parole potesse farli svanire.

Clint si sdraia accanto a me e mi abbraccia. Sento il suo fiato nell'orecchio. «Prendi la pillola?»

Gli tiro una gomitata nello stomaco. Come fa a non saperlo? «Mi hai mai visto prenderla?»

«Ogni ragazza la prende a un'ora diversa. Non so sempre quello che fai.»

«Se prendessi la pillola, adesso starei andando FUORI DI TESTA?» Mi ascolta quando parlo? Gli ho detto che prima prendevo la pillola, ma ho smesso perché mi faceva fare cose stupide.

«Cosa facciamo? Rimarrai incinta?» Si passa una mano sulla faccia, come fosse lui ad avere il problema. «Non posso credere che sia successo, non posso credere che sia successo, non mi ero reso conto, non sapevo...»

Sono io che mi trasformerò in una balena e lui ha una crisi isterica? Posso tagliarlo fuori da tutta la faccenda? Mi viene in mente la soluzione. «Smettila di blaterare. Posso prendere la pillola del giorno dopo.»

«La cosa?»

Mi sento come in un film fantastico, improvvisamente mi sono ricordata la formula della pozione magica.

«La pillola del giorno dopo. Si prende per non rimanere incinta. Una mia amica di Montreal l'ha provata.»

«Le hanno anche a Toronto?»

«No, si vendono solo a Montreal.» Mi guarda attonito. «Sto scherzando, stupido.»

«Ce l'hai qui?»

«No.» Cosa sono, una farmacia? «Dobbiamo andare in ospedale a farcela dare.»

Si gratta il naso. «Io odio l'ospedale.»

Perché, a qualcuno piace andare all'ospedale? Cosa potremmo fare oggi? Ho un'idea, andiamo a respirare il puzzo dell'urina e dei corpi in decomposizione. In ospedale si va quando si è malati, oppure quando ti rompi qualcosa, come una gamba, un braccio... o un preservativo. «Vestiti. Andiamo.»

«Ora? Dobbiamo andare stasera?»

«Quando vorresti andarci? Tra nove mesi?»

«Hai detto che si prende il giorno dopo. Cobrint inaugura il suo nuovo locale. Devo andare. È per lavoro.»

Lavoro o non lavoro, se sceglie di andare all'inaugurazione di un locale invece che accompagnarmi all'ospedale, Allie può anche riprenderselo. «Va bene, ci vado da sola. Non ho bisogno di te.»

Sospira. «Non andare da sola. Non puoi chiedere a Jodine di accompagnarti?»

Che stronzo. Che uomo è uno che antepone il lavoro ai bisogni della sua donna? «Nick non mi avrebbe mai mollata in questo modo.»

Sbianca sentendo il nome di Nick. «Perché tiri in mezzo Nick, adesso?»

Perché a nessun uomo piace essere paragonato a un altro uomo. «Perché lui sarebbe venuto con me.»

Salta nei jeans. «Vengo con te.»

Lo abbraccio. «Davvero?» Ha i pantaloni alle caviglie.

«Davvero. Magari se ci muoviamo subito riusciamo ad andare all'inaugurazione del bar più tardi.»

Cinque cazzo di ore dopo ho la pillola nella borsetta. La festa di inaugurazione è iniziata e finita senza di noi. Accompagno Clint a casa. Mi mette una mano sulla spalla. «Vuoi salire?»

Voglio solo farmi una doccia calda e andare a dormire. «No, stasera no. Ho dormito da mio padre un po' troppe volte. Allie comincia a insospettirsi.»

«Allora diciamoglielo.»

«Grandioso. Ho altri problemi, per il momento.»

«Va bene, allora non diciamoglielo. Perché sei così nervosa, improvvisamente?»

Alzo le spalle. «Perché sono incinta.»

Sogghigna e scuote la testa. «Non è divertente.»

«Sarà meglio per te che tu non abbia l'AIDS o altro.»

«Non ce l'ho. Non vuoi che venga da te?»

«No. Parleremo con Allie, va bene? Solo non stasera.»

Torno a casa. È buio pesto in corridoio, e andando in camera mia inciampo in un nuovo elettrodomestico. Non potevano lasciarmi almeno una lucina? A nessuno importa se inciampo e mi rompo qualcosa? Ci mancherebbe solo che mi rompessi un braccio e dovessi tornare in ospedale. Comunque... in cosa sono inciampata? Probabilmente parte dei fornelli o del forno. Ho sentito dire che ci sarebbero arrivati presto, ma non ho fatto attenzione a cosa mi dicevano.

Accendo la luce e cerco un bicchiere. Non lo trovo e prendo le pillole dalla borsa. Le istruzioni dicono: *Prendere due pillole subito e altre due dopo dodici ore. Attenzione: le pillole possono provocare nausea, dolori al basso ventre, diarrea, gravidanza extrauterina.*

Che meraviglia!

Quando alle sette suona la sveglia, decido di darmi malata. Ho dormito pochissimo e ho la nausea. Va bene, non ho la nausea proprio in questo momento, ma sono sicura che mi verrà e non ho intenzione di trovarmi in

ufficio quando comincerò a vomitare. Torno a dormire.
Risolini, risolini. Voce maschile. Risolini, risolini.
Mi copro la faccia col cuscino. Che sconsiderata, io ho quasi la nausea e lei ridacchia in giro per casa. «Allie!»
I risolini cessano, e sento bussare alla porta.
«Entra» ruggisco.
Apre la porta e sbircia nella stanza. «Cosa ci fai a casa?»
Perché parli così forte? «Cerco di dormire. Sto male.»
«Stai male? Mi dispiace. Ho fatto molto rumore, non pensavo che fossi a casa. Vuoi un po' di succo? Ti porto un po' di succo.»
Allie torna in cucina, lasciando la mia porta aperta. Non poteva chiuderla? Non voglio che Josh mi veda a letto. O forse sì. Non è male. No.
È l'una. Devo prendere le altre due pillole. Non posso prenderle a stomaco vuoto. «Allie?»
«Sì?»
«Mi porti un panino dolce? Scaldato nella piastra per i panini.»
«Va bene. Ma indovina dove lo scaldo?»
Chi se ne frega? «Dove?»
«Sui fornelli! Josh ha finito il lavoro. E ha installato anche il forno. Devi venire a vedere. È tutto pronto.»
Sì, adesso mi metto improvvisamente a cucinare.
Un attimo dopo torna in camera mia con un vassoio. «Non preoccuparti di niente» dice, ravviandomi i cuscini. «Allie si prenderà cura di te per tutto il giorno.»

Jodine beve un sorso d'acqua dalla bottiglia e si siede sulla sdraio. Mi guarda il pigiama. «Vai a letto presto stasera?»
«Sono malata.» Mi avvolgo nella coperta di Allie.
Jodine corruga la fronte e fissa la bottiglia. «Non avrai bevuto a canna, non voglio ammalarmi anch'io.»
Che rompiscatole. «Non sono contagiosa. Si è rotto il

preservativo e ho preso la pillola del giorno dopo.»

Mi guarda la pancia. «Stai bene?»

«Ho solo un po' di nausea.» Non tanto come pensavo, ma potrei peggiorare da un momento all'altro, no?

«Cosa hai fatto tutto il giorno?»

«Allie mi è andata a prendere dei film.»

Jodine va in cucina e apre il frigorifero nuovo. Immagino che voglia prendere un'altra bottiglia d'acqua. «Allie ha riempito il frigorifero.»

«Sì?» Non avevo guardato. Ha continuato a portarmi da mangiare per tutto il giorno.

«Avremmo dovuto fare delle foto della cucina prima che bruciasse, così ora potremmo verificare se è davvero uguale.»

«Ho fatto io il disegno per Josh... sono una designer, so quello che faccio.»

Continua a cercare nel nuovo frigo. «Di chi è questo panino?»

«Me l'ha fatto Allie. Puoi passarmelo, per favore?»

Lo ributta in frigo. «Perché?»

«Perché ho fame.»

«No, voglio dire, perché te l'ha fatto?»

«Perché era preoccupata per me.»

Jodine sbuffa. «Non ti senti in colpa a lasciare che si occupi di te, mentre tu le nascondi il vero motivo per cui stai male?»

«Non posso mai preoccuparmi solo di me stessa? Perché dovrei sentirmi in colpa per Allie proprio adesso, quando sono io ad avere la nausea?»

«Voglio che tu glielo dica. Presto.»

Fai questo. Fai quello. Bla, bla. «Va bene. Quando?»

Jodine incrocia le braccia come un giudice prima di emettere la sentenza. «Ti do due settimane, poi glielo dirò io.»

«Come ti pare.»

Vado in camera mia e sbatto la porta. Perché a nessuno importa come mi sento io? Cazzo. Mi sono dimenticata il panino.

«Convocazione per tutte le coinquiline» sento gridare dall'altra parte della casa.

«Cosa succede?» urlo.

«Dobbiamo brindare. Ho comprato una bottiglia di vino.»

Mi avvolgo nella coperta e vado in cucina. Sembra identica a prima dell'incendio. Non che mi ricordi esattamente come fosse prima dell'incendio. Adesso che ci penso, il forno era molto più a sinistra, e... Troppo tardi.

Allie è seduta sul bancone, sta riempiendo dei calici da vino che deve aver appena comprato.

Jodine è appoggiata al frigorifero.

«Grazie, Allie» dico, quando mi porge il bicchiere.

«Ti farà bene per la nausea?» mi chiede Jodine con un sorriso malizioso.

Fanculo. «Sono sicura che starò meglio. Ma grazie per l'interessamento.»

Allie alza il bicchiere. «Voglio approfittare di questa occasione per dirvi quanto siate importanti per me. Davvero. Abbiamo affrontato momenti molto difficili, ma invece che separarci, ci siamo unite e abbiamo superato tutti gli ostacoli.»

«Dobbiamo ancora qualcosa a Josh?» chiedo.

«Poco» dice, e incrocia le gambe. «Ma chi se ne importa? Abbiamo una cucina bellissima. E un'amicizia ancora più bella.» Brindiamo e beviamo.

Jodine alza il bicchiere verso di me. «Alla vera amicizia» dice, fissandomi negli occhi. Brindiamo e beviamo.

Ho come la sensazione che il brindisi di Jodine non fosse tanto sentito.

Capitolo 31

Jodine non riesce a respirare

Jodine

È incredibile la faccia tosta di quella donna. È mostruosa. Allie la serve come una schiava, ed Emma ieri sera ha avuto il coraggio di dirle, per la quindicesima volta questo mese, che oggi andrà a dormire da suo padre. È ridicolo. Assurdo. E, come se non bastasse, sono mesi che Allie fa il conto alla rovescia; aspetta questo giorno, il giorno di San Valentino, perché è convinta che sia *il* giorno.

Manny mi abbraccia e mi spinge la testa contro il suo petto. Quando fa così non riesco a respirare. Mi manca l'aria, sento solo l'odore delle lenzuola e del mio stesso fiato. Ho bisogno di spazio quando dormo. Mi giro in modo da essere rivolta verso la finestra e non verso di lui, ma Manny mi abbraccia da dietro. Non c'è speranza che io riesca ad addormentarmi di nuovo.

Il cielo sembra un po' più chiaro che un minuto fa. Com'è possibile che non mi sia accorta che si stava schiarendo anche se lo fissavo?

Mi giro verso Manny e gli passo un dito sulla fronte, sul naso, sulle guance. Sbatte le palpebre. Perché ho baciato il Conte Zeus? Perché non l'ho detto a Manny?

«Ti amo» mormora, e mi tira più vicino.

Smetto di respirare.

Il mio viso, le mani, le gambe sono fredde, rigide,

vuote. Mi giro di nuovo. Il cielo è ancora più chiaro.

«Sei in ritardo!» mi dice Allie, e io ho una strana sensazione di déjà vu. È seduta sul divano, sta guardando una replica di *Cin Cin*. Ha i pantaloni neri e una delle magliette rosse di Emma.

«Scusa, scusa, ero in palestra.»

«Devi sbrigarti. Arriveremo in ritardo.»

Mi faccio la doccia, mi asciugo i capelli e li lego in una coda di cavallo. Non sono dell'umore di tenerli sciolti. Mi infilo il vestitino rosso che Emma ha insistito che mettessi per l'occasione.

Suona il telefono. Allie risponde e mi chiama subito. «Jodine, è per te. È Manny.» Da quella volta che l'ho rimproverata perché aveva parlato con lui, non è mai più stata al telefono con Manny per più di sei secondi. Forse ho esagerato.

«Pronto?» dico.

«Ciao» dice, con un tono di voce gelido e distante.

Qualcuno mi ha visto con il Conte Zeus? Manny sa? Voglio che Manny sappia? «Dove sei?»

Non dice niente.

Avvolgo il cavo del telefono attorno al pollice. «Manny? Che c'è?» Sa. Qualcuno gliel'ha detto. Sento un misto di tristezza e sollievo.

Lo sento inspirare profondamente. «Mia nonna ha avuto un collasso. È in ospedale. Sono all'aeroporto, prendo il volo delle dieci per Ottawa.»

Sua nonna? Cosa? «Mi dispiace.»

«Perderò anche questa festa.»

«Non preoccuparti. Tu stai bene?» *C'è qualcosa che posso fare?*

«Sto bene. Non puoi capire quanto sono contento di essere stato lì a Natale. Di averla vista per l'ultima volta. Mia madre è molto giù.»

Mi ricordo che mia madre non uscì dal letto per tre

settimane dopo che sua madre morì. Dovetti costringerla ad alzarsi, fare la doccia e cambiare le lenzuola. Mio padre non sapeva cosa fare. «Mi dispiace davvero tanto.» *Vuoi che venga con te?*

«Ti chiamo tra un paio di giorni.»

«Abbi cura di te.» *Hai bisogno di me lì al tuo fianco?*

Riattacco e fisso il cavo ancora avvolto attorno al pollice. Lo sistemo e inizio a fare piani per la serata. Saremo soli io e il Conte Zeus.

Capitolo 32

Devi proprio tenerla lì, Emma?

Emma

«Possiamo andare, adesso?» grida Allie dal salotto. «Non siete ancora pronte?»

La ucciderò. Quella voce mi sta facendo impazzire. Perché vuole arrivare così presto se poi passa tutta la prima ora a preoccuparsi perché non c'è nessuno?

«Calmati!» le urlo dal bagno. Mi metto il rossetto e mi guardo allo specchio.

«Due minuti!» strilla Jodine dalla sua stanza.

Per Jodine sono sempre due minuti. Se avessi un dollaro per ogni volta che ha detto due minuti, ora non dovremmo fare questa festa.

Suona il citofono.

«Aspettate qualcuno?» grida Allie.

Sarà meglio che non sia Clint. Gli ho detto chiaramente che ci saremmo visti alla festa. Non che ascolti mai quello che gli dico. Gli dico sempre di digitare *76 prima di chiamare, ma pensate che lo faccia? «Io non aspetto nessuno!» urlo.

«Neanche io» strilla Jodine.

Metto via il rossetto, mi do un'ultima occhiata nello specchio e vado in salotto.

Allie è seduta sul divano accanto a un uomo magro con i baffi. Non ho idea di chi sia. Il padre di Allie? Le ha fatto una sorpresa e la vuole portare fuori per San

Valentino? Mi sembra plausibile per la famiglia di Allie. «Salve» dico.

Perché Allie trema come se ci fossero dieci gradi sotto zero qua dentro? «Emma» dice. «Lui è Carl.»

Carl? È il sostituto di Clint? Le interessano solo uomini il cui nome inizia per C?

«Carl» ripete Allie, mentre fa degli strani movimenti con gli occhi in direzione della cucina. «Carl, il padrone di casa. Carl, lei è Emma, una delle mie coinquiline.»

Oh. *Quel* Carl.

«Ciao, Emma. È un piacere conoscerti.» Mi porge la mano e io gliela stringo. «Sono a Toronto per lavoro e sono venuto a vedere come va con quel problema dei topi. La vostra coinquilina mi ha scritto che avete dovuto assumere qualcuno per risolvere la questione, ma ho pensato di venire a controllare di persona come va.»

Sorrido nervosamente. «Grazie. Vado a chiamare Jodine.» Mi scuso con un sorriso e spalanco la porta di Jodine. «Sei scema?» Resisto alla tentazione di staccarle la testa dal collo.

Sta riorganizzando il contenuto della sua borsa sul letto. «Che vuoi?»

«Hai scritto a Carl del nostro problema con i topi?»

«Perché non avrei dovuto? Josh dovrà essere rimborsato per tutte quelle trappole, e pagato per il lavoro. Dal punto di vista legale è Carl che deve pagare la derattizzazione.»

«Davvero?»

Annuisce trionfante. «Sì, e lo ha fatto.»

«Meraviglioso. Ora è qui per verificare che sia tutto sotto controllo.»

Impallidisce. «Uh-oh.»

«*Uh-oh* è l'espressione giusta. Se si accorge delle nostre piccole modifiche al suo appartamento, ci sbatterà fuori a calci.»

Jodine mi segue in salotto. Carl è in ginocchio di fianco al televisore, sta sbirciando sotto il calorifero. «Vi hanno fatto un lavoro davvero a regola d'arte. I topi non possono più entrare, ormai.»

Sorprendo Allie a sorridere come se il lavoro l'avesse fatto lei stessa.

Carl si alza. Le ginocchia gli scricchiolano. «Avete visto altri topi?»

«No» dichiariamo all'unisono.

«È tutto sotto controllo» dice Jodine. «Grazie di essere venuto. Non vogliamo rubarle altro tempo.»

«È stato un piacere conoscervi» dice. «Controllo la cucina e me ne vado.»

Allie piagnucola: «La cucina?».

Carl annuisce. «Devo controllare dietro i fornelli. È lì che passano di solito. C'è sempre un'apertura nei pressi.»

Merda. Merda. Merda. Come faccio a fermarlo? Devo mettermi a gridare *Al fuoco*? No, Allie non capirebbe che si tratta di un diversivo, crollerebbe e confesserebbe ogni cosa. Rimaniamo immobilizzate in corridoio. Se ne accorgerà. Come potrebbe non accorgersene? È tutto nuovo di zecca. Verremo buttate fuori. Ci denuncerà. Andremo in carcere perché abbiamo sottoscritto un contratto d'affitto senza assicurazione. Saremo accusate di piromania. Non voglio andare in carcere. Non posso passare il resto della mia vita in compagnia di sole donne.

Allie è atterrita, come aspettasse di fare una puntura. Jodine sembra una statua del museo delle cere.

Io trattengo il fiato.

Carl fischia come se fosse un muratore e io gli fossi passata davanti con la più scollata delle mie magliette. «Oh, mio Dio» dice.

Merda, merda, merda.

«Ragazze, è incredibile come tenete pulita la cucina.»

Guardo le mie compagne.

Allie ridacchia.

La faccia di Jodine comincia a sciogliersi.

Ce l'abbiamo fatta. Abbiamo avuto l'esito dell'esame ed è NEGATIVO. È un idiota. Non sarò costretta a offrirgli favori sessuali.

Sposta i fornelli e guarda dietro. «Tutto pulito.»

Allie ridacchia. «Favoloso.»

«Grazie di essere venuto» dice Jodine, buttando fuori l'aria.

Carl spinge i fornelli contro il muro. «Un attimo, controllo sotto il lavandino» dice. Si inginocchia.

Sotto il lavandino?

Apre l'armadietto sotto il lavandino.

Merda. Merda. Merda. Merda.

La scena seguente avviene al rallentatore, come quando Bruce Willis dà la caccia al mercenario russo fra treni che esplodono e tutto il resto.

Carl apre lo sportello. Carl vede i vasetti impilati. Carl prende un vasetto. Carl guarda uno dei vasetti, incuriosito. Carl svita il tappo del vasetto. Carl odora il contenuto del vasetto. Gli occhi di Carl diventano all'incirca dieci volte più grandi del normale. Carl posa il vasetto e si alza. Carl apre la bocca. «Ragazze, vendete marijuana?»

Jodine è cinerea.

Allie addirittura addolorata.

Io non perdo la testa. «Non è marijuana, è origano.»

Mi sventola il vasetto davanti alla faccia come un padre che ha trovato le sigarette nella cartella della figlia tredicenne. «Pensi che sia uno stupido? Conosco l'odore della marijuana.»

Ah, ah! Conosce l'odore della marijuana. Gli strizzo l'occhio. «Va bene, allora non diremo a nessuno che ti sei tenuto il vasetto.»

Il suo viso tende al blu. «Vi voglio fuori di qui per la fine del mese.»

«Ma Carl» dico sottovoce, mentre gli accarezzo il petto, «non c'è niente che possiamo fare per farti cambiare idea?»

Sussulta. Così come Allie e Jodine. «Vi voglio fuori per la fine della settimana.»

Puritano.

«Ma... ma, signore» balbetta Jodine. «Non può farlo! Non può mandarci via a suo capriccio. Abbiamo un contratto. Sono una studentessa di Legge, so quello che dico.»

«Se per sabato a mezzogiorno non siete fuori da casa mia, chiamerò la polizia e dirò che in questo appartamento si spaccia droga e si esercita la prostituzione. Ora datemi una borsa.»

Jodine gli porge un sacchetto della spesa. «È riciclabile» dice.

Carl prende i miei vasetti e li mette nel sacchetto. «Questi li confisco io.»

Scommetto che se la fumerà tutta.

Capitolo 33

Festa di San Valentino: gli eventi precipitano.
Consiglio: versatevi un bicchiere di buon rosso
e ascoltate l'onnisciente narratrice
che vi racconta il seguito della storia

Ancora una volta, l'ultima, le ragazze si trovano al *411.*

Sono le dieci, e il bar pullula di single a caccia di un compagno di letto per la serata e di coppie ubriache. A parte Allie, Emma e Jodine, gli altri personaggi principali della nostra storia sono già qui. Ma dove sono le ragazze?

Aspettano fuori, in fila.

Alle altre due feste avevano trovato da parcheggiare davanti all'entrata. Stavolta hanno girato tre volte attorno al palazzo prima di arrendersi e andare a parcheggiare a quattro isolati di distanza. La temperatura è scesa sotto lo zero, e sebbene indossino tutte il cappotto, nessuna di loro ha cappello, sciarpa, guanti o altri accessori indispensabili per l'inverno.

Quando hanno visto la fila di una quindicina di invitati, hanno tentato di scavalcare il buttafuori e di entrare direttamente nel bar.

Il buttafuori si è opposto. «Dove pensate di andare, ragazze?»

«Signore» ha detto Jodine. «Non si ricorda di noi? È la nostra festa. Dobbiamo entrare.» Jodine non è dell'umore adatto per discutere. È ancora molto arrabbiata per le traversie relative all'appartamento. Presume di dover tornare a casa dei suoi. È davvero terrorizzata all'idea. Che serata schifosa l'aspetta. *Che schifosa serata del cazzo.*

«Al momento non facciamo entrare nessuno» dice il buttafuori, guardando dritto davanti a sé.

«Signore» ripete Jodine. «Questa è la nostra festa!»

Le fa segno di tornare in fondo alla fila.

Emma incrocia le braccia, non in gesto di sfida, ma perché non ha il reggiseno e le si stanno congelando i capezzoli. «Sono allergica al freddo. Puoi chiamare Steve con la radio, per favore?» È furiosa perché deve fare la fila. E ancora più furiosa perché sarà buttata fuori di casa. *Può succedere solo a me* pensa. Perché le cose brutte non succedono anche agli altri?

Il buttafuori continua a guardare dritto davanti a sé. «Steve non è reperibile, al momento. Se non tornate in fondo alla fila, non vedrete mai l'interno di questo bar.»

Emma cerca di chiamare Steve al cellulare, ma trova occupato.

Allie si sente le dita dei piedi e delle mani congelate. Si rammarica di non essersi fatta prestare da Emma delle calze più pesanti.

Cinque minuti dopo Jodine torna dal buttafuori. «Mi scusi. Il barman è un mio amico.» Si sono baciati, no?

«Quale barman?»

Ora, qui sorge un problema. Non può chiamarlo Conte Zeus. «Quello che lavora al bar del secondo piano.»

«Leslie?»

Leslie? Si chiama Leslie? Jodine è furiosa. Il Conte Zeus non può chiamarsi Leslie. L'uomo più sexy del mondo dovrebbe avere un nome da macho come Tom o Brad, non uno di quei nomi che possono essere sia maschili che femminili.

«Non può chiamarsi Leslie.»

«Torna in fondo alla fila.»

Jodine si fa spazio tra la folla. Il Conte Zeus non lavora più al bar del secondo piano? E se non riuscisse più a trovarlo? Ma no, probabilmente il buttafuori non sa neanche chi lavora in quale bar. Cerca di respirare lentamente per tranquillizzarsi, ma fa troppo freddo per respirare.

Finalmente Steve sbuca dalla finestra e fa un gesto come a dire *Cosa ci fate lì in coda? Entrate.*

«Sono dieci dollari a testa» dice la donna alla cassa con un tono monotono.

«Col cazzo. Steve!» urla Emma, e afferra Steve per la manica prima che si dilegui. «Di' a questa gente che è la nostra festa.»

«È la loro festa. Mettete i cappotti in ufficio e venite al secondo piano, vi offro da bere. Si direbbe che avete bisogno tutte e tre di un po' di antigelo.»

Mentre salgono al piano superiore, Jodine trattiene il respiro. Perché al bar c'è una donna bionda con un bustino di pizzo nero?

La bionda chiede: «Cosa vi faccio?».

«Dov'è il Conte?»

«Chi?»

«Il...» Il cuore di Jodine sprofonda come un uomo di trecento chili nel mar Morto. «Sei Leslie?»

«Sì, perché?»

Jodine ora è un po' confusa. «Non importa. Posso avere... dodici bicchieri di vodka e del lime?»

«Sei matta?» le chiede Emma.

Allie si mette le mani tra i capelli. «Non posso bere quattro bicchieri di vodka così. Ne reggo a mala pena uno.» Si butta su uno sgabello.

Jodine si siede accanto a lei. «Chi ha detto che sono anche per voi?» Guarda Allie con gli occhi sbarrati e sospira. «Rilassati, stavo scherzando.» Quando arrivano i drink, li divide in tre parti uguali.

Ognuna di loro solleva un bicchierino.

«A Josh» dice Allie. Brindano e bevono.

«Allo sfratto» dice Jodine. Brindano e bevono.

«I problemi a domani. A stasera» dice Emma. Brindano e bevono.

Lo sguardo di Allie vaga per il bar illuminato dalla lampada stroboscopica. Salta giù dallo sgabello. «Bevete voi il mio ultimo drink. Vado a cercare Clint.»

Emma prende il suo bicchiere con una mano e quello di Allie con l'altra. «A Clint» dice. Brinda da sola, svuota prima il bicchiere di Allie, poi il suo. «Devo sistemare il rossetto» dice, saltando giù dallo sgabello.

Jodine si guarda attorno. «Dove siete, tutte?» strilla, rendendosi conto di essere stata abbandonata. Butta giù l'ultimo bicchiere. «Ancora quattro» dice a Leslie.

Uno. Due. Tre. Quattrooooooooooo.

Singhiozza.

Dov'è il Conte? Perché non è lì ad aspettarla, dove sono i suoi denti sporgenti e la cappa nera?

Si appoggia al bancone e chiama la barista. «Scusa. Cos'è successo al Leslie che lavorava in questo bar?»

«Cosa?»

Giusto. È lei Leslie. «Il barman con la cappa.»

«Nessuno dei barman di questo locale si mette la cappa.»

«Quello bellissimo. Voglio dire... *bellissimo.*»

«Chad?»

Sì. Chad. Non vi sembra che Chad sia un nome più appropriato al personaggio? Annuendo, Jodine ripete: «Chad».

«È il suo giorno libero.»

«Libero?»

«Sì, ma l'ho visto andare da quella parte pochi minuti fa.» Indica il bar principale al piano di sotto.

È venuto al *411* anche se non doveva lavorare? *Deve aver saputo della festa, deve essere qui per vedere me,* pensa Jodine.

Allie e Clint sono seduti al bar di Cheryl e Tiffany. (Vi ricordate di Cheryl e Tiffany, no?)

Allie sta raccontando della visita di Carl, a cuor leggero, in modo brillante e quasi divertente, mentre sorseggia un cocktail di lampone e vodka.

A rigor di logica, dovrebbe essere estremamente sconcertata dai recenti avvenimenti. A differenza delle altre due ragazze, i cui genitori vivono in città, non ha un posto dove andare. Ma Allie non ha perso le speranze. Al contrario. È stata una bella coincidenza che questo sia successo la sera di San Valentino. Anzi, non è stata una coincidenza: è stato il destino. Sa che la serata culminerà in una notte con Clint.

Ma quando accadrà? Quando gli dirà che deve tornare a Belleville? Forse solo allora Clint si renderà conto di quanto gli mancherà e le dirà di amarla, di averla sempre amata, e le chiederà di andare a casa con lui.

Allie si passa la lingua sui denti, sperando che non ci siano macchie di rossetto.

È il momento della verità. Ora o mai più.

«Dato che non ho più un posto dove stare» dice, cercando di sembrare afflitta, «dovrò tornare a Belleville.» Sospira profondamente.

Tornerà a Belleville? Clint deve trattenersi dall'urlare *Sì!* e mettersi a saltare di gioia. Lui ed Emma non dovranno più nascondersi. «Che peccato» dice. «Non c'è niente che possa farti cambiare idea?»

«Non lo so.»

«Oh, Allie.» La abbraccia e la tira a sé. «Mi mancherai. C'è qualcosa che posso fare per convincerti a rimanere?»

Attento, Clint, non andare troppo oltre o te ne pentirai.

Allie indietreggia per una frazione di secondo e gli fissa le labbra. Sono morbide, rosse, umide, carnose, e a meno di cinque centimetri dalle sue. «Sì» dice, e in un attimo si mette in punta di piedi e lo bacia. Sapeva che le sue labbra sarebbero state deliziose, e lo sono. E ora le dirà che non può vivere senza di lei, che la ama, e tutto il resto.

Clint non si sottrae subito, come senza dubbio avrebbe voluto fare. Pensa che sia stata Emma a organizzare tutto, che voglia fare una cosa a tre, e questo è il primo passo.

Quando il bacio comincia a essere un po' troppo profondo, è Allie a tirarsi indietro. «Non è perfetto?» chiede, guardandolo con gli occhi spalancati come una piccola sirena.

Uh-oh. *Forse Allie ha qualcos'altro in mente,* pensa.

«Non è stato magnifico?» Allie è sul punto di svenire. «Lo sapevo che provavi qualcosa per me! Lo sapevo!»

«È... io...»

Emma esce dal bagno, con le labbra dipinte di fresco, e si dirige verso di loro.

«È... io...» Clint sembra leggermente confuso.

Emma non ha idea di quanto è appena successo, e abbraccia entrambi i suoi vecchi amici.

Bacia Clint sulle guance e gli dà una pacca in mezzo alle gambe, dove sa che Allie non può vedere. «Allie ti ha detto della evizione?»

Clint pensa che *evizione* assomigli molto a *erezione.*

Emma continua a toccarlo. «Non so che cazzo farò» dice, «ma penso che sarebbe meglio preoccuparsene domani, giusto?»

Allie cerca di incontrare lo sguardo di Clint e di dirgli telepaticamente che vorrebbe restare sola con lui.

«Avete visto com'è vestita la gente, stasera? Guardate quella.» Indica una donna con un vestito rosso trasparente e niente sotto. «Non lascia molto all'immaginazione, eh?»

La donna con il vestito che non lascia molto all'immaginazione vede che Emma la indica. Non ha sentito cosa ha detto, ma istintivamente sa che sta sparlando di lei. Incrociano gli sguardi.

Emma pensa che la donna ha un aspetto familiare. «Merda» borbotta, quando lei, stringendo le labbra, procede verso di loro. Clint e Allie fanno un passo indietro, Emma e la donna con il vestito che non lascia molto all'immaginazione si fronteggiano.

«C'è qualcosa che vorresti dirmi?» chiede la donna.

«Prego?» dice Emma con tono torvo.

Le coppie e i single si fermano e si voltano a guardare. Gli uomini sperano che le due si buttino a terra sibilando e strappandosi i vestiti. «Dato che a quanto pare ti diverti a parlare di me, mi piacerebbe sapere cosa hai detto.»

Improvvisamente Emma si ricorda dove l'ha vista. «Tu sei *Mo' te la do.*»

Dire questa frase ad alta voce probabilmente non è la miglior mossa che Emma potesse fare.

Monique fa il dito a Emma. «E tu sei la psicopatica. Prima mi dai della puttana al telefono e ora mi chiami *Mo' te la do* in pubblico? Se lo ripeti ti denuncio per diffamazione.»

Emma si ricorda della telefonata a Nick la notte di Halloween. Si lamenta per come l'ha soprannominata? Ma si ricorda come andava in giro vestita, quel giorno? Non puoi andare a una festa vestita da prostituta e lamentarti perché ti danno della puttana. «Vuoi che ti rompa il culo?» grida, con gli occhi semichiusi per la collera.

Allie e Clint non possono credere che abbia detto una cosa del genere. Ma chi crede di essere? Un cinquantenne di duecento chili al pub sotto casa?

Emma si sente salire l'adrenalina. Avrebbe sempre voluto dire una frase così. Sì. È una sensazione cazzuta. Spalanca gli occhi e stringe il pugno davanti al petto di lei.

Monique non è mai stata coinvolta in una rissa da bar e non ha intenzione di iniziare adesso. Non sa perché è andata a parlare con quella psicopatica. L'unica ragione è che ha visto Nick, e questo le ha fatto montare una rabbia terribile. È venuta alla festa perché passare il Capodanno da sola è stato molto deprimente, ed è determinata a trovare un uomo, un uomo qualunque, con cui andare a casa stasera. Ma ora comincia a dubitare della sua decisione. Si chiede anche come uscire intatta da questa situazione. «No» dice. «Scusa se ho alzato la voce.»

E basta.

Tutti quanti sospirano. Pare che l'esplosione sia stata evitata. Sapete, come in quei film in cui il cattivo sta per far saltare in aria la stazione dei treni, ma l'eroe gli spara appena in tempo.

«Lo so che non te ne frega più niente di Nick, ho visto il tuo nuovo uomo» dice Monique.

Non dirlo, non dirlo, non dirlo...

Monique indica Clint con un mezzo sorriso. «Ho visto come ve la spassavate alla festa di Capodanno.»

L'ha detto.

Nel frattempo...

Jodine ha individuato il Conte Zeus da lontano. Sta entrando in ufficio. Eccitazione, paura e senso di nausea danzano insieme nel suo stomaco, mentre si fa spazio tra la folla. Non sa esattamente cosa vuole fare, ma è decisa a incastrarlo in un angolo da solo. Dalla finestra lo vede di spalle. Sembra che stia frugando tra una pila di carte. Scivola nella stanza e chiude la porta.

«Ciao» dice, usando il trucco del sopracciglio alzato per sedurlo.

«Ciao.» Anche lui alza il sopracciglio.

Si sente attratta da lui. «Ti stavo cercando.»

L'uomo sorride.

Quanto è sexy, pensa. «Questa volta non ti lascerò andare via.» Gli fa segno di avvicinarsi con il dito, come farebbe Marilyn Monroe.

«No?»

Si apre la cerniera del vestito sulle spalle. «Ti spiace andare avanti tu?»

L'odore della sua acqua di colonia la sconvolge, mentre lui le apre la cerniera, e per un momento si sente sul punto di svenire. Il vestito cade in terra.

Lui passa il palmo della mano sul reggiseno nero e sul tanga, la fa girare e la sdraia sulla scrivania, attaccando famelico le sue labbra. Con una mano le tira i capelli, con l'altra le stringe il sedere. Lei gli slaccia la camicia e gli sfiora la pelle con le dita.

«Mi stai simpatica» dice. «Chi sei?»

Jodine ride. Non sa chi sia. Non si ricorda di lei. In qualche modo questo rende la cosa ancora più eccitante. La lingua morbida, la pelle calda, il corpo bollente... e non si aspetterà niente da lei domani, perché non sa nemmeno come si chiama.

E dopo averlo fatto, si dice, *dopo aver fatto sesso con questo estraneo, dovrò rompere con Manny.*

Che razza di persona sarebbe se non lo facesse?

Manny non è all'aeroporto, dove avrebbe dovuto essere. Ha aspettato per ore, in lista d'attesa. Quando alle dieci meno un quarto gli hanno comunicato che avrebbe potuto imbarcarsi sul volo delle dieci, ha chiamato suo padre.

«Vai a casa» gli ha detto. «Sta bene.»

«Sta bene? Cos'è successo?»

«Ha fatto un corso di step, ed è successo quello che succede alle donne di settant'anni che fanno i corsi di step.»

«È caduta?»

«No, ha semplicemente avuto un problema di disidratazione. Comunque ora sta bene. Vai a casa.»

Esausto ed emotivamente svuotato, Manny era su un taxi diretto a casa quando ha deciso di fare un salto alla festa. Dopo aver aspettato in fila per venti minuti e pagato dieci dollari, più altri due per il guardaroba, ha visto Jodine che si dirigeva verso l'ufficio. *Faccio una sosta al bagno e la raggiungo,* ha pensato.

Il Conte Zeus le slaccia il reggiseno e le mordicchia i capezzoli.

Ora ha un buon motivo per lasciare Manny. Ma perché pensa a Manny? Tutto ciò non ha niente a che fare con Manny.

«Voglio venire dentro di te» dice il Conte, mentre le morde il collo.

Era il suo sogno, no, il Conte Zeus che la accarezza al buio? Ma cos'è questa strana cosa che sta facendo con la lingua? Fino a oggi non si era mai resa conto che una lingua può essere appuntita.

«Oh, Conte» mormora. No, aspetta. Ha un nome. Leslie? No. Charlie? Chuck? Chad. «Oh, Chad.»

Le afferra i capezzoli. Ahia. Attento alle unghie, Conte Chad! Se avesse voluto fare il piercing ai capezzoli, si sarebbe rivolta a un professionista.

Le prende il panico. Perché è sdraiata sul tavolo di un ufficio praticamente nuda con un uomo che le infila la lingua in gola e le torce dolorosamente i capezzoli?

Forse se penso ad altro sarà tutto più veloce, si dice. Come faceva con... come si chiamava... Benjamin? Perché l'ha lasciato?

A ogni movimento del Conte Chad, Jodine si divincola, vorrebbe scappare. Il Conte, sfortunatamente, scambia le sue reazioni per passione e la stringe, la lecca e la pizzica con molta più intensità di quella necessaria per una sveltina di due minuti.

Io respingo le persone che si avvicinano troppo a me.

Stretta.

Sto facendo questo perché ho paura dei miei sentimenti per Manny.

Leccata.

Non riesco a togliermi Manny dalla testa.

Pizzicotto.

Vedo la faccia di Manny davanti alla finestra.

Non vedendo Jodine da nessuna parte nel bar, Manny è andato a dare un'occhiata in ufficio. È lì da più di dieci minuti, è troppo presto per contare i soldi, c'è qualcosa che non va?

Manny ora vede Jodine con un uomo che si rotola sopra di lei e si sente male. Jodine si rende conto che quello è veramente Manny e non un'apparizione. Il Conte Zeus non vede niente, dà le spalle alla finestra, e sceglie questo momento per slacciarsi la cintura e abbassare i pantaloni.

Manny si volta e lascia il locale.

Il cervello di Jodine urla *Non è questo che volevi? Che Manny ti vedesse e ti lasciasse?*

Mentre il Conte libera dagli slip la sua notevole erezione, Jodine pensa *Cosa ho fatto?* Si rende conto, un po' in ritardo, che è Manny l'uomo che vorrebbe accanto, l'uomo sul cui petto vorrebbe riposare.

«Hai un preservativo?» chiede lo sconosciuto.

«Devo uscire. Scusami, ma il mio fidanzato ci ha visti dalla finestra.»

Il Conte sembra scandalizzato. «Il tuo fidanzato? Non mi avevi detto di avere un fidanzato.»

«Non ti ho detto nemmeno il mio nome, ma questo non mi sembra che ti abbia fermato.» *O che abbia fermato me.* Si rimette il reggiseno e si infila il vestito. «Scusami, Conte Chad. È stato un piacere conoscerti.»

Apre la porta mostrando al mondo un barman confuso e quasi nudo. Manny sparisce fuori dalla porta, e Jodine inseguendolo va a sbattere contro Clint, Allie, Emma e Monique.

Inconsapevole del dramma appena consumatosi dall'altra parte del bar, Jodine scoppia a piangere. «Ho fatto una cosa davvero stupida» dice, e afferra il braccio di Allie.

Allie si scuote Jodine di dosso. Nessuno ha sentito quello che ha detto. Stanno tutti guardando Allie.

«Io non capisco» dice Allie con la voce rotta. «Come può avervi visto che vi baciavate? Voi due non vi siete mai baciati, vero? Deve aver visto qualcun altro.»

Gli occhi di Emma e Clint si incontrano. Guardano Allie. «Ha visto proprio noi» dice Emma lentamente. «Mi dispiace.»

Allie sembra confusa. «Non capisco.»

Clint scuote la testa. «Non volevamo che succedesse.»

Ancora confusa, Allie pensa di essere stata proiettata in un'altra dimensione. Cerca una risposta nel bicchiere che ha in mano. Le tremano le labbra.

Jodine, nonostante sia lei stessa in uno stato di vertigine emotiva, cerca di confortare Allie. «Non volevano farti del male» dice, prendendole la mano. «Quando si sono incontrati alla festa di Halloween, non li avevi ancora nemmeno presentati. Non sapevano chi erano.»

Allie lascia la mano di Jodine. «Alla festa di Halloween? Monique ha detto a Capodanno.»

Ops.

«Questa storia va avanti da tre mesi? VI SIETE VISTI PER TRE MESI ALLE MIE SPALLE?»

Nessuno commenta.

Allie comincia a capire. «Ecco dove andavi quando dicevi che dormivi da tuo padre.»

Emma non ha il coraggio di alzare la testa. Si guarda gli stivali. «Mi dispiace.»

Jodine tenta di nuovo di prendere la mano di Allie. «Non volevano farti del male» ripete.

Allie si divincola. «Tu lo sapevi?»

«Io... lo sapevo, sì.»

«Vi odio tutti quanti. Tu» dice puntando il dito su Jodine, «sei un'amica terribile. Sono sempre stata gentile con te, e tu hai lasciato che mi mentissero così. Sei una... stronza.» Oh, finalmente, Allie, lasciati andare! «E tu» dice indicando Clint, «sei un pezzo di merda.» Oh, è davvero incavolata.

Clint si ribella. «Sono un pezzo di merda perché non sono mai stato attratto da te? È colpa mia se non sei il mio tipo?»

Allie si sente come se le avessero rovesciato addosso una secchiata di acqua gelida. «Perché mi hai baciata, allora?»

Emma lo colpisce rabbiosa allo stomaco. «L'hai baciata?»

Clint agita le braccia. «Non l'ho baciata. È lei che mi ha sbavato addosso cinque minuti fa. Io non l'avrei mai baciata.»

«Non c'è bisogno di diventare offensivo, adesso» dice Emma.

«Ora ti preoccupi dei miei sentimenti?» urla Allie. «Non sei altro che una bugiarda, e una sgualdrina.»

«Non sono una bugiarda» protesta Emma. Socchiude gli occhi. «Clint non è mai stato attratto da te, Allie. È solo che tu non volevi rendertene conto. Pensavamo tutti che fossi patetica.» Si guarda in giro, fissa prima Clint, poi Jodine, per dare enfasi alle sue parole. «Tutti noi.»

Le lacrime cominciano a scorrere sulle guance di Allie.

Jodine le prende di nuovo la mano. «Non ascoltarla.»

«Chi sei tu per darle consigli?» urla Emma. «*Signorina perfettina.* Signora non faccio mai niente di sbagliato. Signora frigidità in persona che pomicia con i baristi anche se è fidanzata. Ti ho vista a Capodanno.»

Jodine deglutisce con rabbia. «Io non ho mai detto di essere perfetta.»

«Sì, certo, che bella battuta. Sarebbe divertente se non fosse così patetico... e costoso.»

«Di cosa stai parlando?»

«Oh, lo sai benissimo. Perché non ce lo dici, Jodine? Lo sappiamo benissimo cos'è successo la sera dell'incendio. Che sei stata tu l'ultima a usare i fornelli. Non solo hai dato fuoco alla casa e hai rischiato di ucciderci, ma ci hai anche mentito, ci hai fatto credere che fosse colpa nostra. Sì, sei perfetta.»

Allie sbuffa, incredula di fronte alla versione di Emma sull'incendio. «Cosa dici? È stata la tua maledetta sigaretta. Hai buttato la sigaretta accesa nella spazzatura. Sei stata tu a suggerire di non dire la verità a Jodine per fare pagare a lei i danni.»

«E tu hai rotto il rilevatore di fumo» dice Emma.

Allie comincia a ridere e a piangere allo stesso tempo. «Sì, date la colpa a me. Date la colpa alla ragazza stupida e naïve che non trova nemmeno un uomo che se la voglia portare a letto. Sono sicura che così sarà tutto più facile per voi. Sapete una cosa? È stata colpa mia. Avrei dovuto accorgermi che razza di persone siete. Tu, con le tue continue lamentele e le paranoie da anoressica» dice a Jodine. «Tu, con la tua ambizione di essere contemporaneamente una spacciatrice e la tenutaria di un bordello» dice a Emma. «Tutte e due, con le vostre psicosi autoreferenziali, siete riuscite a farmi perdere il mio appartamento. Complimenti. Siete riuscite a trasformarmi in una senzatetto.» Tremando, posa il bicchiere sul bancone del bar. «Siete due puttane bugiarde, e non voglio mai più parlare con nessuna di voi.» Allie singhiozza, si volta e va via.

Emma alza gli occhi al cielo. «È così melodrammatica.»

«Stai zitta» borbotta Jodine.

Capitolo 34

Harry, ti presento Allie

Allie

Sono la più grande sfigata della terra. Se ci fosse un premio in denaro per le sfigate, avrei avuto i soldi per pagare i danni dell'incendio già da molto tempo, e mi sarei risparmiata questa suprema umiliazione.

Mi hanno presa in giro da Halloween.

Non tornerò a casa. Mai.

Scendendo giù per Queen Street, cerco di non imbattermi nelle coppie che tornano a casa dalla serata di San Valentino. Cerco di non piangere, so che le lacrime mi si ghiaccerebbero sulle guance. Mi tolgo il rossetto con la manica della camicia e mi passo la lingua sulle labbra per inumidirle. Pessima idea, ora la lingua e le labbra mi si congeleranno. Mi metto un'unghia in bocca. Si rompe subito. Il sapore dello smalto è quasi metallico, sputo l'unghia sulla neve. Ho le labbra screpolate e secche. Le uniche persone al mondo che mi amano sono mio padre e mia madre.

Quanto sono patetica. Come ho fatto a ripetere centinaia di volte che era la mia anima gemella? Come ho fatto a pensare che mi volesse bene?

Jodine aveva ragione quando diceva che vaghiamo senza meta nella vita, e se ci capita di imbatterci in qualcuno che vuole stare con noi, bene; se no, *the show must go on.*

Aumento il ritmo dei passi mentre cerco di delineare un nuovo piano. La mia famiglia mi ama, giusto? Posso tornare da loro. Non devo fare altro che andare alla stazione e aspettare il primo treno per Belleville. Manderò un furgone a prendere la mia roba la settimana prossima. Sono sicura che se glielo chiedo i miei genitori mi daranno i soldi per pagare qualcuno che mi faccia i bagagli.

Conto le crepe sul marciapiede, cercando di dimenticare il freddo.

A quindici mi sento la faccia addormentata. A trenta ho paura che le orecchie mi si raggrinziscano e mi si stacchino dalla testa. A quaranta i miei piedi sono diventati due blocchi di ghiaccio. Ho bisogno di fermarmi e di scongelarli. Non riesco più a respirare, c'è troppo freddo. Entro in un caffè e lascio che il caldo mi avvolga come l'acqua della vasca da bagno.

Mi sento battere sulla spalla e mi volto.

«Ciao» dice Josh, con le guance rosse, i capelli scompigliati dal vento e il piumino blu tirato fino a metà della faccia.

«Cosa ci fai qui?»

«Pensavi che ti avrei lasciata andare in giro per Toronto da sola a quest'ora?» Si apre il colletto della giacca, sorride.

Scoppio a piangere, e una piccola parte di me si scioglie.

Mezz'ora dopo sono seduta sul divano di casa sua. «Vuoi che ti racconti cos'è successo?» chiedo. Singhiozzo. Scuote la testa. «Lo so già.»

Probabilmente lo sa tutto il bar. Forse l'intera città. Ci faranno un film e lo intitoleranno *Il terribile San Valentino della vergine*. Una commedia, di sicuro. «Sono una sfigata, eh?»

«Non sei una sfigata.»

«Avrai pensato che fossi un'idiota ad andare dietro a

un ragazzo per un anno intero quando lui non si era nemmeno accorto che esistevo. Per tutto il tempo lui andava dietro a un'altra. Avrai pensato che sono completamente scema.» Singhiozzo.

Mi guarda, sorridendo. «So cosa si prova ad andare per un anno dietro a una persona che va dietro a un altro.»

Singhiozzo. Giusto. Sono una sfigata e pure un'insensibile. Singhiozzo.

Mi abbraccia e mi stringe a sé. «Non piangere, mi uccide vederti così triste.»

Non posso evitarlo, sono un rubinetto aperto. Devo essere orribile. «Non riesco a smettere» piagnucolo. «Non ho prospettive di lavoro, non ho un posto per vivere e nessuno mi ama...» singhiozzo.

«Io ti amo» mi dice dolcemente.

«E io amo te» dico. «Ma non conta.»

Mi passa un dito sul collo. «No, io intendo che *ti amo.*»

Oh.

«Tu...» Mi passa le dita tra i capelli. «Tu sei la donna più dolce, carina, tenera che io abbia mai incontrato. L'ho capito dalla prima volta che ci siamo visti... quando mi hai vomitato addosso.»

Ridacchio. «Non ti ho vomitato addosso, vero?»

«L'hai fatto.»

È molto carino quando sorride, sembra che la sua fossetta faccia l'occhiolino. «Deve essere stata un'esperienza entusiasmante» dico.

«Diciamo che mi è piaciuto prendermi cura di te.»

Josh sorride. Penso che ride alle mie battute, che prende la vita con tranquillità, che mi piace come giocherella con il cappello e che cerca sempre di far andar meglio le cose. Ora sta giocando con i miei capelli e mi chiedo come sarebbe se mi aiutasse a inumidire le mie labbra screpolate.

Si allontana. «E quello che voglio fare è continuare a

prendermi cura di te. Hai bisogno di mangiare. Poi ti preparo il divano.»

Oh.

Un'ora dopo i miei occhi si sono asciugati, il corpo si è riscaldato e sono stranamente contenta (considerato quello che mi è appena successo). Ho divorato due panini al formaggio che mi ha preparato Josh.

«Sei sicura di non voler dormire nella mia stanza?» mi chiede l'uomo più dolce del mondo, mettendo un lenzuolo sul divano.

«Non essere stupido. Chissà quando è stata l'ultima volta che hai cambiato le lenzuola.»

«Ah, ah. Sei sicura?»

Scivolo nel letto improvvisato. «Sì.»

Si siede di fianco a me e mi rincalza le coperte. «Domattina ti sentirai meglio.»

«Mi sento già meglio.»

Lo sta facendo? Sta per baciarmi? Si avvicina.

E... mi bacia. Sulla fronte. Sulla fronte?

«Buonanotte.»

Avrei voluto che mi baciasse sulle labbra? Perché non mi ha baciata sulle labbra? Cos'ho di sbagliato? «Buonanotte» dico.

Chiude la porta della sua stanza, poi la riapre. «Svegliami, se hai bisogno di qualcosa.»

«Grazie.»

Quella deve essere Sydney, Australia, penso, fissando la foto appesa al muro di fronte a me. Le pareti sono coperte di fotografie scattate in tutto il mondo. Una delle finestre è leggermente aperta e i suoni della notte si intrufolano nella stanza. Scivolando tra le fessure delle persiane, le luci della città danzano sul soffitto.

E se questa notte non ci fosse stata? Avrei passato ancora due mesi a inseguire Clint? Mi avrebbe mai detto che non gli piaccio o sarei stata io a rinunciare, tornandomene a Belleville? Perché non ho parlato con Clint un anno fa? Almeno lo avrei saputo subito. Non avrei sprecato tutto questo tempo a fingere che fosse qualcosa che non avrebbe mai potuto essere.

Ho inseguito qualcuno che non esiste, un uomo che credevo affettuoso, sensibile, dolce, comprensivo...

Qualcuno che non esiste?

Eccomi qui. Sdraiata da sola su un divano.

Scivolo verso la porta e busso. «Josh?»

È seduto a torso nudo sul letto. «Stai bene? »

Spostare tutti quei mobili a quanto pare ha fatto un gran bene ai suoi pettorali. E prima non me n'ero mai accorta perché... Giusto, perché non l'avevo mai visto a torso nudo.

«Ho cambiato idea» dico, in piedi di fianco al letto. «Voglio dormire qui.»

«C'è troppa luce di là? Dormirò io sul divano.»

Mi infilo sotto le coperte e appoggio la testa sul cuscino accanto a lui. «Rimani» sussurro, riuscendo ad apparire relativamente calma, considerato che dentro sto tremando.

Si gira, mi accarezza le guance. «Sei sicura?»

Mi prude la faccia. Sento un calore che scende lungo il collo e si irradia in tutto il corpo.

«Al cento per cento» rispondo.

Ride, e io rido, poi smettiamo di ridere. C'è silenzio nella stanza, sento solo il nostro respiro. Sorride, e mi sembra dolce, forte e vulnerabile.

«Tutto questo fa parte di un piano concordato con le mie coinquiline per non pagarti il resto dei lavori.»

Deglutisce. «Emma mi ha pagato al bar» mi dice, sfiorandomi le labbra con un dito.

«Allora questi sono gli interessi.»

«A quanto ammontano gli interessi?»

«Al cento per cento.»

Capitolo 35

Andiamo, Jodine

Jodine

Prendo il telefono. Metto giù il telefono. Prendo il telefono. Metto giù il telefono. Prendo il telefono e compongo il numero. Chiudo gli occhi e mi tiro la coperta sulla testa, sperando che al buio la conversazione mi spaventi di meno.

Ciao, sono Manny, in questo momento non posso rispondere. Lasciate il vostro nome e il vostro numero di telefono, verrete richiamati appena possibile. Grazie.

«Ciao, Manny. Sono io. Lo so che sei a casa. E so che probabilmente non vorrai parlarmi mai più. Hai tutto il diritto di sentirti così. Mi dispiace, mi dispiace davvero. So che suona terribile, ma non mi ero resa conto di quanto fossi importante per me fino al momento in cui ti ho visto uscire dal bar ieri sera. Mi dispiace di averti tenuto sempre lontano. E mi dispiace di averti fatto attraversare l'inferno stanotte. Specialmente oggi... con tua nonna che sta male... Spero che stia bene. Mi sento malissimo a...»

Bip. La segreteria telefonica mi taglia.

Accidenti.

Rifaccio il numero. «Scusa. Dov'ero rimasta? Sì. Ho scelto il giorno peggiore per farti questo, vero? Voglio che tu sappia che quel barista non significa niente per me...»

Bip. Che seccatura.

Richiamo. «E che mi dispiace davvero. Davvero tanto. Spero di non averti perso. E...»

Bip. È la mia immaginazione o l'intervallo di registrazione diventa sempre più corto? Queste cose di solito non mi irritano, ma ho troppo da dirgli. Per esempio, che sono innamorata di lui. Lo chiamo ancora una volta.

«Pronto?» risponde.

È lui. È al telefono. Non so che dire.

«Voglio che non mi chiami mai più.»

«Manny, per favore. Mi dispiace.»

«Anche a me.»

«Non significa niente per me. Stavo solo cercando di liberarmi di te.»

«Complimenti, missione compiuta.»

«Cerca di capirmi.»

«Sai a cosa pensavo oggi? Quando ero all'aeroporto? Pensavo a mio nonno. A quanto adorasse mia nonna. E a quanto lei adorasse lui. E ho paragonato il loro amore alla mia situazione, a me, che ti inseguivo mentre tu te ne fregavi. Io voglio stare con qualcuno che non ha paura di provarci. Qualcuno che non si faccia sbattere da un uomo di cui non gliene importa niente.»

«Mi dispiace.»

«Lo so, ma al momento non mi interessa. Addio, Jodine.»

«Okay, ho capito. Addio.»

Aspetto il *clic* all'altro capo del telefono, tenendo il capo sotto le coperte. Mi fa male il petto, mi fa male la testa, anche gli occhi mi fanno male. Una volta ho sentito dire che una persona può sentire dolore solo in un punto per volta. Non è vero.

Due ore dopo sono ancora sveglia. Sento aprirsi la porta d'ingresso.

«Ehi?» È Emma.

Scendo dal letto e vado in salotto. Le luci sono spente, ma nell'oscurità vedo la brace rossa della sigaretta di Emma accanto alla finestra. Mi siedo accanto a lei.

Rimaniamo sedute in silenzio per qualche minuto. Poi lei scuote la testa. «Abbiamo montato un casino coi fiocchi, eh?» Butta fuori il fumo.

Annuisco e guardo il fumo infrangersi sulla parete.

«Di solito non fumo senza aprire la finestra» dice.

Alzo il sopracciglio, incredula, e lei scoppia a ridere. Rido anch'io. Emma mi passa la sua sigaretta e se ne accende un'altra. Rimaniamo lì un po', a ridere, fumare e scuotere la testa.

«Dove andrai?» chiedo, quando le risate sono finite e le sigarette sono cenere.

«Merda, non lo so.»

«Tornerai a Barbielandia?»

«No, stasera mi sono imbattuta in Nick. Mi ha offerto un posto nel suo castello.»

«Ti rimetti con Nick lo stronzo? Tu odi Nick. E Clint?»

Alza le spalle. «Clint non esiste. È finita. Non serve a niente. E hai ragione. Odio Nick. Ma, senti, sempre meglio che vivere con quella stronza della mia matrigna. E tu? Che progetti hai?»

«Non lo so. Rimarrò qui ancora per qualche mese, perciò non voglio affittare un posto. Immagino che tornerò dai miei.»

«Dove pensi che andrà Allie?» chiede Emma. «Dov'è adesso?»

«Non lo so.»

«Dovremmo essere preoccupate?»

«Dici? Ha lasciato la festa più di quattro ore fa. Dove può essere andata?»

Emma storce il naso. «Forse dovremmo aspettare alzate che ritorni.»

Le mie palpebre pesano cento tonnellate l'una. «Ma possiamo chiudere gli occhi?»

«Okay.»

Appoggio la testa sul cuscino del divano. Emma mi dà un calcio sul naso.

«Scusa.» Ridacchia.

«Niente.» Sento che mi sto addormentando.

Batto due volte le palpebre e apro gli occhi. La luce del sole riempie la stanza e io sono sdraiata sulle ginocchia di Emma.

«Sei sveglia?» mormora.

«Uh. Da quant'è che sei sveglia?»

«Un po'. Allie non è ancora tornata.»

Guardo l'orologio. «Sono le dieci. Pensi che si sia persa?»

«Persa? Gli adulti si perdono?»

«Perché, Allie è adulta?»

Emma si mette a sedere. «Cosa dobbiamo fare?»

«Facciamo qualche telefonata» suggerisco.

Emma prende il telefono. «Magari è andata da Clint.»

Alzo il sopracciglio. Non so perché, ma ne dubito. Ripensandoci... magari ci spera ancora. «Chiamalo.»

Facendo il numero, Emma sussurra: «Sto chiamando un ex e non urlerò al telefono. Sono matura, eh? Pronto... Chi è? Monique?... Monique, *quella* Monique? Sono Emma». Si sta arrabbiando. «Sì, la ex di Nick. Che stronzo. Mi offre di andare a vivere da lui, di tornare insieme e si porta a casa te. Che cazzo, è incredibile. Mi dispiace, non volevo fare il numero di Nick. La forza dell'abitudine. Pessima abitudine. Devo aver fatto il numero per sbaglio... Oh... Non ho chiamato Nick? No, non voglio parlare con Clint. Potresti lasciargli un messaggio da parte mia? Puoi dirgli che è un'emorroide nel buco del culo di un cavallo? E che se prova ad avvicinarsi un'altra volta a questa casa darò fuoco a entrambe le sue minuscole palline? Grazie.» Riattacca e mi guarda a bocca spalancata. «Monique è da Clint.»

«L'avevo intuito. Ma ora abbiamo un altro problema. Chi vuoi chiamare, adesso?»
«Pensi che sia già tornata a Belleville?»
«No, non aveva i soldi per il biglietto. Potrebbe essere da Josh.»
«Provo io.»
Risponde al primo squillo. «Pronto?»
«Pronto, Josh?»
«Sono io.»
«Ciao, sono Jodine. Come va?»
«Bene, grazie, e tu?»
«Senti, stiamo cercando Allie. Si è persa. Hai idea di dove possa essere?»
«Non si è persa, è qui.»
Sospiro di sollievo. «È lì?»
«È qui.»
«Posso parlarle?»
«Sta facendo il bagno. Le dico di chiamarti.»
«Oh, va bene. Pensi che lo farà?» Non posso immaginare Allie arrabbiata con qualcuno per più di mezzo secondo.
«Alla fine. Ma avrà bisogno di un po' di tempo, va bene? Siete state piuttosto crudeli.»
Sospiro. «Lo so, mi dispiace.»
Mi dispiace. A quanto pare ultimamente non faccio che scusarmi.
Sento una voce da lontano. «Josh, vieni, l'acqua diventa fredda.» Caspita!
«Uhm... devo andare» borbotta Josh.
«Josh?»
«Sì?»
«Abbi cura di lei.»
«Io l'ho sempre fatto.»
Riattacca, e per la seconda volta in ventiquattr'ore mi trovo a fissare una cornetta. «Non puoi credere cosa sta succedendo lì.»

Emma sorride. «Ci credo.»

Mercoledì mattina, sono in salotto a riempire gli scatoloni. Si apre la porta ed entra Allie.

«Ciao» dico.

«Ciao.»

Si toglie il cappotto e vedo che indossa pantaloni di una tuta da uomo. «Hai bisogno d'aiuto?» mi chiede.

«Grazie, ma ho quasi finito.» Inspiro profondamente. «Avrei dovuto dirti di Clint ed Emma. O avrei dovuto costringerla a dirtelo. E dell'incendio... non so a cosa stessi pensando. Avevo paura e mi sono comportata in modo terribile, sono fuggita dalle mie responsabilità. Probabilmente sono stata io a dimenticare il fornello acceso. O forse è stata Emma. Comunque mi dispiace di aver mentito.»

Gli occhi di Allie sono seri, per un attimo penso che sia sul punto di dirmi di smetterla, ma a un tratto sorride e la sua espressione cambia. «Va bene» dice, e io scoppio a piangere.

Io scoppio a piangere? Non pensavo di esserne capace. «Mi perdoni?»

Annuisce e mi abbraccia. Mi asciuga gli occhi con le maniche.

«Ti rovini la camicia.»

Ridacchia. «È di Josh.»

Vorrei chiederle di Josh, di come è stato, di cosa ha pensato, di cosa ha provato. Ma al momento non so se ho il diritto di sapere. «Ti fermi qui, stanotte?»

Scuote la testa. «No, sono venuta solo per prendere la mia roba. I vestiti.»

«Torni a Belleville?» Terribile, l'abbiamo mandata via da Toronto.

«Penso che starò da queste parti ancora per un po'.»

Davvero? «E dove andrai a vivere?»

«Da Josh.»

Da Josh? Va a vivere con Josh? Non puoi andare a stare con una persona dopo soli quattro giorni. «Sei sicura di far bene?»

Allie alza le spalle. «Chi lo sa?»

«Forse dovresti pensarci ancora un po'.»

«Non voglio pensare troppo.» Alza di nuovo le spalle e si dirige verso la sua stanza.

«Non devi agire affrettatamente. Non ha senso vivere senza un progetto.»

«Starò bene, smettila di preoccuparti per me. È il destino.»

Ancora con questa storia del destino. Sospiro. «Sei sicura?»

«Al cento per cento» dice, e ridacchia. «È stato come in *Harry, ti presento Sally*. L'altra sera ero sola e piangevo, l'ho incontrato e mi ha fatto sentire bene. Ho capito che era l'uomo giusto per me.»

Ancora l'anima gemella. «Non era Clint l'uomo giusto per te?»

«Penso che Clint sia stato solo un mezzo. Tutto quello che è successo quest'anno è successo solo perché io finissi a casa di Josh l'altra sera. Se non ci fosse stato l'incendio non l'avremmo mai assunto. Se Clint ed Emma non fossero andati a letto insieme alle mie spalle, io non avrei mai capito che Clint è una merda e che Josh è un uomo straordinario. Visto? È il destino.»

Capisco perché Allie abbia bisogno di credere al destino, ma a me non va giù. «Perciò io esisto solo come una pedina. Il mio ruolo era quello di tenerti nascosto il tradimento di Emma?»

«No, sono sicura che il motivo per cui tu avevi bisogno di vivere da noi sia molto più alto. Sei finita qui per imparare qualcosa. Hai imparato qualcosa negli ultimi sei mesi?»

Come faccio ad analizzare cosa ho imparato? Non riesco nemmeno a concentrarmi. Non riesco a mangiare. Riesco a malapena a trascinarmi in palestra.

«Cosa hai imparato, Dorothy?» domandò lo spaventapasseri.

Ho imparato che la zia Em andava a letto con l'uomo di latta?

Ho imparato che perdere qualcuno a cui tieni fa veramente molto male.

Allie mi guarda sconvolta. «Cos'è successo?»

«Manny mi ha lasciata.»

«Mi dispiace... ma non pensavo che ti importasse di lui.»

«Neanch'io. Un'altra cosa che ho imparato, a quanto pare.»

Mi stringe la mano. «È fondamentale.»

Sul suo letto c'è una scatola avvolta nella carta rossa. «Mi hai preso un regalo?» mi chiede.

«No.» Non ne sapevo niente. «Deve essere di Emma.»

«Non lo voglio aprire.»

«Andiamo. Cosa vuoi che succeda se lo apri?»

«Potrebbe esplodere.»

Ci sediamo sul letto, e Allie apre il pacchetto. Ci sono un sapone alla ciliegia, un bagno schiuma alla ciliegia, un profumo alla ciliegia e delle gomme da masticare alla ciliegia.

Apre il biglietto e lo legge. *Congratulazioni, finalmente l'hai persa. Con affetto, Emma.*

«Abbastanza cruda» dico.

Allie ridacchia.

Ecco un'altra cosa che ho imparato: mi mancano i suoi risolini. «Perché non ti fermi, stasera?»

Sospira. «Non sono pronta a vederla così presto. Sono sicura che alla fine supererò la cosa, ma sono ancora arrabbiata. Ho paura di incontrarla.»

«Allora porta anche Josh.»

«Vuoi che metta Josh ed Emma nella stessa stanza?»

«Sei pazza, Josh non può essere sedotto da Emma.»

«Sarò anche pazza, ma non sono stupida. Pensi che possa prendere il microonde? Quello di Josh è davvero vecchio.»

«Non c'è problema.» Mi viene un'idea geniale. «Anch'io ho un regalo per te.»

Vado in salotto e torno da lei con il mio regalo. «Ecco qui! Prendilo per rendere più accogliente casa tua e di Josh.»

«Mi stai dando Pesce?»

«Se lo vuoi.»

Batte le mani. «Favoloso.»

Finalmente me ne sono sbarazzata.

Allie batte ancora le mani. «Posso cambiargli il nome?»

«Come vuoi chiamarlo?»

«Jay?»

«No, non puoi chiamare Pesce come me, faremmo confusione.»

«Jo?»

«No.»

«Toto?»

«No.»

«Jon?»

«No.»

«Succo di frutta?»

«No.»

«Succo di succo?»

«No.»

Allie sogghigna. «Pesce?»

«Perfetto.»

Pesce gironzola nella boccia, a quanto pare è d'accordo anche lui.

Epilogo

L'onnisciente narratrice vi racconta
cosa succede due mesi e mezzo dopo

Emma esce furiosa da casa di Nick con in mano due borsoni. «Devi metterti un tappo nel buco del culo per fermare tutta la merda che esce» strilla, e apre la macchina.

«Io?» grida lui in risposta. «Voglio che te ne vada da casa mia. E questa volta non tornare da me strisciando quando il tuo prossimo fidanzato ti molla.»

Emma torna di corsa davanti alla porta e prende le altre due borse. «È finita» dice. «Hai capito? Finita.» Butta le borse in macchina. «Spero che tu cada sotto la metropolitana e che ti amputino tutte e due le gambe.»

«Che maledizione idiota, io non ho mai preso la metropolitana.»

Sbatte la portiera della macchina. Merda. Le si è infilato il maglione nello sportello. Deve fermarsi e liberarlo o partire e sperare che non voli via?

Schiaccia il pedale dell'acceleratore.

Hanno passato il primo mese a letto, il secondo a urtarsi i nervi e le ultime due settimane a minacciarsi di morte.

Jodine aveva previsto che sarebbe finita così.

Sì, si vedono ancora di tanto in tanto, per bere qualcosa e fare quattro chiacchiere. Cambiano bar ogni volta, hanno deciso di non mettere più piede al *411*.

Un giorno, all'inizio di marzo, Emma si è presentata

da Josh con un mazzo di fiori per fare pace con Allie. Allie l'ha invitata a entrare e hanno bevuto insieme della cioccolata calda. Allie le ha promesso di farsi sentire, ma non l'ha più chiamata.

Emma si sente ancora in colpa. Il senso di colpa ha gli stessi sintomi della sindrome premestruale, niente che non si possa fronteggiare con un analgesico, ma comunque sempre una bella seccatura.

Ora eccola qui, sta tornando a casa di suo padre. *Almeno ho avuto la lungimiranza di mandare qui i miei mobili e non da Nick lo stronzo*, pensa.

Casa, dolce casa. Tira fuori la chiave dalla borsa e apre la porta. AJ e papà sono in cucina a fare colazione. «Torno a vivere qui, e non ho voglia di parlarne» dice.

Sale in camera sua, al secondo piano, e si chiede se ci siano prospettive di lavoro nel campo del design a Montreal.

«Stephen» dice AJ al padre di Emma, «puoi, per favore, ricordare a tua figlia di togliersi le scarpe prima di camminare sui tappeti come una specie di teppista?»

Emma prende una sigaretta dalla borsa.

«Stephen» dice AJ al padre di Emma, «puoi, per favore, ricordare a Emma che a casa mia non si fuma?»

In nessun altro posto si sta come a casa propria, in nessun altro posto si sta come a casa propria...

Né Emma né Allie hanno mai più parlato con Clint. Si dice che abbia ottenuto un'altra promozione e che gli abbiano dato un bell'ufficio e una segretaria bionda. Un venerdì pomeriggio, dopo un lungo pranzo passato a chiacchierare e a bere tè, ha toccato il sedere della segretaria e prima di poter pronunciare la parola *molestia*, la Sicurezza lo ha accompagnato fuori dall'edificio.

Allie e Josh sono diventati una di quelle coppie nauseanti che si parlano con voce da bambino e non si lasciano mai la mano. Quando Jodine passa da loro, il che succede almeno un paio di volte alla settimana, insiste perché in sua presenza si trattengano dal chiamarsi *bambolina* o *dolcetto*.

Allie si è iscritta alla scuola di culinaria dell'Università dell'Ontario. Ha deciso di diventare chef.

Ha le mani da chef, le dice Jodine.

E le sue unghie sono favolose.

Quando Jodine ha detto a suo fratello che aveva in mente di tornare a casa, Adam ha insistito perché andasse ad abitare da lui fino alla fine del semestre.

A metà marzo, Jodine ha invitato Manny a bere un caffè e si è scusata ancora. Lui ha accettato le scuse, ma le ha detto che lei gli ha spezzato il cuore e non sarà mai più capace di fidarsi. Jodine lo ha capito.

Dopo il fiasco della festa di San Valentino, Manny ha deciso di sedersi all'ultima fila a lezione, con Monique. Evidentemente Monique si sente in dovere di aiutarlo a superare la crisi.

Ora siamo all'inizio di maggio. Jodine ha fatto i bagagli e ha detto arrivederci a tutti quanti. Allie ha già comprato il biglietto per andarla a trovare alla fine del mese. Hanno deciso che affitteranno una bicicletta al Central Park e che Jodine le insegnerà a portarla.

Anche Emma ha detto che presto andrà a trovarla, e Jodine spera segretamente che finiscano per andarci nello stesso weekend.

Sull'aereo per New York un uomo sulla trentina, ben vestito, con i capelli ricci castani tagliati corti, le sorride e si siede accanto a lei.

La guarda e le chiede: «Come va?».

Biiiiiiiiiiiiiiiiiiiiiip.

Trenta secondi di pausa.

Biiiiiiiiiiiiiiiiiiiiiiiiiiip.

Nessuno si muove. Carl è stato un po' frettoloso a buttare fuori le ragazze prima di trovare dei nuovi affittuari. La casa rimarrà vuota fino a luglio.

Biiiiiiiiiiiiiiiiiiiiiiiiiiip.

Cosa pensate che sia, l'allarme antincendio o un topo? Se l'allarme antincendio fischia in un appartamento vuoto, ha un senso che lo faccia?

Peccato che Pesce se ne sia andato. Lui conoscerebbe la risposta. Lui vede tutto.

"Ironiche, frizzanti, pronte alla battuta, le single scrivono di sé e che gioia leggerle! La Harlequin Mondadori le ha inquadrate in un'armata compatta, portandole in libreria nella collana tutta pirotecnica RED DRESS INK, scritta con penna intinta nel rosso di un mitico abito ammiccante e sexy."

La Stampa

Single Jungle
di **Sarah Mlynowski**
Da qualche parte in questa giungla metropolitana ci deve pur essere un uomo per me!!!

L.A. Woman
di **Cathy Yardley**
Come faccio a fallire anche quando non mi sono posta alcun obiettivo?

Confessioni di una ex
di **Lynda Curnyn**
Ma dico io: a trentun anni non ho forse il diritto di ritagliarmi un poco di felicità?

Mordi il successo
di **Ariella Papa**
Vivere a New York è un'arte. E Eve Vitali quest'arte è decisa a impararla.

Curve pericolose
di **Leigh Riker**
Uomo uguale amore uguale
matrimonio uguale bambino.
E qui finisce tutto!

Cercavo un marito
ho trovato un cane
di **Karen Templeton**
Nel giro di qualche ora Ginger
Petrocelli da futura sposa si trasfor-
ma in una... sposa abbandonata.

Fuori Rotta
di **Laura Caldwell**
È solo il vino, o adesso
sono una donna diversa.

Tequila a colazione
di **Erica Orloff**
Niente discussioni al mattino.
Niente litigate per il coperchio del
water sollevato. Michael era il
mio non-amante ideale.

Fashionista
di **Lynn Messina**
Tutto è permesso nella
moda e in guerra.

Questo volume è stato impresso nel maggio 2003
presso Mondadori Printing S.p.A.
Stabilimento Nuova Stampa Mondadori - Cles (Tn)